韩上 著

中国发展出版社
CHINA DEVELOPMENT PRESS

图书在版编目（CIP）数据

地河 / 韩上著 —北京：中国发展出版社，2017. 6
ISBN 978-7-5177-0694-6

Ⅰ. ①地… Ⅱ. ①韩… Ⅲ. ①章回小说—中国—当代
Ⅳ. ①I247.4

中国版本图书馆CIP数据核字（2017）第128187号

书　　　名：地河
著作责任者：韩上
出 版 发 行：中国发展出版社
　　　　　　（北京市西城区百万庄大街16号8层　100037）
标 准 书 号：ISBN 978-7-5177-0694-6
经 销 者：各地新华书店
印 刷 者：三河市东方印刷有限公司
开 　　 本：787mm×1092mm　1/16
印　　　张：17.25
字　　　数：250千字
版　　　次：2017年6月第1版
印　　　次：2017年6月第1次印刷
定　　　价：38.00元

联 系 电 话：（010）68990535　68990692
购 书 热 线：（010）68990682　68990686
网 络 订 购：http://zgfzcbs.tmall.com//
网 购 电 话：（010）68990639　88333349
本 社 网 址：http://www.develpress.com.cn
电 子 邮 件：10561295@qq.com

目录
Contents

人物表

韩建明（二胖）	主人公之一，韩落忠二子，乖巧懂事
韩建虎（虎子）	主人公之一，老蔫之子，少智鲁莽
韩建爽（爽子/大壮）	主人公之一，根栓之子，聪明阴险
老森	林庄四大村柱子之首，正义稳重，有威望
庚叔	林庄四大村柱子之一，本书中第一任村支书
老全	林庄四大村柱子之一，祖奶亲弟弟，有学问，善书法，本书中第二任村支书
鹂婶	林庄四大村柱子之一，精明干练
祖奶	二胖的奶奶，知书达理，在村里德高望重
韩琪珍（哑巴）	鹂婶远房侄女，没上过学，性格粗犷
落忠	二胖父亲，林庄第一个大学生
白娟	二胖母亲
小飞	二胖哥哥
落粘（老蔫）	虎子父亲，强势霸道，爱惹是生非，但为人仗义
姗子	虎子母亲
根栓	爽子父亲，性格懦弱，常受人欺负
翠巧	爽子母亲，精明能干，性格泼辣，会烙香椿饼
小根儿	林庄村民，常与老蔫下棋斗嘴
顺贵	常在大椿树下打发日子，棋艺精湛，擅长做粉条肉菜
莲芬	顺贵媳妇，后靠种植木耳致富
进才	抠门小气，经营着村里的小卖部
落成	才智平庸，但性格随和，本书中第三任村支书
算命先生	耿强二舅，河南人，通周易会算命
耿强	换马店村民，仗势欺人，后任县公安局治安大队队长
杠子	耿强马仔，心狠手辣
黄毛	杠子的手下
强子爹	耿强父亲，曾任换马店乡副乡长
王科长	县酒厂运管科科长，后任县盐业公司运管部部长
周局长	县民政局副局长，收大壮作为义子
李辉	民政局干事长

楔子
Preface

　　这是一篇以农村生活为背景的章回体小说，故事发生在1970～2000年前后，描写了一个聪明敏感又有些自卑的孩子，在村子里总以为受到大家的嘲弄和欺辱，埋下了仇恨的种子，以至于在他长大后对全村人进行隐蔽又恶毒的报复，最后致使全村灭亡。

　　本书名为《地河》，其包含两层含义。一是指村子地下流淌的一条地下河水，养育了村子里的人，同时也被主人公用作报复的工具；另一层意思是指社会上潜藏在地下的一股暗势力，不为人所知却又无所不及，最终也被主人公利用，作为报复的手段。

　　如果再深层次理解，这两条地河也可对应于当今社会的两大毒瘤：污染和腐败。它们无处不在，故而无可逃避，无时无刻不在危害着我们的生活。

　　最终，小说以悲剧结尾，所有的人都死了。同时又点明了希望，邪恶已过去，美好必将来临。

第一章
我属龙

我是标准的"70后"，属龙的，大龙，不是蛇。

小时候我娘就跟我讲，每个人都有个属相，就像每个农民都有片土地，每个村子都有口井一样，一辈子都离不开。离开，地干了，人死了，你也就被忘记了。所以，我一直都牢牢地守着这口井，守了一辈子。

直到死，我还在想，我终是守住了，我爹我娘一定记得我，石榴也记得，大壮也记得，死了也记得……

我们家一共五口人。

娘跟我哥属猪，我奶我爹属鸡，我属龙。龙是什么我不知道，但猪跟鸡我都清楚，自家院里就有。可是，这两个货我都不喜欢。

一个是天还没亮它就醒了，自己不睡却要扯着嗓子使劲唱。村里数我们家的鸡醒得最早，就是那只绿尾巴的"石榴"，这个名是我给取的。石榴是只公鸡，一身的红绿色，别的鸡睡觉都钻窝上架，只有它，等天一黑就从窝里溜达出来，伸伸脖子扑闪扑闪翅膀，看着别的母鸡们都进了窝后，自己扑棱棱一审飞上院子里的石榴树。石榴树不高，但枝条密实，它躲在里面也看不见个全身，只能从枝条缝里透出身上的颜色，跟叶子果子很是相搭。它睡觉的时候，把爪子和脑袋往身上毛里一缩，乍一看就是一颗大石榴。

另一个是天都亮了它还不醒，我们养了好几年的老母猪，叫大壮。据说它

1

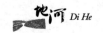

本应被我娘化成奶水喂给我的，但命里有数多活了十来年，却不想终是被我奶奶拿去替人背了黑锅。虽说它死得冤枉，但我一直以为，它活着的时候是我们家里最舒坦的一个。况且，死了竟然也是厚葬，所以，值了。

石榴每天醒得最早，是全村的活闹钟。它一叫，前街虎子家的狗就叫，然后就是虎子他爹开始骂，接下来全村的狗们鸡们就都醒了，我也别想睡了。倒不是鸡狗们吵醒了我，我根本听不见。天蒙蒙亮的时候，最是好睡的时候，这点从嗓子眼儿里发出来的吵闹声是叫不醒我的，反倒被耳朵一收都钻进脑袋变成了梦。

梦里我拿着笤帚撵着石榴打，身后腾起满院子的土。可这院子里的土越扬越多，直呛鼻子，漫天漫地遮住了光，看不清路。我就一头撞在那颗石榴树上，石榴果瓣里啪啦地往下掉，都砸在我脑袋上，疼得哇哇直叫，石榴就站在树上嘿嘿地笑。

尘落雾散，睁开眼，发现笑的不是石榴，是我哥。爹让他每天早晨扫屋子，说是一天之计在于晨，人要精神，房要整洁，必须每天晨饭前把屋里院外打扫干净才行。还常挂在嘴边念叨："黎明即起，洒扫庭除，是老辈的规矩。只要鸡一叫，就得下床扫地除尘洒水。"爹自己打扫院子，让哥负责屋里，顺便叫醒我。

我梦里看见的最后一样东西是石榴的花尾巴，我睁开眼看见的第一样东西，是根晃动的笤帚把。笤帚把一下一下地敲在我的脑袋上，跟梦里石榴果的掉落有着相同的节奏。我哥一边敲一边嘿嘿笑，说行啊，今天敲到第五下才醒，有进步，快赶上咱家大壮了。

我气他每天都是这样叫我起床，去娘那里告状他也不听，跟他打又打不过，满肚子的火憋屈着，只能哼哼地从床上下来去院里找石榴出气。

时间一长，石榴一见我就往窝里躲，白天都不敢出来。我知道它怕我，这让我能好受些。可刚从石榴那找点满足，转身看见大壮，又是一肚子的气。

我们家算喘气能动的一共五口人、十只鸡、一头猪，数大壮过得最美。我是想睡没的睡，它却是除了睡觉就没别的事儿干。而且每次见它都睡得特别踏实，鸡鸣狗叫也吵不醒它，我爹扫院子也扫不到它，就连我哥也不去招惹它，只管躺在猪圈里睡，看着就眼气。

猪圈是挨着西墙砌的，早晨阳光照过来没有任何阻挡，晒得满圈的麦草金灿灿的好看，大壮就躺在暖洋洋的晨光里打呼噜。过了晌午，太阳偏西，西墙的影子投在圈里一点点拉长，大壮也就能随着日头西落，从墙根跟着影子一点点打着滚睡遍整个圈。影子窄的时候它是背墙睡，影子稍宽些就能翻个身子面墙睡，再晚些，等墙影有六七尺深的时候它就站起来随意走两步，没头没脑地站定，然后咕咚一声侧倒在地，惊得散走在猪圈边的觅食鸡们猛地四散，大壮却一眼不睁地又睡过去了。

看见这，我就生气，尤其在早晨被我哥赶下床，眼都睁不开的时候。气我咋就摊上这么个哥，气我娘怎么不把我生到猪圈里，气石榴钻进窝里我够不着，气全家只有大壮睡觉没人管……最后气不过，我就抄起靠灶房墙放的秫秸杆结结实实地往它身上打，一下两下三下四下五下，秫秸杆每次敲在大壮厚实的肚皮上都能弹起老高，却惊不着它，到第六下的时候它睁开眼睛瞅瞅，没理我又闭上了。

我娘后来讲，那次跟大壮置气竟能把我自己气哭。一个人站在猪圈边上，哭得哇哇响。我爹我娘都看不懂咋回事，以为让猪给咬了，跑过来小胳膊小腿的到处翻看一遍，找不出啥问题，问我又不答，哭又止不住，最后索性不管我，自忙自的去了。

"他气他自己呢，到五下就醒了。"我哥在屋里喊。

"你就欺负他吧，回头过年杀猪就让你吃猪鼻子，"奶奶走过来一把抱起我，找了个躺椅坐下，让我偎在她的怀里，嘴里碎口念，"不吓，不吓，顺着毛吓不着。"边念边顺我的头发。

"这是还没睡醒，魂儿还没回来呢，闭上眼，奶奶抱着你再眯眯会儿，一会就好。魂儿啊，魄儿啊，你们都在哪啊，快回来吧，回来了我们家宝儿就能醒了。"奶奶一边说，一边在空中装样抓一把东西，然后往我脸上一扔。我被吓得一激灵把眼睛睁得老大，发觉是奶奶的把戏后就嘻嘻地笑。她把我从怀里扶起来坐在腿上，用额头抵住我的脑门左右摇晃着说："看，魂儿回来了吧，醒了吧。"

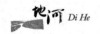

　　我发懒的身子一软又倒在她怀里，睁着眼睛问："奶奶，我爷爷属什么啊？"

　　"你爷爷啊，属牛。"

　　"舅爷呢？"

　　"舅爷属马。"

　　"牛马鸡猪，你们的属相我都见过，为什么我属的龙却从来没见过啊？"

　　"怎么没见过，你看那边的山，离我们最近的那座，它的山峰啊，弯了两道弯，那就是条龙。"

　　"那就是龙？龙不都飞在天上吗？"

　　"这条就不飞，它一直睡在山里面。"

　　"睡在山里？它也跟我一样睡不够啊，没人叫醒它吗？"

　　"嗯，可不敢。它睡在那里，才能保着咱村太平。如果醒了，那可就要出大事了。"

第二章

哑巴

　　我奶奶说的那座山叫封龙山，就在我们村的西边，山不高也不峻，跟它身后的一片大山相比是最不起眼的一座，然而祖辈们却给了它一个最威风的名字——封龙。自古此地多怪才多奇事，其表面平平如常，但往往内藏能量。有如这座山，山不大却尘封巨龙；又如我们村，村虽小但几起几落历史悠长，颇是发生了一些故事的。

　　我们村叫林庄，位于太行山东麓，西高东低，一个标准的山坡子上的村子。但是坡势不急，地面也平整，除了每次从东口进村需要上坡费点力气外，没有觉出丝毫的不方便。村子往西去不多远就是太行山了，太行山高处光秃秃的长不出什么东西，裸露的岩石一大块一大块的嵌在山上，挤得满满当当，就像是搭高的积木，势危而欲坠。山上的土也是很少的，即使有也只是被一些杂草和低矮灌木霸占着，这些草木本身就不算葱郁，数量上顶多也就是零星点缀，对于大山的整体灰色调起不到任何调节作用，故而显得荒凉无趣。

　　大山高处虽不显生机，但低矮的斜坡上就不一样了，这里土层松厚水露润泽，颇是催生了不少草木。林庄曾经改过名，过去叫"枣林庄"，就因为村西的坡子上长满了酸枣树，枣虽自生但久育成林，古远的时候被人就势而称为"枣林庄"。只是后来因"枣"字笔划繁琐，简化成现今的林庄罢了。

　　酸枣树林很大一片，看着满山坡，围绕着整座封龙山。从村西口出去的土路在枣林前分成两道，左边那道就是进树林的，但村里很少有人走，我更是不

敢进。因为从小他们就告诉我，说在那片林子里有浑身长满刺的树妖，最喜欢吃迷路林中的白胖孩子，让我千万进不得。

这样吓唬小孩子的话起初是很管用的，但稍加琢磨我便不怕，因为自觉白是白了些，但并不胖，出生时也就亏在头大，上秤才六斤四两，应该叫匀称才对。我娘说生我的时候是冬天，身体裹在厚棉被里，只能看见个大脑袋，所以仅仅是显得胖罢了，结果被他们拿来编排故事捉弄一番。

头大的亏我是吃了不少，此为其一，更有甚者我差点还不能活命。那是我娘生我的那天，正因为头大，我虽是第二胎但她仍旧生了一整天，就在接生婆问保大还是保小的时候，我娘用足了最后一股力气才把我推挤到这个世界上来。

我娘说，当时她累得闭着眼躺在炕上，喘粗气顾不上理我，我奶奶高兴地把我一把抱去，用挂在太阳地里晒了好几天，满满都是阳光味儿的新棉花被褥把我一裹，唠叨着接生婆："他鸸婶，你使的劲儿也太足，敢把俺孙儿打成平足呢。"

"祖奶你健忘，这村里哪个孩子不是我打的。不打不醒，不醒不哭，打一次不哭那就得打两次、打三次。这些话在生你家大孙子小飞的时候，我就跟你说过吧。次数打多了，你更心疼，反倒觉得我是故意的，不如一下到位干净利索。"鸸婶边说边拉出我的那副胎盘，放在一旁的盆里："这是好东西，千万别扔，晒干磨成粉，睡前拌在粥里喝。每天一小勺，体力恢复得快，还能顺带治百病。这生一个孩子算两条命，一个是孩子一个是娘，白娟你可得好好补养。"

待鸸婶收拾妥当，她斜坐在椅子上不停地抹汗珠子，喊道："哑巴，快拿扇子来给我扇扇。"

屋里的人都觉得奇怪，那可是数九的寒天，门外的雪也不得化，哈口气都恨不能冻成个冰泡泡砸在地上，就这冷得太阳都不愿出门的天，鸸婶接生出孩子打了脚底板，竟生了一脑门的汗。哑巴就在旁边给使劲儿打扇，一边扇还一边指着屋里的炉子"啊巴啊巴"地喊，意思是说屋内炉热攻汗受不住。鸸婶稍喘匀了气，对她说："你懂啥！生孩子是力气活，不光孩子他娘使劲，我也得使。而且它能传染，我得咬着牙喊，白娟听了才能借的上力气，这牙上用了功，脑袋瓜子就出汗。所以啊，别停，接着扇。"

哑巴装模做样地点点头，呼扇得更加出力。

哑巴是鸸婶的妯娌侄女，不会说话，快15岁了也没上学，天生的缺些心智少根筋，却每天乐哈哈的好心情。有谁家生孩子，她就拿着烟袋锅子和蒲扇跟着鸸婶上门，鸸婶负责接生，哑巴就在一边打下手。说是打下手，但这烧水、泼脏、剪脐带的事儿也不用她做，她只负责生产前给鸸婶装烟叶，生产后再给她打蒲扇。

每年，村里新嫁来的小媳妇们像是商量好一样，一到六月就显肚子，入了冬就都来敲鸸婶家的门，年年头场雪刚过，就到了她们俩忙的时候。谁家男，谁家女，哪个胖，哪个瘦，有些什么稀罕事，哑巴清楚得很。她又是个好显摆爱出风头之人，见到人堆便往里扎，比划着手脚咿咿呀呀地演给别人看，欢乐又热闹，很受人们待见。

我刚出生的那个冬天，离年还有些日子，冬小麦出苗后便进入农闲，这时地里家里都没有多少事情，要是碰上个大太阳天，那全村的大人、孩子、鸡狗就都出来了。村子不大，前街后街望去一堆一片都是人，而大队部前面的一片敞亮地，则是人最多的地方，哑巴也就常在这里混玩混闹混日子。

在墙根前，哑巴带着几个孩子玩藏葫芦，一群孩子在她身上前后摸索，痒得她嘎嘎叫。旁边的女人们看见就大声喊："哑巴，你这服务真到家，他们在肚子里的时候你管着生，等长大了你还领着玩，一条龙啊，今年总共生了几个？"

哑巴听见有人招呼，轰走几个孩子，笑嘻嘻地跑过来，冲她们一伸手掰出三根手指头。

"今年不多吗，就三个。后街根栓家的爽子，前街老蔫家的虎子，还有哪个？"

"落忠家里的啊，好像叫建明，也是才生，对不，哑巴？"

哑巴使劲点头，她攥住那三根手指头在所有人面前又晃了一遍，拍拍自己

胸脯，一副得意的样子站在人群中间。只见她叉开双腿伸一只手掏在裤裆里，就在大家都好奇看着的时候，哑巴"噗"地拔出来一个葫芦，吓了她们一跳。她把葫芦放在掌心拿好，用力在葫芦底啪啪拍打两下，自己"啊巴"一声哭起来，引得女人们嘿嘿笑。

"知道了，都知道了，他们仁都是你帮着生出来的。赶紧说点俺们不知道的，比方说都长什么样啊？"

"你这不是为难哑巴吗，这事儿她能说得明白？"

"小看哑巴了吧，我还见过她跟村里孩子吵架，把人家吵哭呢。这点事儿算什么，对吧哑巴，快说。"

哑巴禁不住哄，人来疯一吹就起，她挥动着两根拳臂，让围坐在四周的人们散开，给她腾出片地方，眼看就要开"说"了。女人们一边挪屁股一边笑骂哑巴事多，听别人说话费耳朵，听她说话可是要费眼睛的，还得时刻躲避着拳头，挨上两下可划不来。

"先说根栓家的吧，根栓就瘦，他孩爽子呢？"

"啊巴"，哑巴一听先是发出一声怪叫，皱着眉使劲摇头，曲着食指在自己腮帮上用力猛刮，然后又嘟起嘴巴喝气，喝得两腮肉深深地瘪进去塌出两个大肉坑，露出一脸狰狞的表情。人们看得入神，四周顿时安静下来的气氛极大地鼓舞了哑巴的热情，她不顾天寒一甩膀子解下棉袄，特意叠了双层裹住那个葫芦，抱在怀里晃得更带劲了。

"什么意思？"

"这都不懂，没见哑巴把棉袄叠了两层？那是真的，爽子的裹被的确比别人厚很多，他娘说因为孩子太瘦，骨头多，一层被子咯得疼。"

哑巴伸出大拇指，打了个喷嚏，又穿回棉袄。

接下是说虎子，虎子跟爽子正相反，是个胖孩子。几个有经验的女人当初隔着院门听虎子娘撕心裂肺的喊叫声就知道，小孩儿斤称过足，生产困难。哑巴当时自然也在场，心疼姗子这娘当得不容易，便跑到院子里找美滋滋等消息的老蔫，使劲用白眼翻他，看得老蔫以为他媳妇难产出了人命，没头脑冲进屋里却又被鹂婶骂，气得他满院子追着哑巴打。

女人们问哑巴，虎子生的时候到底有多胖，她就拿起葫芦嘴鼓起腮帮子当气球吹，气球吹大了用针一扎，嘴里像模像样的"砰"一声炸开，笑得四周的人前仰后合。都说可惜了哑巴这个人才被埋没，完全可以去当演员。别看不会说话，讲起事儿来比那些长嘴巴的还要明白。

哑巴见人们起兴，更是停不下来，说到了我。

她本想说我头大，身体不胖，总体来说还算匀称。但这明显超出了两条胳膊两条腿再加一个葫芦可以表达的精细度了。一群女人也还在回想着刚才那声"砰"的精彩，笑得没完全醒过神，瞥见哑巴比划的大脑袋，就粗糙地都去理解成我也是个胖子。

时间一长，村里人自然明白我跟虎子相比差很远，但胖子的称呼早已被哑巴固化，人们于是简单地在"胖"字前加了个"二"，以示修正。

从此，"二胖"也便成了我在村子里的名字，一叫就是几十年。

第三章
虎子

　　虎子、爽子还有二胖年龄相差不过几个月，虎子最大，最憨，二胖第二，沉稳，爽子最小，也最精。他们从第一年夏天就在一块爬，爬的快慢也正如年龄顺序：虎子、二胖、爽子。看出门道的女人们尽会变着花样取乐，把他们仨排成一条线，低着头从前头照，只能照见一个胖虎子，虎子圆头圆脑，肥臀粗腰，把后面的两个遮掩得严严实实看不见；然后又从后面照，三个小屁股一个大过一个向前晃悠着爬。女人们嘎嘎地笑，说是肉葫芦，是仨兄弟。

　　虎子爬起来虽快但不用眼，更不用心，爬着爬着就拐了弯，明明地上铺好的席子，他总能拐出边界最后坐在土里。虎子奶奶就说那是因为孩子胖脑袋沉，脖子上没力气抬不起头来，眼睛总是朝下当然看不见路。她把虎子头上的细毛捋一捋，说头发长长了就不再剪，梳个小辫绑到屁股扣上，看你还怎么低头走错路。

　　这事情都是被老天爷算好的，一块缺了，另一块就能补上。虎子虽说爬不直，常蹭的满身脏，却能在土里见了世面，练了胆量。这孩子也没心肺，路上即便有片水，也从来不顾及，哼哧哼哧就爬过去了，结果溅得浑身泥点子，再顺带粘一路的麦草。他奶奶瞥眼看见，吓得一咕噜站起来，大喊："你个小祖宗，我的眼就不能离开你半下，这脏的哪里还有个人形！"

　　虎子也不哭闹，其实根本不知道发生了什么事，只顾了自己嗍手指头。只有他奶奶给脱衣服时碍了事，才呜喃呜喃叫上两句。他奶奶听声音不对，嘴里像是有东西，以为是吃进去的麦秸秆，可谁知掰开嘴竟看见半截绿油油的虫子，还晃动着脚。

"我的个娘哎，"他奶被吓得不轻，"虫你也敢吃！现在又不像你爹小时候一样，没粮饿的见啥吃啥。"说着从虎子嘴里抠出半条豆青虫摔在地上："你就一颗半牙，也能咬断？"

虎子奶奶担心另外半只还在嘴里，就卡住他的头仔细查看。虎子不舒服，挣扎着脱身，用蛮力扭晃身子几乎让他奶奶脱了手。气不过的老太太朝他屁股上就是一巴掌："犟！你再犟！人不大脾气不小，没牙你也敢下嘴，也不知道像谁？"

旁边原本陪着说话的女人想帮忙却插不上手，见他奶奶被搞得狼狈，就说："虎子行，胆壮力气大，跟他爹一样。老蔫，快来看看你家孩子。"

老蔫正在大队部前的空地上晒太阳，离得不远，见有人叫他，踢拉着鞋跑过来，"咋啦？"

"能咋，这孩儿一刻不能离人，一会儿看不见，不定干出什么吓人的事呢。"他奶奶没好气地说："你看地上这半只虫，再慢点恐怕就吃完了。"说完把虎子递给老蔫，"你接着，让我先去顺顺气，真能吓煞个人。"

老蔫接过虎子，高高举在眼前，看看虫子看看他，很得意："这孩子从小就有胆量，是我的种。你爹我第一次吃虫还是上中学的时候，你这一下子超过我好些年，将来一定有出息。"他举着虎子跟拨浪鼓一样晃着开心，怎么看怎么喜欢。

老蔫可是林庄的名人，从小就是个天不怕地不怕的人物，要是谁得罪了他，报复起来可是躲不开的。他的手段总是出乎意料，让人防不胜防，比如在饭点时候往人家烟囱里尿尿，或是点着了老鼠扔人家麦草堆里，再或是别住门闩关人家一整天不能出门，这些事儿他小时候都常干。老蔫爹死得早，他娘可是没少去给人家赔不是，回来就是一顿打。可打也没用，转脸就忘，照样该尿尿、该烧烧，早早混成个街头霸王。

但有一样好，仗义，尤其对村里人。如若有外人来搬弄是非，每次都是他

三兄弟

领头当前，看家护院的事情也是出了不少力。因此平日里他虽是惹嫌添烦，对长者大辈没上没下，但大家也都让他三分，怕他三分，躲他三分。

接着说爽子的爹——根栓。

根栓姓宋，本不是林庄人，从小死了爹娘，实在是没了办法被远房的表姨带着嫁到了林庄，成了半个林庄人。可毕竟外来，人又长得瘦弱，从来是说话不敢用大声，走路不敢走当间，一副常年被人欺负的样子。更可怜的是没过几年他表姨也死了，他一个人可怜巴巴地挨活到成人，好在人长得老实白净，长大被翠巧她娘看上，做了上门女婿。但内向懦弱的性格自始至终没有变过，在家怕媳妇，在外怕老蔫，那是全村出了名的。但也并不是单纯的怕，怕里还带着对老蔫的依靠和仰仗，甚是复杂。

那还是20世纪60年代的事，他俩都还在上中学，根栓总被换马店一帮坏小子欺负，领头的叫耿强，还有他的铁杆兄弟杠子。一日，根栓被这几个孩子堵在猪圈里逼着骑猪，根栓不敢骑，又不敢叫，蜷缩在角落里一个劲地哭。哭红了眼，想是不会有人路过救他，于是咬牙提气，做着将士赴死的决心要拼命，可这腿就是站不起来，尝试了几次也不成功，于是哭得更厉害了。受人这般欺辱，心想拼不过命，不如死了干净，于是假在墙边用脑袋使劲地往土坯墙上撞。那时候是没有人家用砖垒猪圈墙的，都是村外地里挖的土掺杂进麦秸秆做筋，放在土坯模子里用石墩子砸结实当砖用。凑巧这家盖的又是立砖，本身就薄，风吹日晒久了很是松垮，被根栓撞了几下，非但不见红，他的尖脑袋反倒把土墙撞了个洞嵌在里面拔出不来，把几个孩子笑得蹲在地上睁不开眼。

根栓索性接着用劲儿，把洞顶再大些，一缩身子竟挤出墙去。等几个孩子收住了笑，睁眼看不见人，才知道根栓跑了。他们翻过墙头见他已远，一时气不过，撒开腿就撵。根栓知道还远没有逃离危险，一边拼了命地跑，一边扯着嗓子大声哭喊。他知道，动静闹得越大，他活命的几率就越大。他从换马店出来，沿着平时上学的近路，跑过一座石桥，从村西口回到林庄，号啕的声音惊动了半个村子。

老蔫那时候正在窝屎，低头晃着屁股盘屎条，被根栓这一嚎惊岔了气，撒断了条。恼得他一股子火蹭蹭往上窜，胡乱擦了骂着跑出来要打人。

　　老蔫急性子但人不糊涂，到街上看见满头泥土的根栓，和后面飞土扬尘的几个人在追赶，就知道现在撇条之仇应该暂缓，对付来敌才是要紧。他站在路中间拦住跑丢魂的根栓，根栓像是溺水中见到浮木一般，紧紧地抱住老蔫的腿不撒手，喊着救命。

　　后面的几个孩子不一会也都赶到，隔着五米远，蹲在地上呼哧呼哧喘粗气。耿强勉强调匀了气息，说："没你事儿，把他交出来。"

　　"不用交，就在这，进了村还能怕你！"老蔫说着用脚捅捅瘫在地上的根栓，却踢了空，这才发现根栓已经躲了起来。

　　"你个软蛋，都进了咱村，你还躲个啥！"说着话，老蔫从过道口的树后面把根栓像小鸡一样提溜出来，对着来人说："他，是俺村的人，在外面受了欺负那是他窝囊。只要进了村，要是再有人敢欺负到家门口，那窝囊的就是整个村。你来时候不先打听打听，林庄怕过谁，什么时候打架不是全村一块上！"

　　这几句话说得响当当的，镇住了局面，村里出来看热闹的一群孩子们也都往前拢了拢壮大声势。外村的几个看看这阵仗，再瞅瞅眼前的老蔫，顿时失了半截气焰。

　　"那，这事儿不能就这么算了吧？总要有个说法。"耿强撑起腰板，想要挽回些气势，他扬起一张黑脸，身材略显粗壮，的确有些唬人。

　　但老蔫丝毫不惧他，说："咋！还得让他给你磕俩头不成？"

　　"那也行，对吧强哥？"杠子在旁边插进一嘴。

　　"行你娘个腿。"老蔫冲上前朝杠子就是一脚。

　　老蔫这一脚来得突然，耿强都没看清咋回事，自己人就先倒下一个。他知道这架不能打，自己人刚才跑路累得气还没喘匀实，打起来一定吃亏，但又不能输得太丢人，于是说："刚才追这兔崽子，我兄弟摔在坑里吃了一嘴土，吐出来的泥里都带着血呢，咋算？"

　　"那叫他也吃一嘴土，行不？"老蔫说的是根栓。

　　"不行，光吃土不吐血那不算。"

　　"你娘的，还吃不得半点亏，"老蔫有些着急，"吃一嘴土，在肚子里搅和搅和顶多让他吐出半块土坯来，哪里来的血啊……"说到这老蔫稍有停顿，像是有了主意，便说："要不吃这个吧。"

他走到根栓刚才躲身的梧桐树前，拿起地上一根树枝从高处的叶子上打下一只大青虫。青虫很肥，有七八厘米长，胖的像个大饺子，绿油油的抓在老蔫手里，左卷右卷扭着身体。

"刚才就看见它了，本说一会儿赶走了你们这帮土孙儿捉回去喂鸡，你非不依不饶的，那就先紧着你吧。"老蔫摊开手掌，让大家看清楚，"把它吃了行不行？吃一口也能吐出血来，虫的血也是血。"

"行。"耿强回答。

老蔫回头指着根栓："来！你个孬孙儿，我都说好啦，把这吃了，事儿就算了了。"

双方的人马都伸长了脖子相互看看，紧张的对峙气氛一下子消失了，更多的是惊讶和好奇。这可是从没见过的景儿。至于这样决定到底公不公正，买卖到底划不划算，已经没人计较了，大家都看着根栓，看他怎么把青虫吃进肚子里。围观的人越来越多，其中不少村里的大人，没有人出来拉架，也的确不用拉，本来就没打起来，和平时期看热闹是最重要的。

根栓，连哭的劲头都没了，他怎么也不相信最后会是这个结果，直后悔当初怎么没卡死在猪圈墙里落得干净，何必要遭这罪，痛苦百倍。他的脸扭曲到了不行，看着青虫每晃动一次身体，他的嘴角就跟着抽动一次，虫子不停地卷曲，他的肠胃也就不停地翻滚，最后青虫一个挣扎弹落触地的刹那，一股酸水也从根栓的喉咙里呕出，哗啦啦吐了一地。

根栓猫着腰往后退，想躲开地上的污秽，四周的人们却往前聚拢，缩小了圈子，一点缝隙不给他留。老蔫一把揪住他："你他娘的，跑什么。"

根栓强弓着身子使劲儿往后缩，杀猪一般地嚎起来："你还是让他们打我一顿吧，打一顿最多皮破骨头断，那疼我看得见摸得着，心里踏实。这……这青头的东西吃下去，谁知道它会不会在肚子里吃空了我。我不干，打死我也不干，呜……"说完，身体一软瘫在地上，但领子仍然攥在老蔫手里，整个人像是一件挂在钩子上的湿衣服，没了人形。

　　"滚一边去吧，"老蔫松开他，"真是狗肉不上席，烂泥不上墙，要你有啥用。"他猫腰从地上拾起虫子，掸了掸土，眼睛瞥了瞥四周，又多了些人，他们都睁大了浑圆的眼珠子看他，人人脸上一副不可思议的表情。老蔫整整衣服提口气，把心一横："娘了个屁，我来吃！"说完一抬手，把整个青虫塞进了嘴里，大口大口嚼起来。

　　看热闹的大人先给了反应，"咦"的一声，脖子上绷起青筋。孩子们——包括耿强他们，也都怔怔地张着嘴呆看在那里，气都没在喘了。

　　老蔫的嘴唇憋足了劲，不让里面的东西流出来，哪里顾得上是苦是咸，瞪着冒火的眼看着耿强，随便嚼两口就往下咽。耿强身体僵硬着，慢慢抬起一只手，指指嘴角。老蔫抬手一摸，有几个肉呼呼米粒一般的东西挂在嘴边，大概是青虫的脚，大拇指一抹，统统抹进嘴里，再用力嚼上几口便咽下肚。老蔫龇弄一下齿沟唇缝间的剩余，聚拢了半嘴的唾液，一股青绿色的口水吐在地上，里面还夹带着些许油性，大声说："都过来看！"

　　外村的孩子们都被吓得不敢直视，拉了拉同伴，往后慢慢退出几米，疯狂转身跑了。老蔫见状使劲吓了一声："跑什么，不是要血吗，看啊，绿的。"

　　这一地绿色的口水其实也很让老蔫犯恶心，又哑哑嘴吐了两口："娘的，一嘴的烂树叶子味。"顺势打了个饱嗝，大摇大摆就要往家走，村里人哗啦一下闪出条道来，大气不敢出一声，目送着老蔫。

　　老蔫走出几步，又返回来找地上的根栓，想问到底啥原因得罪了他们，却看一圈没找到人，问："根栓呢？"

　　"你刚才吐的时候，我见他犯恶心，捂着肚子跑茅厕去了。"

　　"什么毛病，恶心了吐两口不就好了，咋还能拉出来呢。"

第四章
爽子

　　林庄村不大，主街东西通，两头拉根白棉花绳再团起来也不过一个石榴大小的球。主街也叫北街，街的正当间就是大队部的地方，标准的一进院。入口面南是一排平顶灰砖房，砖房进去就是大队部的院子，院子对面也是一排房子，不过是尖顶，据说是早年的粮仓，后来改作了大队部的办公室。这前后两排屋子现在看着平常，在以前相当长的时间里，可是林庄唯一的高级建筑——卧砖房。

　　当初搞集体制，村里集合壮劳力给每家每户翻盖房子。能人老庚是多年的会计，算盘打得最响，算盘珠子噼里啪啦地响了三天也没能算出足够的砖钱。砖不够用，那就围墙换用土坯，算盘又是一通响，还是不够。那街门洞也要简化，不许用梁用檩，可还是不够。最后有人提议，把砖竖着盖，里面一层砖外面一层砖，中间夹着泥。

　　这样砖是够了，但新问题又来了，多出来四间房的砖料。蚂蚱肉，扔了可惜，分了又不值当。几个村内主事的能人一合计，干脆大队部的房子仍用卧砖，里屋办公，外屋做门市，谁都没话说。

　　房子盖好了，整齐而密实的卧砖缝果然显得更高档，虽然都是灰色，但村里人看着就跟县政府大楼一样气派。他们觉得这些砖里有原本属于自己的一份，先在这里存着，有事儿没事儿都过来摸一把，说下次再盖房也得是这个标准。

林庄

人是越聚越多，砖是越摸越滑，这里也就成了全村的集中地。小孩子凑在一块打闹，老爷们蹲在地上卷烟叶看下棋，老娘们则是叽叽喳喳传闲话。不管发生什么事儿，不用等到当夜蝲蝲蛄叫，就传遍了全村，那比中央电视台还高效。

虎子吃豆青虫的事儿，也跟当年他爹吃虫一样，被添油加醋之后，就人尽皆知，大街小巷的谈论了好几天。头几句都还是说虎子如何如何，说不了两句就串到了老蔫身上，说他人歹气运好，自己没啥能耐，凭着一股子蛮劲却顺风顺水。说的时候几个女人低头攒到一块小声嘀咕，恰巧老蔫背着手走过来，就哗地把脑袋散开，假模假式地打声招呼："哟，老蔫有空出来走走啊。"

老蔫回一句："咱就热心肠好帮忙，这两天天干没雨，皮干的痒痒，看你们几个手里都忙，我是专门过来给你们抓痒痒的。"说着走过来，舞爪着手。

"你就没个正形，一边去。"

老蔫不得手，哈哈干笑了两声，背着手继续走他的路。刚走两步，回头跟二胖娘说："哎，白娟，你不是找根栓？我刚路过他家，看见翠巧也在呢，可得悄悄，要不咱村供销社的醋不够她翠巧喝的。"

"你再乱说话！"白娟举起手上的白鞋底就要砸过去。

老蔫配合着做了个躲避动作："你看，今天包饺子，没醋咋弄，想让我半夜敲你家窗户要去？"

白娟也知道老蔫是整日耍宝讨嫌的做派，也不跟他计较，收拾了针线箩："看你就没个长进，天天说些不着调的话，当心让姗子听见不饶你。"说着抱起二胖起身就要走。

"咋，回去了？"

"这不翠巧在家吗，我去找她说话去，两个孩子还能一块玩。"

白娟抱着二胖来到南街，南街比北街窄，西头连着学校，东头接着个大水坑。这种大坑每个村都有，是村里人盖房子用土挖出来的。林庄百十户人家，算是小村，因此这个坑也不大，也就三四个篮球场的面积，三四米深。一到夏天，雨水顺着地势东流进了坑，借着夏日的盛阳照耀，柳树、水草、蝌蚪长势

凶猛，是孩子们的好去处。

翠巧家就在水坑边上。

白娟站在她家院子门口，大声喊："翠巧！大街门开着，也不怕你家鸡跑出来？"说完，梳理了一下耳旁的发梢，才进门。

"白娟啊，快进来，二胖也抱来啦。"

白娟进了门，看见整洁的院子里一棵香椿树下铺了张凉席。翠巧接过二胖放到凉席上，说："天热，把院子里扫一扫，铺上席子，让孩子在上面玩，门外的风一吹，凉快着呢。"

"你就是会收拾，院里弄得利索，这席子铺在地上也不见灰土。"

翠巧笑笑，说："也遭过罪，第一次在院子里铺席子，没有把这窝鸡赶进笼，结果拉了满席子的鸡粪，可让我刷了半天。自那以后，我就把鸡们都关起来，才算好些，还能开了街门通风。而且还有个好处，不用给孩子穿尿布，就让他爬去，尿了也不怕，一擦就好，省水省布。"

"就是，就是。"

"这些天热起来还好，前些日子还穿开裆裤堵尿布的时候，可是把我和俺娘给累坏了，爽子是一个劲地尿。其他孩子一天也就换七八块布子吧，俺家的得十七八块。日头天还能晒，要是阴了天、下个雨啥的，尿布就不够用。前些日子俺娘还拆了个被套子，说备着天再凉的时候用。"

白娟一边看着席子上的俩孩子，一边听翠巧絮叨："你看小孩子细皮嫩肉的就是好，从上到下都是滑溜溜，就像洗澡时打过胰子一样。没事儿我就琢磨，这些小东西肚子里的肠呀胃呀的，肯定也是光面的，光的什么东西都挂不住。"

"可不是，你看吃东西的时候，小勺在嘴里一过，就没了，滋溜一下进了肚。肚子里的大小肠就是那水管子一样上下盘着，孩子再翻滚着闹腾，咽下的东西顺着管子就一滑到底，什么也留不住。"

"对，"翠巧很是赞同，"滑到出口就是一泡，有时候快得上面还没吃完呢，下面就有了。"

白娟听着她说话有意思，抿了嘴笑："一天十七八泡，不把爽子脱干瘪了，瘦成跟他爹一样。"

"就是啊，你说让我多着急。"

夏天的阳光非常猛烈，晒在她们头顶的树叶上，叶子中间的知了一直拼命地叫，叫得翠巧越发烦躁，她抬手抹了抹胳膊，湿的，抬头骂道："这些知了就是该杀，专门往人身上尿，它们难道也憋不住？"正说着，一只麻雀喳喳叫着从头顶上飞过去，一个小黑点从身后斜着落下来，砸到席子边上摔开摊平，成了一小片浆白色的鸟粪。翠巧更气："我这是惹着谁了，怎么能拉尿的都来了！"手一撑站起来，麻雀转瞬不见，知了躲在叶子中间也寻不着，翠巧跺跺脚气得衣衫乱抖，不知道如何是好，只能一屁股又坐回席子上。

白娟没说话，看着她，等翠巧继续说："开始，我还以为是孩子吃坏东西闹肚子。可俺娘说，闹肚子是只拉不尿。爽子尿多，就说明通，通就是净，那身子就没病。什么时候光喝水不尿尿了，那才着急哩。"

"你娘说得对。"

"我也只能这么宽慰自己。俺娘还说，男孩子的尿通灵，是童子尿，还治病呢。身体本身就是个灵丹葫芦，哪里还会生出病来。"

"这话不假，"白娟赞同道，"前些日子，落忠说他们单位有个人去了南方，回来学说稀罕事儿，就说那个地方的人收童子尿去煮鸡蛋卖了吃，尤其是不到两岁的娃娃在早上结露水前的第一泡，更得收。集在小坛子里一煮，满大街都是尿骚味，但买的人还多，说是保健。"

"真有这事儿？"翠巧把嗓门压低了一些，说，"说道童子尿有灵气，俺们爽子就发生过一件怪事，你听听看，知道怎么回事儿不？"

"你说。"白娟把屁股往近处挪了挪。

"你看，爽子的尿多，尿遍了我们屋里所有的垫褥，于是我就从俺娘屋里找了条褥子拆了救急。说也怪了，从那以后，爽子每次尿床，都能尿出画来。有时候是一幅整画，有时候是半幅，但仔细看，都是一样的画面。就像头猪，挺胖，鼻子眼儿的看不出，但猪头猪腿儿啥的明显得很，你说这事儿怪不？"

"这真稀罕，尿尿也能尿出影儿来！"白娟听得惊讶，"以前没出现过？"

"没有，就那次拆了俺娘的褥子之后发生的。开始我以为是碰巧，扔到一边没在意。第二次尿也是这样，我跟他爹还是没多想，以为是上次的尿渍子留下的痕迹。可第三次第四次仍然是一样，我们就觉得不对了，吓得睡前不敢给孩子喝水。不给喝吧孩子渴，喝吧他就尿，那尿快得我都来不及收拾。"

"这真怪了，难道说童子尿真通灵？"

"通灵也得通个明明白白啊，就跟那尿煮蛋一样，虽是难闻，但实实在在看得见摸得着，离远了躲开就是。哪里像这个，躲都不知道怎么躲，多吓人啊。"

"是哦。"白娟看着爽子，心想除了瘦点，没看出啥不一样啊。于是安慰翠巧："没准是老天暗示你家爽子以后能长得跟小猪一样壮呢……"

她们俩在院子里面连说带笑，太阳不一会移过了头顶，偏到了西面，眼看两人渐渐没了话说的时候，村里面忽然响起了打锣声。

第五章

老蔫

打锣的是哑巴。

村里头只有一面锣，还是破的，属于哑巴。破锣是铜皮敲制而成，有铁锅锅盖大小，在边沿钻有两个孔，孔里嵌着两个瓷片，瓷片再开小孔，穿过两条红布条，系在一个铁锅把上，方便手拿。

哑巴说锣的声音干裂不好听，都是这两个孔闹得，都怪当初那个铜瓷的老头不用心，非把碎碗上大生产图案中的那头猪切下来嵌在了锣里，猪头在左孔，屁股在右孔。一敲都是哼哼声和屁声，怎么会好听。要是嵌入一只公鸡、喜鹊啥的，那绝对不一样。

这面锣本不破，声音清脆还自带回响。是当年后街西头老六家生孩子过十二尚①的时候留下来的。老六老来得子，高兴，磨了三布袋白面粉请的戏台子。戏台子有面锣，哑巴见了喜欢拿来敲。她力气大，敲得格外响，穿村过巷的营生汉都说两里地外的蚂蚱都被震得满天飞。村里的狗也跟着叫，吓得胆小的人都绕着村子走。老六就是图个热闹，给了哑巴两个刚出锅的馍让她再使把劲，还拦着戏台子领班，别生气，就是热闹下。两个馍下肚，哑巴浑足了劲结结实实敲了两钟头，晌午刚过就噗嗤一下敲裂了。气得戏台子头儿也没好好唱，喝了一下午闷酒，最后老六又赔了半袋白面算了事。

---

① 十二尚：指孩子生下来的第12天。

锣，也就留下了。

哑巴有了锣，高兴得每天天不亮就开敲。惹得全村的鸡都乱了生物钟，下的蛋都没有黄，狗也都跟着叫哑了嗓。最后被她爹打了一顿才住了手，说以后再乱敲就扔到炉子里化了。她爹手重，又赶巧一巴掌呼到了哑巴后脖颈发际线的地方，老中医说那里有一个管着开口发声的穴道，结果一巴掌下去，哑巴张大了嘴吐了两口酸水，再也说不出话了。

大家觉着哑巴可怜，还聚在空地上专门商量过此事。老六出主意说，哑巴喜欢热闹，现在竟然自己不能出声了，看了让人心疼。那不如就封哑巴个响锣官，以后村里遇到任何大事、喜事，就让她敲一回，锣一响不仅她自己过了瘾，还通知了全村人，岂不是好。

小根儿摇头说不好，村里电线杆上不是有喇叭吗，难道荒废了不再用？

老蔫就用手指点戳他："你这缺心眼子，大队喇叭一响，不是说停水停电，就是说下地干活，要不就是谁家生病了，太贵看不起，让大家出钱凑凑。什么时候说过好事儿？每次喇叭嗤啦一过电流，听见里面有人清嗓子，松开口的半截尿都能吓缩回去。"

村里人就笑，笑就是同意，通过。

自那以后，锣不常响，但一响，人们都往街上跑。

这次锣响的时候，白娟和翠巧说光了闲话，俩人正坐在席子上发呆。被锣声吵醒，翠巧立马来了精神，拉着白娟起身，说不如去看看。

原来，是村里来了个算命先生。

算命先生就坐在大队部前面空地上的水井边，围了一圈的人，好找得都不用找，她俩顶多拐两个弯就看到了。

据村里的小孩说，算命先生是从北街东头进的村。本没打算在村里驻脚，可巧村头玉米地里窜出一只黄鼠狼，把口渴的先生惊得水壶没拿稳摔在地上，捡起来已没了水。

他气呼呼的，鼻孔喷着干土灰进了村子，路过空地看见水井，就上前摇水喝。先是泼出水桶里的剩水，不巧洒了些在老蔫鞋上。

　　老蔫刚才哄闹烦走了白娟，现在正一只脚踩在井沿上半猫了腰看人下棋。押宝赌烟叶，一盘棋两指宽烟叶，一会儿工夫输了大半张。正气得冒汗珠子，见有人敢泼他水，还是个外村人，便一股气撒在他身上："你是哪个村的？大日头的不赶紧回家，来这里凑什么热闹。"

　　算命的看了看老蔫，看出他输了棋正没好气，也不去惹他，闭了嘴继续摇他的辘轳。老蔫一把按住辘轳上的木轮："你这人，看着斯文，咋这么不讲理。"

　　辘轳被他按住，算命的只能答话："哦，天热，口渴。看这有口井，想讨口水喝。"

　　"俺村的井，俺村的水，要喝不是不给，张嘴打声招呼吧，怎么，金口，张不得？"

　　"对不住，对不住，是我莽撞。"

　　算命先生放开手，抱了拳，脸皮往中间攒了攒敷衍着挤出点笑容，只是容貌被脸上的灰土打了折扣，再加上漏出的一嘴红牙槽，把老蔫吓了一跳。

　　"我日个球，你吓煞我哩。"

　　算命的点点头表示抱歉，见老蔫从辘轳上撤了手，于是赶紧摇上半桶水，咕咚咕咚几口下肚，沁心的凉。

　　井水不深，七八米的样子，老辈都说是封龙山一个溶洞里的万年滴水潭里的水暗流至此，常年不断，四季恒温，而且富含矿物质，装在玻璃瓶里透着阳光看，会有一层淡淡的蓝色。喝惯了蓝井水的本地人都脾胃调和，但外地人就多会闹些小毛病了，那些远嫁至此的外地媳妇们都是要经历一段不适期的，闹肚子是常有的事儿。

　　算命先生喝得急，被井水的药劲儿和冰劲儿一作用，狠狠地放了一个屁："噗——"

　　"哟，听口音，远地方来的？"

　　"嗯，河南的，路过，去换马店。"

　　老蔫一听是河南人，来了兴趣："河南的？河南好啊，河南梆子好听，《三上轿》《花木兰》《穆桂英挂帅》，都是好戏。调子好，家伙事儿打得也

来劲，比河北梆子干巴巴的好听得多。"

算命的没忍住，又放了一响个。

"噫，你这吊门还不低啊，准会唱，喝完了，给咱来一段呗。先喝水，喝水，管够。"

算命先生没在意，以为老蔫说着开心。他握着水壶坐在井台边调养气息，眼睛盯着半桶井水里反射的淡蓝色阳光。

老蔫抬头看见大队部门口的哑巴，正闲得没事抠墙皮，便催促着说："来一段吧，俺们村还有锣哩。哑巴，哑巴，回去拿你那锣去，唱戏，唱戏啦。"

老蔫动静闹得大，空地上所有的人都抬起头来看他们。哑巴本就是个好热闹的人，看看这架势，一把扔下墙皮，拍着屁股跑走了。

算命先生揉着肚子赶紧说："不会，不会，我真不会唱，那谁……你别走，你拿来了锣，我也是不会唱啊。"

哑巴没停，拐个弯没影了，算命的又转过身来对老蔫说："这位兄弟，我就是要口水喝，真不会唱戏，你让我装满这个水壶，立马就走……"他心急，可没说完又是一个屁。

老蔫看着他笑，却不答话，一伸手又按住水桶。

"你看你这人，不就是喝口水，多大个事儿啊，你不让我喝，我就不喝，哪个村儿还没口井？"话是这么说着，但算命先生没有要离开的意思，肚子里走气，实在是迈不开腿。

俩人僵持着，旁边下棋的也都停了手，卷着烟叶看他们俩。有人出主意："唱个吧，不仅管水，还管烟。"

"对，叫这狗日的管烟，刚才赢了我一大张。"老蔫输烟叶的一口气还憋着。

"蔫子，放开你那手，小心手一滑掉下去你小子。"

在村里，叫他蔫子的，只有一个人，就是鹂婶。鹂婶辈位高，接生有经验，从没在她手里出过一件事故，所以在村里有地位，说话大家都应着，老蔫也不敢顶嘴。

"外乡，别听他的，喝了水你就走。"

26

见鹂婶走过来，老蔫撤了手："哟，鹂婶也来啊，你看这放屁放出滚天雷，喝水喝出王母娘。以后您老出门叫哑巴敲个锣通知一声，让小辈儿们都留意着你，该请安的请安，该让道的让道。你这冷不丁从身后来一嗓子，能吓死人哎……"

也是巧，这时"咣咣咣咣"真就响起锣来。鹂婶见老蔫松开了手，指着锣声的方向说："你挑的事儿，你擦干净。"说完，到一边找其他老婆子们扯闲去了。

老蔫看鹂婶离开的远了，低声问算命先生："真的不唱？你看锣可是来了。"

算命的摇摇头，又摇出一串屁。

"不唱就别张嘴！当心崩烂了你的裤裆。哑巴，你也停了吧，敲得闹心，都散了吧。"然后回身看他的棋，"继续，继续，你吸慢点，我还得赢回来呢。"

算命的稍得消停，坐在井台边歇息，手里拿着水壶。水壶是大肚细口的军用壶，只是没了绿漆，漏出大片大片的铝白色。铝皮不平整，在四个手指攥握的地方有很多突起，每个突起都对应每节指肚。先生静静地坐着，只有手指不停地在水壶上来回摩挲。

"哎，会下棋不，你看这盘谁赢？"老蔫又问。

"红旗赢不了，他心不静。"先生说的声音不大，但很自信。

老蔫仔细打量了一番河南人，本想说你骗人，棋都不看一眼就敢说输赢，但见他语气笃定不容人反驳，于是慢慢转脸去看走红旗的人。"让我看看，抬头……"下红棋的是小根儿，"……我说你这孙儿今天怎么总是输，不好好下你的棋，瞎想啥事儿呢？"

"去去去，好好看你的棋，别捣乱，不愿意押我，你就押黑棋。"小根儿说话带着怨气，不耐烦地拨开老蔫扣在他肩膀上的手，然后从左衣口袋里抽出一张裁好的纸条准备卷烟，摸了摸干瘪的烟叶袋子，生气地往棋盘上一摔，"不下了，没法下，下个棋也闹心。"说着起身要走，走前使劲儿踢了一脚旁边的井水桶。

　　"哎！"老蔫拦住他，"原来你真有心事儿啊，你这不是坑我吗？要有事不早说，不去办你的事儿，坐在这里下半天棋，害得我输了半张烟叶。不行，你得还我一半。"

　　"别理我啊，烦着呢，我不是也输了吗，没看见我刚才往烟里卷了半截树叶子。"小根儿绕开老蔫多走了几步，又回来，到井台边的河南人跟前，低声说："你会看相？"

　　"不会，不会，我就是顺嘴一说。"河南人说完起身，他怕又起麻烦事，想快点离开。

　　"不对，看你这打扮，衣服虽是有土尘，但也利利索索，绝不是干粗活的，说话也细致好听……"小根儿顿了顿，"你一定是个读书人……哦，不对，你是教书的，对不对？"

　　老蔫也跟过来看看："嗯，像，不是教书的，就是算命的。反正都是看书说话的营生。你看你的手，翻书都翻出老茧来了。"算命的攥了攥拳头，藏起几根手指，听老蔫继续说："你比一般算命的厉害，你不用看脸，看着后脑勺，你也知道他有心事儿。"

　　"不是，真不是。"算命先生看大家都围上来，赶紧背起行李，"我不会相面，刚才看见他叩着手在腿上不停地敲，我猜出来的。"

　　这下，老蔫更相信了："你就是个相面的，准错不了，察言观色、能说会道的，我都看他敲了一下午腿了，我咋看不出他有心事儿哩！"他一把拉住河南人的包袱，"不行，你不能走，你得给我算算，这水不能白喝。"

第六章
算命

　　老蔫一下来了劲，拉住算命先生不松手，大声嚷嚷着。闲散在大队部前的游汉闲妇们闻讯也都聚集过来，先生眼看是走不了了。大人们很快围聚成厚厚一圈，密不透风，而半大孩子们见状则开始上树，这是林庄人看热闹的规矩，孩子们向来不在大人的腿缝中找位子，那里又窄又挤还常被遮挡，哪里有上树看得妥当。尤其是井口西边墙下的那棵老椿树，枝杈发达粗壮，每个枝丫杈口都是能坐人的，时间一长且都固定了位子。比如瘦弱的孩子没地位是会被分配在边角的，而年纪越大越强壮的孩子就越会向中间聚拢，等大到上高中了也就不屑于这些幼稚的勾当而不再上树了。因此随着孩子们逐渐长大，树上的座次也就每年调整一回，但这其中始终有一个位子不曾改变，那就是正中间的第一分枝，已经被哑巴占了十来年。而此时，她正坐在那里往人群里张望，旁边还挂着她的锣。

　　这棵椿树可是不简单，说起来村里的每个孩子都能讲上一段它的故事，故事出自老全的口，带着老全的腔——

　　　当年王莽赶刘秀，刘秀单马急鞭往南路过前山，遇见一只蝈蝈蛄虫精拦路，怪叫一声吓死了刘秀的马。刘秀只能寻店换了匹马继续赶路，走了不远又感到口渴难耐，见路边树上结满红果子，摘下来一品，甜美异常，饥渴顿消。刘秀拍打着树干说，将来打下江山一定封你为王。

多年后，刘秀登基，想起此事，于是沿着当年逃难之路巡游。很容易找到了换马之处，封赏马的店家万金，并赐名"换马店"。继续南走，却恍惚中走错了路来到此地，可巧也见一株结满红果子的椿树，便认定这就是当年救了他性命的那棵，于是披红挂绿，枝叶之下搓土筑坛，祭拜册封"树王"之名。

椿树王茁壮挺拔，风里雨里过活了几个朝代，可惜在燕王扫北的时候连村带树被一把火烧尽，了结了千百年的繁枝密叶。枣林庄的祖辈人没了椿树王，都烦躁不安，就像是盖房子不设屋顶，剃秃头不戴帽子一样心不踏实。于是四处求种，在原地又栽了一棵，长到现在。只是新长的椿树没有原来的高大挺拔，却是粗壮结实，枝丫开得多且低，正好让现今的孩子们攀爬。

树根下的祭坛也顺势重建成了土地庙，缩小了尺寸，一米来高，门朝南，里面供奉土地爷的牌位保佑椿树王长青。后来土地庙竟也偷偷成了孩子们上树的台阶，虽是被老婆子们见到就骂，可也止不住，一会工夫爬满了一树，都瞪着眼睛看算命先生。

算命先生被林庄人一茬一茬地围住，但大家跟他都保持着一米宽的距离。因为对于有学问的人，林庄人是尊敬的，不敢离得太近。就像二胖的二舅爷老全，写得一手好字。每年到了年根底下，哪家哪户不是卷了红纸去找他写对联、写福字。都几十年了，村里人也都敬重着他，保护着他。别说没有人敢跟他吵架生气，就连二舅爷家的鸡都从没丢过一只。即便那只鸡是在街上下了蛋，也一准儿会有人捧着送到家去的。

今天，村里来了个能掐会算、看相说事儿的能人，那还不得拦住了讨教一回。算命先生从没见过这种阵仗，吓得往后退了两步，却忽然被一只大手猛地抓住。

"啊呀，你可当心，后面是井，再退就出溜下去了。"

"你别动了，就在井台子边坐着吧。"说着一个破板凳递过来，有人接了，有人放在地上，有人就按住算命先生的肩膀，容不得他说一句话，糊糊涂涂地就坐下来了小根儿离得最近，赶紧帮忙卸下他的包袱，然后蹲在地上，看着算命的说："先生你就给我看看吧，我这事儿怎么个解法？"边说着，边从旁边人手里夺过来一把扇子，使劲扇起来。

算命先生一脸的后悔，恨透了那只黄鼠狼，也恨自己的眼怎么就看见了这口井，更恨自己嘴欠，非要多那几句话。

现在肯定是别想走了，于是把心一稳，定定神回答："哎，谁叫我喝了你们的水。这天一生水，汪水生根，看来命里有这一场，让我在这里驻驻脚。那我就给你们说一说，算是喝水救渴的答谢。"

四周人渐渐安静下来，他继续说："但有个条件，天不早了，还得赶路。我就看三人，多一个也不干。"

一番话说下来，林庄人一阵嘀咕，只可惜就三次机会，这么多人怎么够用。但毕竟大家都是慢赶驴闲拉磨的心态为多，就好比竹竿打枣顺带打下来两个鸟蛋，那都是意外之喜，有多少都是白赚的，想想也就答应了。

小根儿一挺脖子："我是第一个，他刚才看了一半，还没说完呢。先生，你继续说。"

"要往下说，你得写个字给我。不要想，在地上随心写。"

"写字！我一共也写不出几个。写错了你笑话，还是看手相吧。"说着小根儿把手在衣服上蹭了蹭伸出来。

"写吧，错了不怕。这字其实不全是字，我当半幅画来看。多一笔少一笔都依了你的气运而定，由心而生，你就写吧。"

"好，我写。"

可小根儿还是犯难，写"一""大""人"之类的吧，太简单，准被别人笑话。难的吧，又不会，急得鼻头上冒出个黄豆大的汗珠子，歪歪斜斜在地上写出个"我"字来，然后看着算命先生。

算命先生看着地上的"我"字，手里搓着水壶上的印子，说："这是个'我'字，左边是手，右边是戈。你要问的是个人，是个男的，但不是小孩儿，小孩儿不操戈。字头是个八字，数分三界，八从上界，又在头顶……你问的是你家父辈中人。"

"噫！"小根儿吸一口气。

"怎，说得对？"

"你爹？你爹怎么啦？"

"我今儿还看见你爹好好的哩，这么一会儿不行了？"旁边的人们七嘴八舌催着小根儿证实。

"别瞎说，你爹才不行了呢。"小根儿说，"先生，你说的真不假，是我丈人出了事儿。我媳妇都回去好几天了也没个消息……你接着再给说说。"

"这个字，左边是手，也是禾，但少一划。禾字通谷，是粮，是衣，但缺一笔又不足。少粮缺衣，非穷既病。看你们村头的棒子地成片，不像没吃的，那就一定是病了。你这最后一点下笔很重，说明病在头。"

"对对，是头上的病，有救不？俺媳妇儿啥时候回？"

算命先生把水壶端起来要喝，一警觉又放下。"我不行医，不会开药，但你丈人的病不用太长时间就会好的，因为戈字这一撇飞得不远，飞到上面又与横笔相连，不久就会痊愈，不必担心。"

先生说得头头是道，连珠语流畅不磕绊，听得林庄人瞪着眼睛看出了神，没有大声说话的。

"那我媳妇儿啥时候能回来？"小根儿像是没听懂，小声又问了一遍。

"病好了不就回来了，笨死你。媳妇儿还等不及了？真等不及回家和二斤面戳个洞先应应急。"老蔫在旁边赶紧插话，"你的结束，该我了，他是我给留下来的，下个轮到我。"说着，老蔫忙向前挪了挪，拿起个小树枝："我写个字，你给看看。"

老蔫用树枝在地上规规矩矩地划起来，才写了一横，忽然人群里有人叫他："老蔫，老蔫，你在不在？快回去看看，你家虎子从桌上摔下来了，摔得不轻。"

"啥！他咋就上了桌？"老蔫骂了一句，左右为难，"老娘们儿连个孩子也看不好。"

"蔫子，快回去吧，孩子出了事，就是算出个皇帝命也没用。"

"咋没用，如果我是皇上，我把先生请回俺家，给我算一天。"老蔫把手里的木棍往地上一扔，掰开人群气哼哼地走了。

人群闪了条道，正好让翠巧见缝挤了进来，一条腿半蹲在地上，把爽子往另一条大腿上一放，说："先生，要不你给我看看。"

人们一阵起哄。

"别挤，吵什么吵，"翠巧泼辣地控制着人群，为她自己辩解，"算谁不是算，算出你是皇上，你就真成皇上了？万一说你是伺候皇上的，那还拿把刀片子骗了你不成？我来算，你们有故事听，好听就听着，好笑就笑着，左右都不亏你们，还怨个啥！"

村里人也就是看个热闹，不去跟她计较，片刻安静下来。

翠巧转身继续看着算命先生："你看，我抱着孩子，不方便写字。要写，也是这个'一'字。要不，你就用这个字给我算算吧。"

"也行，一切皆有因果，一切都已注定。我就用这个字给你说说。"算命先生也不拒绝，"一字一笔，上缺天，下缺地。天地人，三界分，中间归人界。一又是数字下界，归小归幼。这个字怕是你替这个孩子算的。"算命先生顿了顿，眼睛看了看腿上的爽子："就是他吧。"

"对，对，就是俺这孩儿，叫爽子。"

"但是，如果再往下说，你就得再补上几笔了。"先生指了指地上的这个一字，"毕竟这不是你写的。"

翠巧爽快，拾起老蔫丢掉的棍子在地上又画了一竖，成了个'十'字："好，就是这个。"

"横代表天地南北，竖代表日月星辰，都是世间大事物。你这孩子，将来能办一件大事。你看这一竖，坚挺笔直，如木如桩，刺穿天地二面，从地下而起，直飞入天。"

"哟，爽子还能上天啊？就是骑着你手里那根棍儿上的天吧？"

"那可就不是皇上了，那是孙猴子啊。"旁边有人起哄。

算命先生摘下眼镜，撩起衣角擦了擦，仔细地看着爽子。翠巧出来得急，没有给孩子垫尿布，爽子这时候一个机灵，几滴尿滋了出来，准准地尿到了这个字上，糊了一片。

"这孩子将来是能做成大事儿的，此事儿从地下而起。是什么事，是好事坏事，就看不清楚了。但能肯定的是，跟很多人都有关联，因为你这个'十'字划开天地分成四象，四象为苍龙、为白虎、为朱雀、为玄武，亦为四方，囊括苍生。虽然笔道粗短，但涵盖你们村是绰绰有余的。"算命先生说着又指了指这几滴尿："他的这几滴尿落在上，为北，归玄武，所以定跟水有关。"

稍作停顿，先生继续说："让他读书，好好教育，看好，管好。"最后这几句话说得语音低沉，弄得大家都有点不安。

算命先生见人群稍显躁动，怕自己刚才的话又惹事端，于是赶紧站起来，主动换了个话题说："最后，我给你们村子看看吧。谈不上风水改运，多少提点注意事项也是好的。"

大家都同意，又闪出一条道让先生出来。

他绕着空地走了一圈，村子不大，南街北街直通没有阻挡，一圈下来也就看全了。最后来到大椿树下，看着满树的孩子们，个顶个跟猴子一样蹲在树杈上盯着他看。先生被看得好不自然，勉强挤出点笑容夸奖孩子们都好身手。哑巴在树杈上听了高兴地咧咧嘴，一脸孩子王的得意样子，正想伸手去摘她的锣敲两下，胳膊无意勾到了身旁的一个孩子，脚一滑掉了下来。孩子没事儿，却吓到算命先生，慌忙中躲闪，碰翻了土地庙前的香炉，他赶紧伸手扶正，但摸了一手的香灰。

顺贵就跟在旁边，见状递过水壶，倾口倒水让他洗手。待手洗净，先生正反手蹭蹭干净，又踱着步子回到空地中央，而水壶则被顺贵随手挂在了椿树枝上。

"你们村，上下两条街，中间四四方方一空白，聚在一块点名了一个'井'字。但字的笔画不全，少了上下出头的两竖，就像井沿的枕木少了一截，井不牢靠。"先生说着走到井边，村里人在后面跟着，"但这口井又占了村子正中央，是脉眼所在。所以，要把这口井看护好，一定看好，说不定能抗得住这两根断了的枕木。切记，切记。"

算命先生认真地说，林庄的人们也都顺着他的手指认真地看，全都不吭一声。先生说完开始收拾自己的东西，忽然想起个事儿来，便问："哦，对了，刚才那个写第一笔的人……"

"老蔫。"

"哦，是他，他孩子叫什么来着……对，虎子，也要看好，他俩一横一竖同分甘苦，共担生死，都要教育好。"

说了这些话，有些人听明白了，有些人没听明白。听明白的从头捋着细节慢慢思考，在村子里找各种线索证实先生的说法。没听明白的，看着明白人一脸思索又恍然大悟的样子，想多得点解释，却被摆摆手说你不懂。气得那人呸一口："都是群糊涂蛋，你就装吧，半夜上茅厕撒泡尿回来都能迷了路，还能指望你们参透咱村的秘密？散了，散了……"

算命先生拿起自己的包袱，扛在背上，从北街往村东口去了，一村的人悉悉索索挪着碎步跟到北街，默默地看着，仍旧没人说话。直等到那人的小身影被酸枣林子遮挡住，再也看不见的时候，还在树上的哑巴猛地敲起一阵急促的锣声，才算是补上送行，同时把人们的魂又拉回了村子里的这眼井上。

有人说："咱得把这眼井盖起来，用的时候再打开，保护好。"

"咋盖？用木头，还是用石头？井水一天到晚都离不开，你管着？"

"那咋办？"

"这是大事儿，得好好商量。"

第七章
盖井

会算命的河南人走了，留下一群林庄人围着那口井干巴巴地看着，总要想个办法出来，但自始至终也没人能提出个像样的主意。有人说要不在村里再开两条南北的路，把这个"井"字补齐。有人就回嘴，说你家没住在这两条竖上，不砸你家锅，不拆你家墙，净说些便宜话。又有人说在村外围个四方的围墙，算上围墙里的南北街，就变成个繁体"回"字，彻底变成另一个运数，不再在这半块"井"字上为难。但又细想，自己的房子还少砖缺瓦盖成竖砖，哪还有钱买围墙的砖头，只能作罢。

争吵到后来看看天已不早，人们纷纷甩甩手回家去了，再不回怕是连最后一晚面汤都捞不着了。

最后回去的是翠巧，一直在空地上找人絮叨算命先生的话。那些话能让她更高兴，因为根栓窝囊了一辈子，她也觉得没光。如果在下一辈能翻了身，凭爽子真就干出点什么上天入地的大事来，母凭子贵那以后在村里说话就能硬气些。"我看以后谁还敢偷偷掏了俺家的粪去浇自家的地，回头还怨俺们的粪稀不壮地力？"翠巧一个人心里想着就解气。

日头眼看就要下到封龙山的背面，一道金色的阳光从山顶上穿过，天上的薄云彩就像烧着了一样红红的挂在天上，树的影子也被拉得老长，直直地投在北街地面上，就像根大羽毛一般。翠巧心里得意，觉得今天的树影子也变成红色的了，她抱着爽子轻巧地一甩头，颠颤着脚尖准备往家去。

老蔫从后面叫住了他，气喘吁吁的样子，光着膀子赶过来。

原来刚才是虎子娘带着虎子在自己家里躲避日晒，见桌上的座钟摆停了，于是把虎子顺手放在钟前面的四方桌上去拧发条。虎子胖，屁股上的肉多结实，本是坐得稳的，谁知正赶上哑巴开始敲锣，她家距哑巴家近，声音格外响，吓得虎子一激灵，结果从桌子上直愣愣地就掉了下来。多亏地上的马扎拦了一下，他屁股先着地，摔得不狠，但着实被吓得不轻，哭个不停。

老蔫一阵折腾，等到虎子安静下来睡着了，已是傍晚。老蔫狠狠地蹲在门槛上看着他媳妇姗子。姗子也回瞪着他，说你咋不去找哑巴，哑巴下手没轻没重，一面破锣能敲出开山放炮的动静来。老蔫想想也对，气得浑身冒汗，把手里的烟头一捏就出了门，汗衫也没穿。可是前胡同后胡同地串了大半个村子也没看见哑巴，见人们都陆陆续续回了家，才想起来自己还有半截没算完的命，于是才急匆匆赶过来，结果只看见了翠巧。

老蔫大为生气，骂今天特别背，先是输了半张烟叶，再是摔了儿子，自己拦下来的算命先生也给别人占了便宜。气得用足力气蹬了老椿树一脚，扑棱棱飞出几只知了，也震醒了还在树杈子上打盹儿的哑巴。老蔫眼见就要上树拿她，被翠巧拽住，说："老蔫，你别气了，人家算命先生也给你说了两句，让我捎话给你。说你家虎子和俺们爽子是哥俩好，以后俺们爽子出息大了，忘不了你们虎子，在家里躺着也能吃香喝辣。"说完自己咯咯咯地笑出来。

"跟着你家吃香喝辣？就他和他爹长的这干巴样，说出去谁相信。"

"信不信由你，人家算命的原话，爽子将来干的是从地下发起的大事，你家虎子跟着兴许能沾点光。就这点光，还是因为我没擦你在地上瞎划拉的那一横才沾上的，你还不服？"

说完，翠巧抱着爽子扭身要走，却一眼看见还挂在树枝上的算命先生的水壶。她走上前去一把摘下，继续晃着身子颠巴颠巴走了。

留下老蔫一个人发愁："准不准啊？"

其实不止老蔫一个人，全村的人这些日子都在想这个问题——准不准啊？

从"万里无一"的角度出发，大可没必要理会河南人的话，毕竟只是句没根没底的人说了句过路话而已，就当是戏台子上丑婆的一句戏词罢了，风姿绰约的青衣一出场就全忘了。但又念这是林庄的脉眼所在，"万里无一"那该怎么办呢？邪疾入眼而乱脉，难道要让重生几百年的林庄和椿树王再死一次？

鸥婶大声喊道，谁敢！

那就"以防万一"盖住它，又的确不方便，全村几百口子人全仗着这眼井过活，总不能以后家家户户接雨水煮粥吧。

像是一群羊，没有领头的头羊带着，任凭他们自己各顾各地低头闷吃，吃着吃着也就散了。林庄的老少爷们儿在空地上胡乱吵吵了好几天，车轱辘话泡着浓茶说，说着说着也便没了味道，最后抬手一泼，渗在土里也就没人再提了。之后该下棋的下棋，该扯闲的扯闲，一切眼看又回到了日常的当儿，一个人却又让全村炸了锅，而且直接惊动了村里的几根村柱子，要求召集全村开会商量如何保护这口井。

这个炸锅的药捻子，就是小根儿的媳妇。

小根儿媳妇因为她爹生了脑袋上的病，回娘家照顾，住了两个多月。也就是在河南人走后十来天，她一个人胳膊肘里挎着包袱，脸上乐呵呵地回了村。她是不知道算命这回事儿的，走过大队部门口的时候被人叫住，问她爹是不是生了病，是不是生了头上的病，是不是自己又好了？小根儿媳妇小嘴一张，说你们咋什么都知道。人们这才慌慌张张地从头到尾跟她学说了一遍经过，听得小根儿媳妇连连说奇怪。再细数了一下河南人进村的日子，还就是那天晚上她爹醒过来的。都昏睡了半个月，人睡瘦了好几圈，眼看不行了，已经开始计划后事的时候，她爹醒了。

当时村里有几个60岁朝上的小脚妇女在听，赶紧起身来到老椿树下，跪在土地庙前祭拜，说一定是真神下凡，要借着河南人的嘴拯救林庄。然后又转身去拜那口井，说龙王在上，一定要保佑全村老幼平安。想想又不对，龙王不是住在水底吗，那该是说龙王在下呀，可又怕口上冒犯，于是起身拍拍两腿的土赶紧回家去了。

有去的就有来的，没等小根儿媳妇回到家，村子里大半的人都已经得到消息集中到了空地上。他们都开始相信神仙化了凡人来村里指点迷津，小根儿丈人这事是个引子，与本村无关，重点是这俩孩子和这口井。孩子最多关系到老蔫和根栓两家，而这口井是村里气运所在，关系了全村人的生息，一定要按照神仙的指示，好好保护起来才是。

这是大事儿，惊动了韩老森，他是村里的大辈儿。年轻的时候在县城粮站做过学徒，会打算盘会记账，常年替村里人代笔写信记事。时日一久人们觉得老森正义稳重，一些邻里置气、兄弟矛盾之类的评判事情也都请他去主持。功德积累也便成了村里的柱子，只是现如今威望已成，不大出来走动，一般事情村里人也都不去烦惹他。

但这件事除外。

韩老森决定，3天后全村50岁以上、有家有室的所有男人都必须到场开大会，其余人等可以围观，但不被允许不能插话。就在大队部的院子里，吃了晚饭自带板凳参加。交代完毕，又嘱咐哑巴，所有的孩子们归她负责维护秩序，保证树上安全。

北方的天气跟人一样，干巴巴的不润滑。午时的太阳透过路旁的大杨树后斑斑点点地猛砸在地上，劲道一点没减弱，在这里睡一觉起来身上能晒出一片胎记。但到了日落，凉风穿街而过，一丝一丝的全是寒气，手里端着刚出锅的稀米粥蹲在街角边吃边聊，如果话多的怕是没喝完就要回锅热热才行了。在这样的季节，如往常干了一天的农活，回家擦擦身子，凉风一吹身上的汗全消，神清气爽，正是认真谈话办正事儿的时候。

三天后家家户户都提早吃了晚饭，讲究的人抹干净了嘴，拎上一壶茶，茶壶嘴上倒扣着茶杯，慢慢悠悠就往大队部去了。有些妇女们琐事多来不及吃完，三根手指端着碗两根手指夹着馍，拉着孩子在后面跟着。穿过空地北面的临街小卖部，就进入了大队部的院子。院子很开阔，规规矩矩的形状，南面小卖部后墙，北边尖顶办公室，两边是土坯矮墙，沿墙根两排大树，杨树、枣树、梧桐树等间接种着。

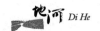

列席村大会的主要人员有50来人，按照老森的要求都是些半百往上的老爷们。大家围坐成个扇子形，一张桌子放在扇轴的地方，村支书庚叔和韩老森坐在桌正面的长条凳上，老全单独坐在左边，右边的凳子摆在那里，但是空着。在桌对面的扇页处是那50来个主要与会者，坐在自带的板凳上喝着茶、抽着烟。再远点是扇面，以妇女和年轻男子为主，大家站着唧唧喳喳地说话。半大的孩子们基本都在树上或墙头上，地势较高灯光照不到，黑压压的分不清人头。

庚叔清了清嗓子，大声说："都安静啊，现在开会了。"

韩老森把身子往前探了探，庚叔就看出他有话说，也凑过耳朵来听着。随后直起腰："根栓、老蒍来了吗？你们俩往前，你们是主要当事人家属代表。还有落忠，今天特地把你从县里叫回来，你也往前走，你是咱村学历最高的，需要你的意见。"

看他们仨坐定，庚叔起身冲扇面里的鹂婶招招手："鹂婶啊，别每次都请你啦，这里有你的位子。"说着轻轻拍了拍桌子，示意那个空位是她的。鹂婶边往前挤边笑着说："你们大老爷们做主的事儿，我哪里说得上话。"人们自觉地让出一条通道。

庚叔说话简练："这事儿呢，来龙去脉我想大家都非常清楚，就不多废话了。这回叫大家来就是要商量一下，咱村的这口井要不要保护？怎么保护？这是村里的大事儿，抱孩子的都把孩子看好，别哭呀闹呀的影响了讨论。还有哑巴，哑巴！也看不见你在哪，你看好树上的孩子们，敢掉下来一个，我就撤了你的老椿树主座。"

"好了，那，谁先说说呢？"

鹂婶刚坐定，又站起来先说话了："既然叫我坐在前面，那我就不能白坐在这，我先说说我的想法吧。那位算命先生的话准不准，你们都听说小根儿媳妇的事了，大家也能想得明白，这个问题不需要讨论——井是一定要保护起来的。就算算命的是个只会看人脸色糊弄人的江湖骗子，说的是一些凑巧的胡话，我们把井保护起来，也没坏处啊。"

看大家的反应，沉默的居多，她继续说："产婆我做了大半辈子，咱村的

村里开大会

和邻村的算在一块，通过我手的孩子没有一百也有几十。大多生产顺利老少欢喜，但也有残哑呆傻的孩子给全家人添堵闹心。这里面有先天长成的，也有后天人为的，每一份烦心细说起来是各家各样，特殊的这辈子都不可能遇见第二个，但是记住，是果必有因，因果有先兆。上百个娃娃经我手上落到炕头，能第一眼看见他的，不是他娘，是我。女人的肚子是胞宫，也叫妙善宫，是通灵的半仙界。孩子从里面出来浑身是包裹仙气的，仙气出胞三秒就散。但三秒之内，孩子的一生是喜是悲、是苦是甜全都画在脸上，也只有我看得见。等吐了羊水擦干抹净送到他娘手里的时候，就真的是个只有一脸哭相的普通娃娃了。"

鹂婶说得激动，向外面跨了一步："你们抱着看，全须全尾的就只知道高兴，但你们看不见的第一眼我要不要告诉你们呢？仙气带有福相的还好，如果面容预兆悲苦的呢，我怎么开得了口？以前年纪轻的时候，一是生老病死的事情经历的少，心比较大；二来没这意识，孩子的第一眼只觉得新奇，没多去想。现在岁数大了，时间多了，有事没事就把以前看过的重新翻出来琢磨，越琢磨越觉得这前生今世、家里家外，一切都有内在的关联，来世报、现世报越看越清楚。"

"咱村的媳妇生娃，我绝对不会不管，这是我的本分。但外村的，这些年来我就会挑拣一下，不会像以前那样一口答应了。我会让哑巴去给我打听一下那户人家的情况。父子兄妹谁身上衣服的补丁多，他家哪个屋门槛磨损得厉害，屋前房后种的什么树，门檐里处是否有燕子做窝……这些都要看，因为这都能看出这家媳妇生出的孩儿是福还是祸。是福，我就答应；是祸，我就推掉。心软了，实在是见不得遭罪的孩子……"

鹂婶越说声音越小，沉默了一会："……是不是有些跑偏啦？我想说的是，什么事情都有征兆。家里面的事儿，往屋里看；村里面的事儿，往街上看。那个会算命的河南人，就是征兆；小根儿他老丈人，就是征兆；土地庙前的香炉，就是征兆，不能不信。"

说完，鹂婶坐回座位。

院子里的人都吵吵起来，赞同的居多。

有人说："说得对，小根儿丈人的病就是神仙特意安排的，就是让咱相信河南人说的都是真的。"

"一边去，你爹生病才是神仙安排的呢，你爹才得罪神仙遭报应呢。"小根儿媳妇气得直骂。

村支书老庚侧身看看旁边的韩老森，见他一脸的平静，闭着眼睛轻轻点点头，于是说："别吵吵了，就这么办，咱就把这口井保护起来。"

"还有个事儿。"老全在旁边不紧不慢地说，"保护归保护，那个河南人最好再找到他，多请教请教。"

"都走了好几天了，去哪里找？"

"他不是说去换马店吗？走亲戚吧？大老远地来一趟，总要多住些日子的，现在还不至于走，派个人家家户户地打听，总能找出来。"

"那谁去？"

"根栓，你去。"庚叔说。

根栓没吱声，低着头缩在人群里。翠巧在后面大声说话："不行，俺们家根栓不能去。家里就这么一个男人，眼看半个月不下雨，地里再不浇水那棒子就干死了。他走了，谁干？根栓，你跟庚叔说是不是这个情况。"根栓稍微抬起头，偷偷瞄着庚叔，嘴巴动了两下，可还是没敢说话。

"浇水是假，上肥是真吧。"老蔫抬起身子冲着翠巧喊，"你怕走了这个农家肥生产模范，你家里的粪不够用了吧？别怕，从今天起，我把我那一份都拉到你家茅厕里去。"逗得人们哈哈笑。

"严肃点！"庚叔说，"我看还是根栓去吧。毕竟河南人跟你家爽子牵连最大，你找到他，除了咱村的井，还能多问问关于你们家爽子的事情。我看你最合适，就这么定了。"庚叔的话在村里还是有分量的，翠巧不愿意，但也不敢多说，一扭身子气哼哼地走了。

庚叔没去理会她，继续说："接下来，这口井怎么个保护法，谁说说？"

"我说，咱应该把这口井从里到外翻新一下。这井有年头了吧，井口的砖都松了，应该重砌一遍，把辘轳也换成钢骨架的，结实。"

"不行，这井是咱村的运脉，是龙眼。怎能说拆就拆、说砌就砌呢？动了

龙气，当心龙王发难。"

"你就不怕井口的砖松动，掉进井里迷了龙眼？"

"所以啊，那天谁说了一句，做个盖盖住，保护住这口井。"

"那得多大个盖子，就算是木头的，别说娘们，就是一般小伙子谁抬得动？以后家里没有了壮男人，还不打水洗脸了？"

"找个劲儿大的，专门负责看井盖。"

说话的都是坐在扇页处的老爷们，但到了这里，后面的人群里有些骚动了。

"胖牛胖，有劲儿，让他看。"

"叫虎子一块看着，这小子也有劲儿，以后接班。"

"对，不是说虎子以后长大有出息的嘛，要干大事，我看就是帮着全村看井盖。"

"不对，有出息的是爽子。"

"算命的说，他俩是一对儿，那就一块看着吧。"

"一个上半夜，一个下半夜。"

老蔫蹲在扇页里越听越不对劲，随手拿起个玉米轴扔过去："打你个兔崽子，你才下半夜看井盖呢。"

一阵乱笑。

庚叔咳嗽一声，大声制止："不要闹，再闹出去。"大家憋住气，安静了许多。庚叔继续说："井盖好是好，但不方便村里人吃水，再想想。"

"要不，把这眼井盖住不用，再打一口？"

"在哪打？空地这么小，哪里还有地方，总不能打在街上吧。"

"那咋办，想保护那就不能经常使用，物件是用得越多、坏得越快。但不用，人就没水喝，这没法啊……"

人们七嘴八舌，半天没能有个好主意，慢慢地又出现骚乱迹象。树上的孩子们也听不出个门道，没了兴趣，开始去伸腿撩拨旁边枝杈上的其他孩子，出现相互叫骂声。

韩老森坐在那里自始至终没说一句话，吧嗒吧嗒抽了两管子烟，慢慢把烟叶袋子绕在烟嘴上，说："落忠，你说说吧，咱村儿你学问最高。"

落忠在家里排行老大，是林庄唯一一个大学生。除了他自身聪明肯学之外，运气也不差。正好赶在学潮之前上了大学，虽说大学里面没怎么正经上过课，但文凭是有的，毕业后分配到省地矿局驻县城大队做研究员，吃住在县城宿舍里，隔三岔五回来看看。他后面的两个弟弟就背运了很多，大学门一关，只能在家务农。

落忠一直静心地躲在影子里听大家说话，现在提到他，侧了侧身子从影子里探出脑袋，说："办法也有，就是得花钱，也许还不少。"

"你说说看。"

"这井啊，不动，但是把辘轳拆掉，换成电动的抽水泵，盖个小屋藏起来。在小屋旁边再盖个水箱，四五米见方，三米来高，够全村一天用水就行。每天固定时间上电抽水，水抽到水箱里储存着，村里人来打水，直接从水箱里接就行。"

话音毕，人们都说这个办法好，读过书就是不一样，想法多。

落忠继续："我们办事处所在的办公大院里正在研究安装一个水塔，基本上用的就是这个方法，只是比我们的水箱要高大些而已，所以理论上绝对可行。"

"那从水箱怎么往外面打水呢，三米高呢？"小根儿问。

"咋还能笨煞你！水箱壁上凿个洞装个水管不是很方便吗？"庚叔怪小根儿净说些没脑子的话耽误时间，但骂完又多少显露些犹豫，"这是个好办法，但得花钱买机器，买砖，买水泥，还得花人工……"

韩老森在旁边一拍桌子："我看落忠出的办法好，村里算算得花多少钱，不够的话各家出点，我再去乡里凑点。"

人群里轰地一阵骚乱，庚叔忙发声制止："过年放村火凑钱，个个都没二话，这是保咱日后太平的事儿，你们却有意见，长点出息行吗？散会。"

第八章
找人

　　换马店离林庄有几十里山路，出村西口顺时针绕着封龙山转一圈翻过几片酸枣树林才能到，枣树林长在半山腰，上上下下的石头路很是费脚力。而且一路且得小心了落脚，万一踩空掉进林子里，摔不死也得让酸枣树枝上的尖刺扎死。故而两个村虽属行政同乡，人们却也很少来往。

　　其实换马店和林庄之间是有条近路的，但十几年前的一次大雨滑坡，冲断了路上的一座石桥。石桥架在深涧之上，站在断桥边望下去，黑压压一片酸枣树，覆盖着一条小河，只听见哗哗的水声而不见河面。韩老森曾经找人看过，但难度太高，危险太大，放弃了修复。从那时以后，两个村的人也就少了来往，连林庄的孩子们上学也不得不舍去了换马店的乡办小学。经韩老森与前村支书一合计，在后街西头硬是腾出一片地，盖起一个院子办了自己的林庄小学。

　　到如今虽说十几年过去了，林庄小学依旧只有三个老师，两个班级，一个高年级混班，一个低年级混班。别村学校早晨的朗朗读书声从窗内传出，稚嫩但整齐，悠扬而划一，听着就心情愉悦。而林庄小学从开学第一天起，就从未悦耳过。左边的一年级孩子朗读"鹅，鹅，鹅"唐诗，中间的三年级孩子们念着"六去四进一，六上一去五进一"珠算口诀，右边的二年级孩子们则是捂着耳朵喊九九乘法表，吵得操场上常年腾起二尺土。用顺贵的话说，孩子们上学都带着苍蝇来的，嗡嗡嗡的去不掉，烦得我晚上做梦都能掉进蛤蟆坑。

顺贵就住在学校旁边，坚持了几年落了个精神衰弱，现在是一到开课时间就躲到空地上去找清净了。

"呀，顺贵来了？我得赶紧叫俺孙去，上学又迟到了。"

"也对，我就是个闹钟，'北京人民广播电台，现在是北京时间八点整'，都回去调表对时间去吧。"坐下，接着说，"这读书本是件好事儿，当初学校盖在俺家旁边我还捐了根大梁，心想听着孩子们读书也沾点文化气。可谁想能这么闹腾，连燕子都不在俺们家做窝了。"

"别说燕子了，我看你都快不着家了，一把凳子，一壶茶水，在大椿树底下一坐就是一天。这四里八乡赶集串亲戚的，只要路过咱们村，就没有一个不认识你的。"

正说着，从村西口进来一担夫，路过大椿树歇脚，对顺贵说："顺贵，刚才在村外看见个人扛着包袱耷拉着脑袋进了山，看着像是你们村的，叫他他也不答话，一溜烟进了枣树林。"

"哦，你说的那是根栓吧，别搭理他，他就这样，一见生人就闹肚子，准是进林子方便去了。"

顺贵说得不错，那的确是根栓，他这天一大早就出门了，去换马店找那个河南人。

他出门的时候极不情愿，倒不是担心自己玉米地没人打理，而是害怕去到换马店不知道怎么开口问话。这一是天生的内向，但同时也包含了小时候常被人欺负至极而落下创伤的原因，照现在的时髦用词，那叫心理阴影。尤其中学时候看老鸹吃青虫被彻底恶心到之后，更是添了新毛病，遇事就紧张，一紧张就闹肚子，就要到处跑着找茅厕。

昨天晚上，根栓一宿没睡，从炕头到茅坑的这段路恨不能让他踩出条沟来。翠巧埋怨自己男人没出息，大会上连个屁都不敢放，回到家却臭了满院子。天还没亮就一脚把根栓踹下地，让他赶紧走，最好死在外面。

根栓背着口袋走到换马店的时候太阳已经压西，站在村口看着几户人家烟囱里冒起黑烟，心里一阵的委屈。在山里顶着太阳转了一天，现在已经乏力得

再也走不动了，可是，今晚住处还未解决呢。这里没有亲戚，也没有熟人，可急死了根栓。在村外挨一晚上呢，他怕狼；村子里找个房檐墙角呢，又怕人。他也恨自己没用，但两条腿就像两根戳在泥里的木桩子，挪也挪不动，一直挨到了天黑。他心里清楚，黑夜能给他更多勇气。

所以看来对于根栓，还是人比狼要更怕一些。

北方的空气干燥，没有细小水滴的折射，阳光一旦被大山遮挡，掉在阴影中的换马店立马变得漆黑，星星点点的煤油灯光也是昏暗柔弱，根本透不出粗糙的窗户纸。路灯三三两两地亮着，飞虫在灯下一尺的范围内胡乱地飞，时不时传来撞击灯罩的砰砰声。

根栓找了盏最亮的路灯，在灯杆影子里坐下来，他实在不知道去哪里。明亮的灯光可以保证他的周围是安全的，黑暗的阴影可以提供他内心的平静，这里让他觉得最自在。从包袱里掏出一个馒头，用手一点一点掰下来，放到嘴里慢慢嚼。他低着头抬着眼，偷偷地看从灯下走过的每一个人，多希望河南人能出现啊，最好还能停下来看看胡飞乱舞的虫子，灯光正好照亮他的脸，让他看清楚。

可河南人长什么样子？大脸，肉鼻子，还是小眼睛？这些根栓都回答不出，算命那天根栓站在人群的最外圈，根本没看清。只知道他身材不高，戴副眼镜，满嘴的河南味。

一切都没有希望了，他出门前曾问过翠巧，翠巧却顺手丢给他一个水壶，说这是那个河南人的，让他拿着水壶去打听便是。他本还想再多问些容貌特征，可恨自己肚子一闹就什么都忘了，只记得翠巧最后那一脚正好踢在他大腿上，疼得他酸麻了好一阵，从地上爬起来后，就赶紧出了门。要不是睡前收拾好了包袱，恐怕他现在连馒头都没得吃。

根栓躲在影子里一边吃一边发呆，一壶水早就空了底，被他放在包袱里，现在只能拿着馒头干嚼。穿街而过的凉风一吹，肚皮一紧，他打了个响嗝，把自己吓了一跳，赶紧攥紧了拳头咚咚地擂着胸脯顺气。这时正好有个当村年轻人手里拎着半罐盐路过，心情显得不错，哼哼唧唧唱着歌，根本看不见黑漆漆的影子里的根栓，走到近前时被脚边一连串的怪声音吓了一跳，"哈哟"一声大叫蹿开半丈远，晃晃悠悠举起甜瓜大小的盐罐，冲着黑影大喊。

"什么东西？快出来，不出来我可砸你了啊！"

阴影里的东西似乎也被吓得慌乱，悉悉索索一阵乱响，咕咚一声滚出个白蛋蛋，年轻人又退了一步小心观看，竟是半块馒头。

"黄鼠狼？怎么不偷鸡改吃素了？"年轻人说着胆子大了些，上前去踢那块馒头。可谁知腿才伸出去半截，影子里快速闪出一条胳膊，抓了馒头又立马消失，跟变戏法一样。

"你妈，黄风怪！"惊慌中他赶紧收腿，小腿是回来了，但大腿没跟上，结果腿一弯膝盖着地，离那东西更近了，吓得他把盐罐子举得更高了些。

"别砸，别砸！我不是黄风怪。"

年轻人收了探出去的身子，往后坐在地上急促地倒腾了两下回撤几步："什么东西！快出来！"

根栓拿着半块馒头慢慢探出头："我是林庄的，是来找人，不是来偷鸡的。"

"我的个娘哎，你能吓煞人哩。"年轻人瘫坐在地上长喘一口气，闭上眼睛好半天，才平静了自己的情绪。待捣匀了呼吸一咕噜又爬起来，冲上去就踹了根栓一脚："狗日的，你不是找人，你是吓人。躲在黑旮旯里能吓死个俩仨的，你咋这么能啊！比黄风怪还能！"连着又是好几脚，"起来，跟我走，不能饶了你。"他拽着根栓的耳朵把他拎起来，一手抢过半块馒头扔在地上。

"真吓得不轻，差点尿了。"

"嗝。"

"敢反抗？"

"没有。"

"没有放什么屁？"

"是打嗝。"

"啥？"

"嗝。"

根栓胆战心惊地被推搡着往前走，七拐八拐进了个大宅院。院子里面很

亮，两个男人赤裸着上身喝茶歇凉，见他俩进来，其中一个身材魁梧的黑皮肤汉子坐直了身子，说："杠子，怎么这么半天？咋还把卖盐的老徐头一块带回来了？"

"强哥，不是老徐，是一个林庄的人，大半夜躲在路边吓唬人，盐罐子差点摔地上，撒出来一些，只剩下小半罐了。"

"林庄的？怎么又是林庄，还追过来了？"强哥的语气中明显充满了对林庄的不满，说完往身后面一指："把他交给我，你赶紧把盐给里屋的二舅送去吧。"

杠子答应一声便往屋里去了，留下根栓战战兢兢站在院子里，面对着强哥。

"你真是林庄的？多少年不跟你们村打交道，怎么一点长进没有，只要沾惹上准没好事儿。我问你，前几天是不是有个河南来的人从你们村过，被你们强行扣留了？"

一直坐在强哥旁边躺椅上的一个中年男人，这时拿起扇子轻轻拍了一下他的胳膊，说："强子，你二舅这不是没事吗，别瞎闹啊。"

"爹，谁说没事儿，你看他们把我二舅折腾的，好几天没下地了，现在还敢送上门来，哪能轻饶了他们。"

"胡闹，你二舅不舒服，跟他们有什么关系，总不能渴死吧，再说过几天就没事了，你怪他干什么？时间不早了，赶紧把人放了。"说完，从椅子上起身也进了二舅的屋。

"知道了，你歇着吧。"

杠子给二舅送了盐罐子，出门时正好跟强子爹打了个错身，出来蹲在强哥凳子旁边轻声说："强哥，你有没有觉得他眼熟啊？"

"眼熟？看不出。"

"你好好想想咱们小时候，也有个林庄的，这么瘦，尖脑袋，让咱们堵着骑过猪。"

"你是说，那个叫宋根栓的？"强子本想按他爹的要求，骂两句就让他滚蛋，可杠子这一提醒让他为之一振，又来了精神。

　　根栓一直站在灯光下面哆哆嗦嗦听他们说话，越听越害怕，两只脚不自觉慢慢蹭着往墙影里躲了躲，才敢偷偷瞄了下眼前这两位，脑子顿时"嗡"的一下有如乱蜂飞舞，他俩不正是当年经常欺负他的耿强和杠子吗。上学时候耿强就长得魁梧，现在虽然坐着，但仍能看出他的健壮，站起来估计得比根栓高出半个头，更让人害怕了。根栓肚子一阵痉挛，瘫坐在地上，心想完了完了，这下新账老账一块算，肯定没活命了。

　　确认眼前的人正是当年逃跑的根栓，他还因此曾在林庄吃了亏，让耿强多多少少在自家兄弟面前失了面子。事情虽小，本不值得挂心，但既然今天无缘由捡到送上门的旧仇，让他可以再无忌惮地出口当年的恶气，怎能不让耿强高兴。他上前拍了拍根栓的肩膀："兄弟，上次的青虫你没吃上，今天来到我的地盘，那得好好招待，俺们村也有梧桐树，明天就给你捉。杠子，去通知其他兄弟们，到我院里迎接客人。"

　　"强子，怎么还没走？"强子爹又在屋里大声发话。

　　"知道了，这就走。"

　　在里屋，强子爹坐在床边，看着斜靠在床头的河南人，说："哎，强子从小没有管教好，二十好几了还净瞎胡闹。"

　　"他还真是一个林庄人，好几天了我总觉得跟他们的事情还没扯清，果然又来了。"河南人说着，同时把身旁早已准备好的一捧炉灰和一把土分别倒进了盐罐子里，再掺进些水搅拌起来。他把搅拌好的炉灰泥放在手上压成泥饼，平摊在肚脐上，用手捂着，继续说："你们这个地方的水真是厉害，自打那天在林庄的井里喝了第一口，这都多少天过去了，还在闹肚子。"

　　"不奇怪，当初你姐从河南刚到这里，也是搜肠刮肚地拉了好几天，本来多喝些热水静躺几天就会好的，你非要用这盐泥巴，能管用？"

　　"你看，这就是天地造物的奥妙之处了，老祖宗说的中庸其实就是个平衡道理。原本无所谓吉凶祸福的，相互牵制两两抵消，而一旦哪一方或强或弱失了平衡，才显露出来罢了。但也别担心，有祸必有福，福祸相依嘛。被蛇咬了那是祸，但你也听说过救命的蛇毒草一定也就在旁边，那就是福。喝了你们这

个地方的水，中了水毒是祸，但也还得靠你们当地的土药来解才行的，老徐家的盐不是他们用祖传的土法晒制成的吗，那就是福。"

"你总是有这么一套歪理论，先看看有没有效果再说吧。你先歇着，早点睡吧。"

"还有，姐夫。你认识刚才那个林庄人吗？"

"我怎么会认识。"

"我总觉得那个人不简单，好像跟你有牵连，互为祸根，要不是丢了我的水壶，我就能给你好好算算。"

"瞎想什么呢，我压根不认识他，八竿子打不着的人，怎么就成了祸根了，别说了，还是早点睡吧。"

"你看好强子，以防万一总归没错的。"

等到强子爹再见到强子的时候已经是第二天下午，刚进强子家的大门，就听见里面很多人的哄闹声，还掺杂着根栓吱吱呜呜的低声求饶。强子爹没有进去，而是站在街门洞，使劲咳嗽了两声，强子赶紧跑出来问他爹啥事儿。

"赶紧把人放了，闹出事儿来看我不收拾你。你们这么多人在里面大呼小叫的，也不把街门关上，让别人看见乱传话。"

"谁敢！你放心，爹，没人来，他们看见了也不敢说。"强子说着大声嚷嚷起来，"谁！谁敢乱说，我弄不死他！"

强子爹把眼睛一瞪："闭嘴，赶紧把人放了。"

"知道了，爹，你慢走。"

强子胡闹归胡闹，但他爹的话他是不敢不听的。再挨到傍晚，几个人玩得疲了，才把根栓带到村外的路口。那时路上已经没了什么人，偶尔有人经过，看见他们也都远远地躲着。

耿强他们折腾了根栓一整天，在村里捉了好几条青虫硬是喂给了他，根栓本来就脆弱的神经如何经得起这样的强压虐待，现在已经恍惚辨不清事了，坐在地上呜呜地哭。他满头的泥土，衣服也已破烂，从领口到裤腰挂着一大片绿呼呼的脏东西，这是从胃里翻出来的吐逆，有湿有干显然反复吐过好几遍的，现在肚子里已经没了东西，但干呕声一直不断。再细看根栓，身上虽没有大伤，但他的两眼空洞无物，那是在极度惊吓后的一种失神状态，在干呕的空档他嘴里还不停念念叨叨半句车轱辘话："我不吃，我不吃。"

"不吃不吃，都被你吃光了，再要也没有了。"

"都多大人了，咋又吐又拉的呢？你看绿粑粑都从裤脚流出来了。"

"乖，今天你先回去，想吃了再来，哦。"

"咋，还不赶紧走，还想让我们送送你？"

"要不给你牵头猪，你坐着回去，又不是没骑过？"

……

根栓受到了强烈的刺激，精神有些错乱，目光完全没有焦点，尽管几人在周围戏弄嘲笑，满脑子却依稀都是当初的光景，一幕幕过电影似地在脑子里回放。也是这样，没有路人经过帮他，再大的哭喊救命也是无用，只有默默攒足了力气准备破墙而出。他的两条腿，仍然软绵绵没有力气支撑他起身，唯一的希望，就是土坯墙上的洞，钻出洞就会有一条通往林庄的路，那是一条近路，每天都会走，只需要跑过一座桥就到了林庄。老蔫还有其他人一定会在村口等他，这是他的唯一希望，没有其他。对，一切从那个土坯墙的洞开始。他眼前似乎清晰起来，强子一脸的横肉变成了土墙的砖坯，满脸恣意生长的胡子渣成了土坯中深嵌的稻草。还有他分开的两条腿，不正是充满希望的墙洞，太阳西下的最后一缕阳光正在洞的那边留下灿烂的希望。

根栓竟然又能敏捷地爬动了，尖脑袋一使劲就能钻出洞，只要摆脱了他们的围堵，便可向着林庄使劲地奔跑。在根栓爬过耿强的裤裆后，杠子仍然蹲在前面等着他，拿着他的包袱像套缰绳一样套住根栓的脖子，发出"嗵"的一声脆响，那是包袱里河南人的空水壶敲在根栓脑袋上的声音。杠子一脸坏笑，说："听，下课铃响了，背着书包回家去吧，哈哈哈。"

根栓抓住包袱一把拎在肩膀上，像背书包一样甩在身后，站起身疯了似地狂奔出去。他知道还远没有逃离危险，还能分明听到后面耿强追赶的脚步声。根栓一边拼了命地跑，一边撕着嗓子大声喊，他知道，动静闹得越大，他活命

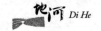

的几率就越大……

就这样，根栓竟然跑远了，他从混沌不知事，转眼变成惊兔似地逃跑，令耿强他们大吃一惊。他们本就没打算追赶，只是远远地看着一路狂野叫喊着奔跑的根栓，有些不理解他哪里来的力气。

杠子凑过来问："强哥，这小子没事吧？他怎么往左边路去了？那条路不通啊？"

"难道桥修好了？"

"随他吧，大不了走到断桥再返回来，累死他……"

"这个傻子，不会摔下去吧……"

第九章
椿树

1982年。

大椿树枝叶繁茂，树杆长得不高，但盘根错节横向盘展得很广。枝节走到末端已是细弱，也只有鸟能飞上去休息片刻。人，是绝对爬不到的了。因此虽是林庄人极喜欢吃椿芽，可这大香椿树也是没人敢去动的。老全说香椿树分绿香与紫香，林庄的这棵是紫香。千百年来粗根深插入土，像一块大海绵一样吸取着土地里的精华和滴水潭流过来的地河水。地河水的幽幽蓝色顺着枝脉走到树冠芽苞，谷雨一过，紫红色的苞叶打开，每一片都油光光透着机灵劲，很是好看。

椿树种在大队部门前空地的西侧矮墙边，过午西照，浓密的影子能覆盖了多半个空地。影子所及的地方，说也怪，从没见有杂草生过。唯一的可能出现低矮绿叶的地方，反倒是树根旁。那是大椿树的幼苗，每年春天多则发个三五枝。想吃椿芽，就得小心挖土，移植到自家院子里慢慢培养了。

二胖家的椿树苗总是养不活，并非方法不对，而是那只公鸡石榴常偷偷地在树干上磨嘴。都说禽畜不会像人一样思考，每天只顾了眼前吃喝，看见吃的就抢，吃饱了"扑扇扑扇"翅膀找个树枝闭眼睛就睡，即使地上仍旧有大把的玉米籽散落，也从没见哪只鸡会捡回窝里存给下顿。二胖总是骂它们是群傻鸡，一边撒谷米一边说："吃吧，吃吧，迟早把你们都喂成鸡腿，还是红烧的。"

白娟曾经移种过椿树苗，挖坑培土，转身去打水，回来却见树苗拦腰折了，石榴站在不远处得意地看着白娟，嘴上挂着嫩绿的椿树叶，气得白娟直接把水瓢扔了出去。

那之后白娟曾向翠巧要来一棵幼树，有二胖子手腕粗细，心想这下妥妥的安心了，恁石榴再如何大力气，也不可能折断。看着石榴围着小椿树来回转圈，时不时用鸡头拱拱树干，树干纹丝不动，白娟呸一口："笨鸡，给你个猪脑袋也拱不断。"

接下来几天，每次在二胖撒完谷米后，石榴就跑到椿树根的地方磨嘴。它的嘴本来就尖锐，左一下右一下在小嫩树上来回蹭，多半个月工夫一圈树皮就被磨掉，白花花地裸露着树芯，香椿树就又死了。悔得白娟把大白腿拍出红印印，用笼子扣住石榴，说是香椿炒鸡蛋吃不上，那就把石榴炒了鸡蛋吃下去。二胖哭着拉住他娘，说不要炒鸡蛋，他要吃红烧鸡腿。哭喊声引二胖奶奶从西屋里探出头，一把抓住白娟的手，说没了石榴，就没了炸窝鸡，以后没了小鸡仔可是不行，硬是把石榴放了，扑棱一声飞到石榴树上躲起来。

小飞放下饭碗，用薄袖子抹了抹沾着黄米粒的嘴，说："娘，你种下香椿树，让院里的石榴树咋活？你看这一树的花，爹说你是最喜欢石榴花的了。他回来要是看不见，一定不高兴。"

"我看是你最喜欢吃石榴，没有石榴，你才是那个最不高兴的吧。"白娟说破小飞的心思。

"石榴是我的，最不高兴的是我。"二胖不明就里冲着他哥喊。

"你哥说的是树上长花的石榴，不是长腿的石榴。自己起的名字，倒把自己绕糊涂了。"白娟看看小飞吃剩的饭碗，"把最后一口粥喝掉，不要浪费粮食。吃完赶紧去上学，迟到了让老师骂。"

小飞一扬脖喝干净，坏笑着撩拨还挂着泪花的二胖："看好你的石榴，别让它动我的石榴，你的石榴敢吃我的石榴，我就摘下石榴砸石榴，咱俩谁也别吃石榴，拿了石榴喂大壮。"

"哇——娘，我要石榴。"二胖急地大哭。

"你尽给我找事！快走，赶紧上学去！"白娟赶走了小飞，回来安慰二胖："你哥逗你玩呢，石榴不吃石榴……"想想不对，"鸡不吃石榴，大壮也不吃鸡，那两个腿都是你的。别哭了，去抓把棒子籽喂喂鸡，一会儿我带你找爽子去。"

二胖大眼睛眨眨，看看鸡架上九只无精打采的母鸡，再瞅瞅旁边猪圈里躺得嚣张肆意的大壮，还是很担心。他从奶奶住的西间屋里拿出来半瓢铁硬的干玉米籽，小手抓起一把再洒落到瓢里，发出啪啦啪啦的声音，母鸡们顿时来了精神，都跳下鸡架靠拢过来。二胖见九只母鸡都凑齐，指了指依旧害怕得躲在树上的石榴，让它别动。然后慢慢地引着这群傻鸡来到猪圈旁，用手在瓢里搅动哗哗作响，掉出来的几颗瞬间被前面的一只叼食掉，再伸长脖子看着他。二胖抓起一把，侧手撒到猪圈里，母鸡们赶紧低头找，什么也没有，咯咯咯地叫，再盯着他看。他用足力气，使劲地把半瓢玉米籽甩在大壮身上，像是小石头砸上了气球，玉米籽被砰砰砰弹得老高。吓得大壮一个翻身爬起来，哼哼着走到远墙边，蹭了蹭又一咕噜靠墙睡倒。剩下这群鸡，急得满院子乱跑，"咕咕"声越叫越大可就是没有一只敢跳进猪圈里去。

二胖子拍了拍空瓢，嘟囔一句："娘骗人，大壮如果不吃鸡腿，那这些鸡为啥不敢进去吃食？"

白娟牵着二胖穿过后街来到东头的翠巧家，一进门就能看见两棵粗壮的香椿树，比房顶还高，满树的嫩叶子散发着特有的香气，吸引着天牛往树上爬。

"你们家的香椿芽怎么还不摘？再过几天怕就老的嚼不动了。"白娟看着甚是可惜。

"白娟来了。俺们家是香椿多，鸡蛋少，总不能干炒香椿芽吧。你想要随便摘，够得着都是你的，你们家的鸡也争气。"

"不怕你笑话，我就是嘴馋来要香椿的。"白娟拍拍二胖让他去找爽子，自己沿着梯子来到房上。

"对，房上摘高枝叶，太阳晒得足，味厚。"

白娟一边挑拣着嫩叶子，一边从高处观察着翠巧家的院子。跟以前相比，

早已没了当年的清爽。她养的鸡不多，但满院子的鸡粪花花绿绿的碍眼，干草叶子有气无力地随着乱风原地打转，原先平整的地面也早被雨水冲得坑坑洼洼，几块石头垫在那里，定是雨大没脚面的地儿。白娟是爱干净的人，眼神里多少有些嫌弃。但看翠巧从进门起就没闲过，西房转到东屋，东屋转到灶火间，天还没大热，汗珠子已是湿了衣领。

"这些年可难为你了，自打根栓走了后，整个家就都交给你了。忙完小的忙老的，忙完老的还得接济这一群鸡、两棵树。"

"根栓一走六七年，几十里的路，找个人能把自己找丢了。不回来也罢，窝囊废一个，回来也帮不上忙，纯粹多张吃饭的嘴。"翠巧端着口刚刷干净的锅，站在院里怔了半天，听得出强硬的语气中带着委屈。"这些年好多了，小的能跑了，我娘在床上瘫了几年也没了。等再过几年爽子上了学，我就解放了，我也天天学顺贵在大椿树下躺着去。"

"你说家里事儿都忙不过来，这两棵椿树怎么照顾得这么好呢？不少人来你家摘椿芽吧？"

"呵呵，哪里是我照顾，都是俺爽子的能耐。前几年我忙不过来的时候，就让他自己蹲在树根底下自己把尿自己。时间一长，养成习惯，再加上这孩子本就尿多，我喂饱了爽子，也就等于喂饱了椿树。这叫老天爷饿不死瞎眼的家雀，再细的鸡肠子也化得开铁硬的苞谷，自有它活命得道。"过了半晌，抬头望着白娟说："说不定，也沾了童子尿的光呢。"

在屋门前的台阶上，二胖和爽子蹲在那里捻蚂蚁，听见翠巧说到了鸡肠子，心事又起，问爽子："爽子你说，大壮吃不吃石榴腿？长腿的石榴吃不吃开花的石榴？"

爽子抬头看看二胖，没听明白，胡乱回答："不吃，石榴没有香椿好吃，香椿得跟鸡蛋一块吃。"

"那香椿能跟鸡腿一块吃吗？"

"不行，得是鸡蛋。"

"你不吃鸡腿？"

"不吃。"

"那咱俩换，我用鸡蛋换你的鸡腿。"

"行，哈哈哈。"

两个孩子玩得格外开心，二胖心里十分踏实，因为爽子愿意换给他鸡腿，这让他觉得，爽子大方，是个好兄弟。

第十章
买瓜

谷雨过后，白娟又来翠巧家摘过两次香椿芽，胞芽梗越掐越硬，等到芽胞舒展成平整的叶子，借着斜来的朝阳再也看不到叶子上那层淡淡油光的时候，香椿季就彻底过去了。

接着的，就是夏天。

麦暑假刚刚过，林庄小学又开始了每天不断的混班朗读，顺贵也恢复了他在大椿树下的日常生活。

"今年麦子收得好啊，吃了新麦长力气，孩子们调门比前俩月明显高了很多。以前是家燕不来俺们家，现在连俺的狗都不愿在家待着了，天天跟着我在大椿树底下转悠。"顺贵坐在凳子上说给树杈上的哑巴听，哑巴嘿嘿地笑。她最喜欢顺贵家的狗，因为它的叫声特别响。哑巴觉得，如果当初不是她爹那一巴掌正好打到后脖颈的哑门，她卯足力气一张嘴应该叫得跟这条狗一样响亮。

上午，太阳没过头顶，东边墙的影子依旧遮蔽着被盖住的那口井。井是河南人走后的第二年盖住的，盖之前首先做的就是拆掉了整个辘轳架子。老榆木的架子历经几十个春秋依旧坚韧刚硬，鹂婶不让扔，叫木工选其中直硬的一截刨平刻字做成个祭祀牌位，老全在正面金字书写：

五方四水龙神，前后土地正位

反面一副对联：

地藏天下宝，水养百世才

选了来年二月二，在一阵鞭炮和哑巴响锣声中，把椿树底下土地庙里的那块青砖牌位换了出来。全村的小脚老太太都高兴，说土地、龙王一块拜，能保佑林庄水土相睦，养才生财。

井盖，是封龙山上的石头做的，一块完整的花岗岩。几个人在山里叮叮当当敲到寒冬腊月，敲出个大概模样，去掉了多余重量，一路泼水结冰，这才勉强拉进村。等到开春冰消，石头不易碎裂的时候，才敢在石面上做细活。按照最高级别对待，在石面上刻了副"姜太公钓鱼"图和"泰山石敢当"五个大字，还有沿着侧边的一排小字：

师猛虎，石敢当，所不侵，龙未央。

老蔫不识字，但看得懂"泰山石敢当"。因为每家每户房顶上都有这么块刻字的砖。

"不对啊，姜太公不是在渭河边钓的鱼吗，你们咋给搬到泰山上去了，那山上能有鱼？"老蔫看不明白。

韩老森瞪着老蔫使劲咳嗽了一嗓子，说："你懂个屁。"庚叔上来说："算命的不是说了吗，咱们村这口井短着左右两根枕木，因此请上姜太公在左，石敢当在右，镇杀一切强妖恶鬼，这叫双保险。"然后指挥着村里几个壮汉轻起轻落把井盖得严严实实。

去了辘轳，加了井盖，这片空地上更加平整，孩子们也敢疯跑野跑不担心掉下去了。打水，改在水井旁边不远处。按照落忠的办法砌了水池装了抽水泵，一根水管从池内穿墙通到外面，扳手一扭，水就哗哗地流，比原先方便多了。

今年天热，老蔫经常在棋局的间当跑过来扳开水闸牛饮。为接水方便，水管开口较低，老蔫猫腰低头灌完了水还能顺便冲冲脑袋降温。他站起来甩了甩头，头发上的水雨点似地散开，溅了小根儿一脸。

小根儿："哎呀，真臭。老蔫你多长时间没洗头了？一股子油蔫味。"

"咋，刚洗的，没看见。头上攒的那点营养都喂你这鳖孙了。日头还没上顶，我又快搭进去半张烟叶。你这脑袋里面都锈成个疙瘩，顺贵让你半扇车马炮你还敢输，不给你抹点头油你开不了窍。"

"算了吧，你能耐你咋不来下？顺贵哥每天天不亮就坐在这里了，一坐一天，就靠着这盘棋活着呢，输给他不是正常？"小根儿扭脸冲着顺贵赖笑，"对吧，顺贵哥，你这么厉害，这盘就别翻倍了。"

顺贵说："打住，愿赌服输。我还有多半天呢，不多赢点烟叶我下午抽什么啊？"

小根儿见赖账无望，把靠在身边的老蔫往旁边一推："别离我这么近，熏得我都看不清棋。还怨我疙瘩脑袋，换成你，连棋面上的字都认不得。"

"说我不识字？看那……"老蔫往井盖上一指，"泰山石敢当，知道不？再看底下小字，还有个'石敢当'呢，那是'猛虎石敢当'。知道为啥'猛虎'字小'泰山'字大？告诉你，因为泰山在山东，山东出武松，武松二斤酒，撵得老虎满山走，一级压一级，泰山比老虎整整高上去三级，那好比是老庚和县长的差别，知道不？说我不识字，说出去谁相信。该你了，咱村一共俩神物，我念了一个，你去念念另一个，看谁不识字！"老蔫指的是土地庙里的排位。

他俩惹得旁边听斗嘴的人一阵乱笑，大家都知道他们俩不识字，但被老蔫抢了先机，反倒将了小根儿一军。林庄人乐见起哄架秧子，怕小根儿认输没了戏看，于是顺贵媳妇连芬就出主意："别让小根儿读那个土地牌位了，万一读错了，土地爷再怪罪收了他。要不你俩大明白人比比数学吧。"

"行！"小根儿立马答应，因为他知道老蔫出名的不会算数，一条龙的麻将牌放他手里都码不顺，每次去集市肉铺买块猪肝还得叫上媳妇，就怕账上被别人提弄。现在被小根抓了短柄，又见大家开始起哄，气得老蔫张嘴漏出上牙槽，半天憋出一句话："比就比，让哑巴出题。"他本想着哑巴也没上过几年学，出的题目难不了，但说出口又后悔，忘了哑巴不会说话。

哑巴本是跟着别人一块乐呵着看热闹，这时她忽然起身，指了指北街村东口的方向，"啊巴啊巴"喊了两声。别看哑巴嘴不会说，但耳朵极灵，过不多久，只见一头驴拉着辆排子车"嘎达嘎达"走过来，车沿坐着个草帽老汉，背后一车圆滚滚的西瓜。驴跟老汉都无精打采的样子，闷头向前走。

哑巴喜欢吃西瓜，见状高兴地带着顺贵的狗就冲过去，一把拽住驴缰绳。她力气大，驴被拉弯了头，排子车猛然停住，惊醒了快要睡着的老汉，以为驴子偷懒，走路睡觉偏进沟里，那肯定摔破了瓜。老汉两只眼睛还没睁开，手已经摸到鞭子打算朝驴屁股甩上一记。可朦胧中发现眼前一片模糊，一张脸似人非人似狗非狗紧贴着他。他被吓得一蹿跳下车，退开一大步才看清是个姑娘，带着一只黄狗冲着他嘿嘿地笑。

老汉一拳垂在自己胸口，骂道："我的个娘哎，有种西瓜被蛇毒死的，有看瓜地被蚊子咬死的，我今儿要是死在这，那就是卖瓜被两只狗吓死的。"

哑巴不计较他拐着弯骂自己，指了指老蔫他们。

小根儿说："看，哑巴题出好了，就是买个西瓜。不难为你，不问你四刀最多切几块，吃完剩下几块皮，出大学生的题算欺负人。就让你去买个西瓜，只要斤称足，钱找对，就算你赢。"

老蔫看看那边还在生气的老汉，仍然没有底气，心想称杆子读数没问题，但要算几块几毛就难办了。这老汉被哑巴连吓带气，恨不能把自己肋间骨都锤折了，一腔邪火要是撒在我身上坑个一毛八分的，可看不出。

"去吧去吧，你赢了这瓜钱算小根儿的。"旁边的人跟着小根儿一块起哄。

老蔫本犹豫，但更抵不住别人刺激拱火，一拍大腿："日球，去就去，买不回来，你把我当个瓜种在地里。"他心一横，擦擦手朝老汉走过去。

老蔫故意踢拉着鞋慢慢走，边走边想对策，待他走到老汉身边，说："呀，别生气了，她是个哑巴，被他爹打得，可怜得很。村里没有人跟她说话，平时就这么一条狗跟着，你再骂她，她也听不懂。"老蔫说着把哑巴拉过

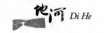

来，装出一脸的心疼样，斜眼看见老汉面色稍有缓和，便继续说："这孩子平时吃不饱，常跟狗抢食吃，更别说西瓜了，能捡到块西瓜皮就算过节了……"

哑巴听他的话越说越混，就用眼睛瞪他，可是老蔫却装作没看见似的不停地说，还越说越离谱。她想要挣脱老蔫的手却一直被他用力攥住，实在是没了办法，侧眼看见车边坐垫下压着的一把西瓜刀，便伸出另一只手猛地抽出来横在面前。老蔫知道哑巴心大，绝不至于因为三两句玩笑话就跟他动刀动枪，那只是故意斗气罢了。但老蔫却将计就计装作害怕的样子，一边偷偷跟哑巴挤眼睛一边说："孩子，孩子，别着急，想吃瓜，叔给你买一个就是，先把刀放下，跟上次那样捅死一个，又要蹲班房了。"

老汉在旁边听着心里直敲鼓，看看哑巴这楞呼呼的样子，还真有点敢杀人的憨相。他正犯愁不知该如何化解僵局，听老蔫说要买瓜给哑巴，便接着话头说："孩子，放下刀，我给你挑个沙瓤的，包甜。"

"那你就给挑个大个的，看把孩子馋的。"老蔫边说边冲哑巴努努嘴，让她继续拿着刀别放下。

老汉爬上车架，从里面挑挑选选抱出个锅盖大小的瓜来："这个好，一拍就炸皮，包熟包甜，我给你算便宜点。"

"不用，"老蔫一本正经地按住老汉的手，"该多少就算多少，积德的事儿不能为了八分一毛打了折扣。"

"那……行吧！"

老汉起称称瓜："高高的，14斤2两，算14斤。"

"不用，就14斤2两。"

"好，听你的，"接着老汉便嘀嘀咕咕开始算账，心算片刻对老蔫说，"总共一块一毛四，留着零头？"

"留着零头，说好的该多少就多少。"老蔫掏钱，找钱，然后让哑巴抱着西瓜，仍旧刀不离手。

老蔫低头看着手里的一把零票子，皱着眉头装样问老汉："你，算错了吧。"

"错了？怎么会，我再算算。"老汉口决声音又起："14斤2两，八分一斤。14斤是一块一毛二，2两是一分六厘，总共一块一毛三分六厘，四舍五入算一块一毛四。你给我一块五，我找你三毛六……"算完一遍，老汉闭眼又琢磨了半天，最后皱着眉头说："没错啊？我算了两遍，就是找你三毛六。"

"真的，是三毛六？"老蔫装模作样翻着白眼掐指计算，"哦，是我弄差了，没错就好，没错就好。"然后笑嘻嘻转过脸冲着小根儿挤眼睛。

为了感谢哑巴的配合，老蔫切开半块西瓜，分给了她一块最大的，哑巴拿着瓜高高兴兴爬到椿树杈上吃瓜吐籽去了。其余在场的也都人人有份，只是递给小根儿的时候，老蔫伸手要来钱，美滋滋揣到口袋里，抱起剩下的半块西瓜就往后街东头走。

连芬吃着西瓜用掌根擦擦嘴角，问："咋，老蔫，你不把瓜带回家给你媳妇孩儿吃，又往翠巧家里去？"

"你不懂，姗子带着虎子现在爽子家呢。"说完乐滋滋走了。等老蔫拐个弯没了人影，连芬远远吐了颗黑子："瞎说，啥时候看见姗子往村东走过？"

第十一章
寡妇

原来自打根栓走了后，老蔫就常往翠巧家跑。起初还是念着开会那晚顺嘴说的玩笑，可巧不巧应了验，丢了根栓，留下翠巧一个寡妇操持全家，老蔫心里多少愧疚。因此借口当初的应诺来替她浇地施肥，一来二去竟暗地里飞媚眼，一个烈火干柴，一个混账无畏，最后竟躺到一块去了。翠巧事后也有些后悔，但无奈老蔫每次赖着脸皮来她家贡献农家肥，半推半就中俩人就厮混了一年多。

这天老蔫端着半块西瓜一进翠巧家的院子，转身把街门关上。小声来到正屋，见翠巧背对着门口收拾小孩子的衣服。老蔫悄悄放好瓜，上前一把从后面抱住："翠儿，看我给你带什么来了？"

翠巧啊了一声，扭头见是老蔫，一把推开："这大白天的，老实点。"

"没事儿，我来时把街门关上了，再说你住村东南角，守着个大水坑，除了呱呱叫的蛤蟆谁会往这来？"

"是，只有癞蛤蟆才总往我这跑，"翠巧看见那半块西瓜，"哟，什么时候学会串门带着礼物了，天热了就是好，瓜果梨桃都能吃到。"

"炸皮的沙瓤瓜，我特意给你留了一半。你吃桌上那半个，我吃你身上这半个……"边说着边解翠巧的胸前衣扣。

"停，"翠巧用手抵住老蔫埋下去的脑袋，"什么味啊，你头发？"

这个时候，正屋门帘子掀起一个小角，爽子钻了进来，愣愣地站在那里看着贴在一块的老莺和他娘，把老莺吓了一跳，心想怎么忘了还有个小的，张嘴秃噜出一句没过脑门的话："哦，爽子来了？是找虎子玩的吧，虎子今天不在家……"翠巧用力扭他："爽子，你看老莺叔给你带西瓜来了，让你吃了西瓜找虎子玩去。"

爽子不说话，直戳戳站在门口，用眼睛使劲看了两眼西瓜，咽了口口水。翠巧赶紧拿刀来切开，让爽子蹲在地上痛痛快快吃了一片。老莺心里着急，抓了两块丢进盘子，递给爽子说："这两块你拿着去找虎子，你们俩一块吃，好不好？吃完不用回来，跟虎子一块在那院里玩。"说着连推带赶把爽子送出门。临出院子前，爽子不放心地看看屋里他娘，说："娘，你带我去。"

"自己去，你娘去了这两块瓜就不够吃了。"

说完老莺闭上门，贴着门缝听见爽子的小脚步走远，才放心回到里屋。

在小屋里，两个人相视一笑，肆意地腻味在一块，很快发出无遮掩的贪婪声，就像院里香椿树上的知了一样，大声嘶喊着。

七月的天，正是热得烈的时候。在郁郁葱葱的中国南方，早晨的太阳化了山间的水汽蒸腾在山腰，即使没有风，腾起的薄雾积攒成云，也会遮了中午的烈阳舒爽一阵子。但在北方的太行山就大不同，干巴巴的石头不长绿树，太阳从早晨一直猛晒到晚上，大石头晒裂成小石头，小石头晒裂成碎石子，碎石子散落在山脚下，走上去又硌又扎。

如果把南方形容成为"蒸"，那这里就只能称为"烤"。

一个礼拜没下雨，村东头的大水坑边上一圈的草都已干枯了叶子，只剩下贴地皮的根部还勉强有点黄绿色。杨柳要好一些，根扎得深，树干粗壮地斜着插在岸边，一树的枝条都在水面上垂着。柳头树梢的叶子虽是没有变黄，但一看也是失了水分不精神的样子，低头耷拉着就跟现在老莺的阳根一样。

老莺和翠巧赤裸裸地躺在凉席上，四仰八叉地晾晒着浑身的汗珠。老莺水分失得多，闭了眼睛歇养。翠巧却像是打了鸡血一样精神，拨弄着老莺的软柳，说："就像个烂树枝，又皱又黑。"

"瞎说，至少是节树干，再说模样好看顶个球用，管用最重要……"

"算了吧，突突一次跟死了一回似的……"

俩人有一搭没一搭地说着闲话。

"你也勤洗着点头，以后臭哄哄的别往我屋里来。"

"怨我邋遢？你看你院里，到处是鸡粪，还能下脚？一个女人，也就出门的时候把自己和孩子倒饬得像点样，这家里咋能这么脏乱？你是驴粪蛋——表面光。"

翠巧用力一把攥住老蔫的阳根，疼得他"哎哟"一声。

"嫌我不会打理家，一会走的时候把地上的污纸带走，别给我添脏。我一个女人，腊月里吃饱了也过不了百斤。小的吃老的吃，现在你还要隔三岔五来吃我一回，我哪里来的力气收拾这么大个院子？说起这我就生气，当初要不是你撺掇庚叔让根栓去找那个河南人，我现在哪至于家里连一个干活的男人都没有！现在就俺们娘俩还好，前些年俺娘还瘫在床上的时候我每天天不亮就起床，生火做饭。喂小的喝奶，喂老的喝粥，老的喝完小的尿了，小的尿布还没换好，老的说也要拉。一会小的要上街，一会老的说要晒太阳……我胯骨轴子转得都冒烟儿了，那还有时间拾掇院子！多少年也没见有谁能来帮我一把，现在咋还轮到你数落我？"说着"嘤嘤"地抹起泪来，可怜得老蔫赶紧翻个身子拉住她的手揉搓。

"怎么是我撺掇的了，那是老全和庚叔的主意。我只是说如果根栓走了，我来帮你。"

"咋帮？每次火急火燎地来，突突了没两下子，拔鸡巴就走，连个街门都不知道帮我带上，净会说俏话。"

"要不，我给你扫院子？"

"算了吧，在家你连扫帚把都没碰过，却来我这里扫院子，我可招不起那满村的闲眼睛乱看，说点实在的。"

"这可要了我的命。我除了地里的活拿手，就剩下床上的活厉害了。这面儿的事儿你不让帮，里儿的事儿咱已经随叫随到了。再多，我可就油尽灯枯了。"

翠巧"嘻咪"一笑："也罢，即使根栓在家，就他那干柴棍的身体，也顶不上什么用。"转眼又一想，"但至少一些脏活，清理茅厕、拌个肥料啥的，他从不推脱。"

"那是，根栓是谁啊，一天能上八趟厕所，他不及时地处理着点，你家茅坑早就满了。不过你放心，说过的话，墙上的钉，你家的肥以后就是我的事儿了。我一个人顶不上根栓的产量，但可以把俺们家虎子一块算上。就这么定了，以后我们爷俩的粪都拉到你家坑里去，准备好纸。"

"行！"

往年的十月份，是二胖家最热闹的时候，因为他家的石榴果结得甘甜，个大籽密，来串门的人都能分上一个。用大力掰两半，抖一抖能掉一手的石榴籽。个顶个透着水灵灵的红色，好看的像是刚出锅的白面馒头上点了胭脂，放在嘴里轻咬，"噗嗤噗嗤"能爆一口的甜浆，美极了。

公鸡石榴啄死了香椿树，高兴的是小飞，他说那是公鸡保护石榴树而特意干的。起初白娟不信一只鸡能有这样的能耐，认为磨断了树皮纯属是无意为之的巧合，但后来又发生一件怪事，不得不让她相信天地万物，一鸡一狗、一树一草都是内生联系而可相互感知的，只是人察觉不到罢了。

那棵断了皮的香椿小树，虽说最后干死在院子里没了用处，但毕竟树干挺拔，白娟特意削枝拔叶只留出顶端的一个分叉，想架在石榴枝下作为支撑，她知道每年往往就是那股枝上的果子结得最密，沉甸甸的几乎能压折了弯枝。晒干了的香椿棍去了皮脱了味，跟铁锨杆没什么两样，可自打九月石榴花谢，白娟把它绑到石榴枝下的那天开始，这只公鸡又出了异症，开始攻击它一心保护的石榴树。

白娟和小飞又是驱赶又是围栏，石榴树是保住了，但公鸡石榴也再不去它上面睡觉了。虽然，那年的石榴果依旧个大好看，但是——变酸了。

落忠还说那是公鸡石榴特意干的，因为它知道自从香椿棍被架在石榴枝下开始，果子就变酸了。石榴天天睡在上面，它闻得出有些变化已经在树芯里面发生，这个变化使得石榴对它不再熟悉不再信任，让它从相依变成排斥，从爱护变为摧毁。这是大自然给它的本能，就像母鸡会吃了有缺陷的鸡蛋一样，摧

毁——是最好的保护。

在石榴发起攻击之前，它先稳稳地站住，脖子伸得老长，羽翅乍起，两只眼睛狠狠地盯着石榴树。那眼神像极了那天爽子看他娘时的模样。那个眼神，老蔫说他很久都无法忘记。

原来，那天爽子根本没有去虎子家，他故意大声跺着脚走出胡同，然后又悄悄返回，他认为他娘现在是有危险的，他要骗过敌人回来保护她。可是街门的门闩从里面插上了，他推不开，内心不安的爽子焦急地站在门口不愿离去，手里一直端着那两片西瓜。

当翠巧和老蔫办完了事嬉笑着打开门的时候被吓了一跳，她怎么也想不到会有人贴着门板紧站在外面。她低头看竟然是爽子，翠巧于是赶紧蹲下来问他为什么没有去找虎子，为什么回来不敲门。

爽子紧闭着嘴巴不愿说话，因为此时他幼小的内心变化万千，稚嫩的嘴巴无法表达自己的想法。首先，他看见他娘仍然是安全的，开门的时候脸上带着笑容的，于是最初的不安渐渐消散。但随之而来的却是气愤，他还说不清为何生气，就是有一股莫名的邪火在他内心燃起，紧闭的嘴巴把恼怒的火焰牢牢地控制在体内，憋得小胸脯鼓鼓的。爽子含着下巴瞪着眼，透过上眼皮狠狠地看着他娘，就像石榴发起攻击前的样子，他咬着牙，拿起西瓜一片砸在他娘的脚前，一片砸在老蔫脚前，摔得稀碎。

第十二章

玉米

自那以后，老蔫很长一段时间没有去翠巧家，起码是没有白天去。他后来开始趁虎子睡着了之后出门，说是出去方便，嫌自家的坑太脏。气得姗子骂他宁肯到村外让凉风吹冷屁股也不肯把自家茅厕拾掇干净，老蔫不理他甩门出去，留下姗子在家里骂着骂着也就陪着虎子睡着了。老蔫出门时是理直气壮的，因为他说的是实话，的确是去方便，只不过去的是翠巧的院子里而不是村外，村外是姗子自己说的，他只是没有点破罢了。老蔫一边走一边得意自己的聪明。

十月份的风凉得已经能穿透两层薄衣裳，一出门就吹得老蔫起了一袖管的鸡皮疙瘩，他越往翠巧家走越觉得受不住，毕竟挨着村口。而村外玉米地里的风就更加厉害，吹冷了大地却吹熟了庄家。这里白天日晒晚上风吹，巨大的昼夜温差让玉米粒个个浆汁饱满且甜脆可口。而今年更是如此，在七八月份的灌浆期太阳玩命地蒸发着米粒中的多余水分，贪婪的玉米株就像林庄水井里的水泵一样吮吸着地下的水和营养。营养转化成糖分被晚上的冷风锁在苞谷里，一层包裹着一层，再加上成熟期前的一场西风带来充足的水分，使得今年玉米的收成和品质都特别的好。

家家户户心满意足，但唯独除了翠巧一家。

翠巧说太阳是相同的太阳，风雨是相同的风雨，但是输在了她家的地力不足——肥太少。家里一共才俩人，爽子的童子肥都贡献了院里的香椿树。而她

自己本来就瘦弱，每天连汤带水吃下肚的也不过一斤多，尿排一泡汗出一把，最后真能落实到茅厕里的也不过二三两，怎够长庄稼所需。最可气的是老蒿当初的许诺根本没有兑现，等到他敢晚上来推翠巧家门的时候，苞谷粒已经开始变硬，早过了施肥期。

"你就唬弄我们娘俩吧，是谁说的'以后俺们爷俩的粪就全归到你家坑里去'的？还让我准备好纸。我看今年结的棒子还不够喂鸡的，把俺们娘俩饿死，那些纸是用来烧给我们的是吧？"

"这也不能全怨我啊，你看那天爽子的小眼神，这么小的人咋能有这么狠的眼。虽说孩子小，嘛事儿不往心里放，现在见面还叫我声叔，但我这心里一直忘不了。嘿嘿，没想到我竟然会怵个孩子……不过你放心，种茬棒子我没赶上，接下来的冬小麦我一定不能错过。从今以后如果敢有一条屎没有撒到你的茅厕里，我还你两条。"老蒿说得信誓旦旦，"准备好纸。"

"小麦吃到嘴里要到明年了，今年咋过？"

"这你不用操心，一定不能让你俩饿着。"

接下来几天，老蒿起得都很早，背着手到村东玉米地里去转悠。出了前街，往东一条笔直的土路，路两边成片成片的玉米地。玉米株沿着地垄沟种植，排排笔直，每株都长成一人多高，挺着腰杆，顶着黄穗，离地一米的地方斜着伸出一根粗壮的玉米棒子。玉米须开始发黑，老蒿知道再过几天就能收获了。

出村口就是一片晒场，过了晒场有一条往南的小路，小路拐着几道直弯，通往各家各户的地头。老蒿的地就在这条路的最里面，而在第一道弯的地方，就是翠巧家的。

看看路上没人，老蒿一猫腰钻进了翠巧的地里，瞬时间宽大的玉米叶将他埋住，再也找不见。老蒿来到地的中间部位，这里的植株稍矮露出蓝天，他随手撕开几个苞谷皮，露出里面的玉米粒，但米粒就像是虎子的乳牙，长得白嫩但是稀疏的很，一副营养不良的样子。他用脚使劲在地上抛出一个坑，蹲下来挖出一把土，浅黄色，再挖几把，捻开每个土块，里面一个小虫子都没发现。

"咋贫成这样。"老蒿嘟囔着，心想要恢复地力，至少得把地空着静养几年才行。

地，跟人一样，病了就得休息。

但是，眼前的问题怎么办？地能休息，人不能不吃啊。老蔫坐在地垄上看着蓝天发愁，心想天上有白云有黑云，为啥没有黄云？黄云过来只要下他半晌的屎汤子，那地肥的没准一株上面能催出两根玉米棒子。

三天后，老蔫不再往地里跑了，跑也没用。还是想点应急办法解决了这季的收成再说吧。

林庄的地不多，一共也就四五百亩，都集中在村东一片地方。播种、浇水、收割几乎都是全村人一起行动，村外的大喇叭几年前就被拆掉了，现在只剩下大队部电线杆上的那部还能使用。

庚叔一大早来到哑巴家，气哼哼地对着哑巴和他爹说："现在咱村喇叭都不轻易用，用一次吧还遇到停电。哑巴，把你那锣拿出来去空地上敲去，咱村的棒子该收了。"

那锣是哑巴的兴奋点，一碰就着，村支书来找更是让她一蹦而起，嘴里叼着半拉馍，从屋里墙上摘下铜锣就跑出去了。锣声从门口就开始响，"咣咣咣咣"的惊得林庄腾起漫天的麻雀。

顺贵跟他的狗正在大椿树下坐着，一杯茶端在嘴边吹浮叶。响声一起，顺贵的手被震得随着锣点上下抖竟撒了一脖子。他大声喊："还让不让人活了！西边一个鸡窝，一大早就渣渣渣。东边一个蛤蟆坑，一到晚上就呱呱呱。村中间再有个哑巴，一敲锣就炸得地皮起黄沙，都快烦死我了。"用手一指哑巴，"你再用用力，村外的满地棒子能让你直接炸成爆米花。"

顺贵的狗不识趣，看见哑巴就兴奋地挺直了前爪仰着脖子叫，被顺贵一脚踢开，灰溜溜跑走了。

哑巴的锣吵归吵，但效果明显，不大工夫空地上挤满了人。

庚叔后脚赶过来，看人到得差不多了，止住了哑巴。站在井盖上，大声喊道："听县里的消息说过几天有雨，叫咱们最好这几天就把棒子收了，赶在雨来之前晾干入库。今年的收成好任务重，大家都回去准备一下，赶紧下地！"

大椿树下的顺贵

第十三章
结拜

林庄人少心齐，好召集，干啥都是一窝蜂，当初老蔫说"林庄打架啥时候不是全村一块上"，还真不是瞎说吓唬人的。个把钟头后，村东口就聚满了人，乌央央一片真跟出去打架一样。只是他们手里拿的都是种地的家当，旁边还跟着老婆孩子，有说有笑往地头去了。

农活基本上是各家顾各家，男人带着手套在前面掰棒子，随手扔在地上，后面跟着妇女儿童，扛着榆树条编的筐一个个地捡。盛满一筐就回到路边倒在地上，天临黑再用排子车把棒子拉回家。

翠巧和爽子也被人拉着走在人群里，因为白娟劝她说棒子长得不好也得收啊，总比过几天下雨烂在地里强。但翠巧很是犹豫，收回的这点粮食，能抵得上出的力气多吗，没准落个费力不讨好。再说她家一共俩人，爽子太小显然没办法帮上大忙，而把他一个留在田边又不放心。正为难着她看到哑巴拉着虎子和二胖朝这边走过来，后面跟着顺贵的狗。翠巧就喊："哑巴，让爽子跟着你吧，他们仨在一块也好做个伴。"

哑巴是乐意领着孩子们玩的，四个人蹲在地上掘草根比长短，谁输了谁去地里捉蚂蚱。这个时间的蚂蚱又肥又大，用狗尾巴草串一串，拿到火上烤烤那是上等的佳品，鼻子一吸满腔的焦蛋白味。三个孩子流着口水等着哑巴，坐在地垄沟上紧紧地盯着棒子地里晃动的叶子。

二胖子看着棒子地，想到了一个他们家的祖传笑话，说："我给你们出个

题目吧：从前啊，有只狗熊，会掰棒子。一只手掰，掰下来往胳肢窝里一夹，再去掰。你说，他掰完整片地，胳肢窝里能有几根棒子？"这本是个他爷爷出的动脑筋的题目，一代代传下来，传了几十年说得多了竟当成笑话一样讲，现在说给别人听，还没说完自己先笑起来。

虎子："狗熊家的地多大啊？"

二胖往前一指："就像这么大。"

虎子抬起屁股就跑，说："那得让我去数数。"

留下二胖和爽子在后面笑得前仰后合。

过了一会虎子回来了："太多了，数不清。"

"不多你也数不清，你猜到底狗熊能夹几根棒子？哈哈哈——"

虎子一脸疑惑，开始感觉到他俩在戏弄自己，但又找不到点，说："想骗我，我才不上当。让我去数这么多棒子，数回来你们都把蚂蚱烤好吃完了。"

爽子笑得更厉害了："那就不用数，你夹个棒子试试看呗。"二胖配合着赶紧递过来两个玉米。

虎子怯生生地用胳肢窝夹住一个，然后往里面塞第二个，结果第一个掉下来，虎子恍然大悟："哦，我知道了。你们没说那是一只大狗熊还是小狗熊……"

这时候连旁边的鹂婶都笑了："哈哈，我看人家虎子说的不错，小狗熊胳肢窝小，多了夹不住。"

虎子还挺得意，看着鹂婶继续说："鹂奶奶，他们也没说那棒子长多么大呢，长成扁豆大和长成黄瓜大，哪能一样吗？他们俩尽糊弄我，你说是不？"说着把胳肢窝里的棒子扔向二胖，三个人打闹着嘻嘻哈哈跑远了。

鹂婶看着他们仨，满脸的幸福感，嘟囔着："这哥仨，一年生的，玩得又这么好，跟亲兄弟差不多。娟儿啊，我看让他们仨老椿树下拜了盟兄弟算了。"

鹂婶还在远远地看着三个孩子，发现旁边的白娟没回答，伸手去拉。结果摸到一把肉乎乎的东西，还会动，吓得鹂婶一把甩出去老远。侧头看原来是哑巴回来了，刚捉了几串蚂蚱，好巧正被鹂婶一把攥住，捏了一手的黄水。恶心的鹂婶大喊了一声"哑巴！"，哑巴怕挨打一闪身蹿出去，拾起地上的蚂蚱，跑着追哥仨去了。留下鹂婶在后面碎碎骂道："多大人了，没个定性，我看你也跟他仨一块拜了把子算了。"

哑巴领着哥仨回到村里，村子里除了几个走不动的老家伙，几乎没了人。空地上更是冷清，这是难得的事情，让他们四个更加大胆肆意。

哑巴从土地庙里拿出来没烧完的纸，把一堆干草点着了烤蚂蚱。

这在平时是绝对不敢的，敢碰庙里的东西？也不知曾被村里迷信的老婆子们骂过多少回。而今天他们竟然用土地爷的火来烤蚂蚱，吃得哑巴那叫一个解气。

哑巴嘴巴不灵，但记性不差，想起了鹂婶说的让他们仨拜把子的事情。鹂婶曾教给了哑巴助产的本事，让哑巴在冬天隔三差五能挣俩喜蛋吃，还多了空闲时间在人们跟前显摆的资本。虽说这几年不常干了，但哑巴依旧敬重鹂婶。鹂婶说过的话，让做的事，她从没有不积极过，尽管有时候她分不清人家说的是正经话还是玩笑话，就像这次。

哑巴把黑嘴一抹，把兄弟仨从地上拉起来来到大椿树前。

二胖听他爹讲过桃园三结义的故事，见哑巴从香灰坛子里拿出三根没烧完的香，让他们对着大椿树鞠躬磕头，就猜到了是干什么。心想有趣，也就顺着哑巴的安排做不反对。

"刘关张桃园三结义的故事你们听过没有？"二胖说。

虎子嗯了一声，但爽子没反应，显然，翠巧从没给他讲过这样的故事。"就是拜把子，哑巴让我们对着大椿树拜把子，磕过头之后就是亲兄弟了，就能一块生一块死了。"

"跟大椿树拜把子？然后也能跟它一样活几百年？"爽子疑惑地问。

"啊？不是咱们仨拜啊？"虎子有点蒙，"也对，拜把子得是桃树，不是椿树。"

"我不喜欢吃桃子？"

"我喜欢吃鸡腿。"

"我喜欢吃香椿炒鸡蛋。"

三个兄弟东一嘴西一嘴，越说越不着边际，哑巴在旁边听得头昏，急得"啊巴啊巴"乱叫，赶紧捂住他们的嘴，让他们不要说话，只管磕头就行了。

三个兄弟人手一根断香，面朝大椿树跪着。过午偏西的太阳穿过稀疏的香椿叶晒在他们身上，地上映出三个小人影。断香燃起的白烟袅袅而上散在干巴巴的空气中，与星火余灰中的蚂蚱香味融在一起，既有点神道仙气又有点尘世俗气。不由得让他们仨慢慢闭上眼睛，自有哑巴在他们身后慢慢一推，三个响头算是磕在地上，结了异姓兄弟。这一磕，来得潦草，却掷地有声，他们仨许是当初没有感觉，但注定日后再也分不开了。

哑巴松开手，哥仨起身，沾起一脑门子的土，相互指着哈哈大笑。

磕好了头，哑巴一个个把他们抱到树上，正式分给他们一人一个树权，那地方以后就是他们专属的了。三个孩子在树上拉着手，说以后有人受了欺负，打架一块上。有了好吃的，那也得一块分了吃。就像这蚂蚱肉一样，再小的腿也得掰三节。

三个人在树权上说得热闹，有了兄弟的感觉就像是有了靠山，让爽子觉得很温暖。但对于虎子，不仅是多了兄弟，还多了棵石榴树。他拉拉二胖，说："我想吃你家的石榴果。"

"酸的。"

"不怕。"

"行，你等着，我给你摘去。"说完从树上出溜下来跑了。见二胖子走了，爽子琢磨着也要下来，说他也有好东西去拿。最后只留下虎子待在树上，想半天想不出来自己能拿出什么。

不一会，两个人气喘吁吁跑回来。二胖子手里拿着个又大又红的石榴："俺家的石榴，虎子，给你。"而爽子抱着个小罐子，说："俺娘留的香椿，二胖，给你。"剩下虎子急得抓耳挠腮，他不知道该给爽子点什么东西好，自己有些什么东西是爽子没有的呢？

哑巴早就听说翠巧知道怎么保存香椿，留到来年开春也不会坏，可从来没

三兄弟掰玉米

有尝过。别人家没这个技术，更主要是没那么多香椿芽可留。现在看见了一罐子，伸手捞出一把塞在嘴里，咸得嗷嗷叫，一张嘴又吐了回去。还好孩子们没看见，但哑巴心虚，盖上盖子让爽子赶紧拿回去放好。

回村外地头的路上，两个孩子蹦蹦跳跳，只有虎子闷闷地想着心事。刚拐进小路，虎子约摸看见个人影推着辆车进了玉米地，那样子像是他爹。虎子忽然大叫一声："我知道给你什么了。"说完拉着爽子就往前跑。

来到爽子家地边上，他们看见一道一米宽的车辙印直着压进了玉米地，所经之处玉米秆尽倒像是条软绵绵的草垫子，草垫子向前伸进去四五米往左一拐就不见了。虎子拉着爽子的手，小心翼翼地跟着车辙往里走。

"爹"，虎子果然没看错，推车进来的就是老蔫。老蔫在玉米地里故意拐了好几个弯挡住路人的视线，再推着车原地转上一圈，压倒一片庄稼腾出块空地，一车的玉米跟坟头似地堆在空地中央，老蔫就坐在空车沿上喘气。

"爹，你真厉害，你压出个迷宫！"

老蔫进来的时候左右看过没人，心想喘上口气再悄悄溜出去，没想到还是被人发现了。虎子一喊吓得老蔫连声咳嗽，见是俩孩子，心情稍定，结巴着说："迷宫？啊……对，你找到我了，我再去躲……"说着要走，却被虎子一把抓住，"别走，你等会儿。"

虎子一本正经地拉着爽子的手，说："我知道该给你什么了，你没有爹，我有，可以给你用。"

"我不要，我有俺娘。"爽子说得冷冰冰的。

"咱们是兄弟，你们都拿出好吃的，我没有，但是我有爹。你看，还会压迷宫，你用，用完再给我，不客气。"

虎子说话的时候拉着爽子的手显得很是亲密。而老蔫瞪着俩眼珠子弄不清状况，心想我刚给爽子娘偷着分了一车玉米，气还没捯饬匀咋连孩子都上门认爹了，这幸福说来就来也不敲敲门儿，难道翠巧在旁边都看见感动到了？

他刚想问"你娘让你来的吧？"可看到爽子的一双冷眼，就跟摔瓜那天一样吓人，硬生生改了口："啊……那啥……那边鹂奶奶家地里有一小片嫩棒子，让我问你们吃不吃……"

"吃，吃。"虎子从来对好吃的不拒绝。

"那我去给你们拿。"逮到这个借口，老蔫赶紧丢下俩孩子拉着车出了玉米地。

剩下虎子在后面急忙跟着："爹，你跑慢点，爽子家都有一个了，你也给我压个迷宫吧……"

第十四章
承诺

老蔫没瞎说，鸸婶地里真的有片嫩玉米，她特意晚种了半个月，这让她在别人家的玉米老得咬不动的时候，还能有几根嫩的啃。她就好这口，偷偷地种在了最里面不让人发现，今天看三个孩子欢喜，一高兴就说了出来。白娟、翠巧和姗子都知道鸸婶多少有些事后舍不得，象征性地一人拿了两根算数。可没成想老蔫推着车回来了，后面跟着虎子一路小跑，嘴里还嘟囔着迷宫的事儿。眼看虎子来到她们跟前，老蔫一边卖力气地往车上装玉米一边打岔，生怕虎子说漏了嘴被他媳妇听出端倪，结果不走心，把鸸婶那一筐嫩玉米当成普通的直接倒在车上，等发现的时候已经跟其他混在一块分不开了。老蔫知道闯了祸，见鸸婶一张脸耷拉老长，赶紧赔不是："完了完了，孙猴子摘人参果，吃了一个毁了一片啊。鸸婶你捶我两下吧，捶完了我把你家的棒子都拉回去，你自管在家歇着，虎子那两根嫩棒子煮好了我也给你送去。"

鸸婶又好气又好笑，在老蔫腰上使劲扭了一把："给虎子的，我还能再要回来？不过蔫子你别想这就完，今年的棒子你得给我扒皮晾晒，扒皮要净，太阳要足，敢坏一颗……"

"敢坏一颗，你把我扒了，晒成萝卜腌成咸菜。"

"敢坏一颗，我把你那小萝卜拔下来，一块腌了。"

姗子知道鸸婶说的是什么，当着这么多人替老蔫不好意思："鸸婶，孩子也在，多难为情。"

"这有什么，他们爷俩都是在我手里落的地，对我来说都是孩子。"说完甩甩手真的回去了。

回到家里，姗子让老蔫把那车玉米先放一放，她想从里面再找出几根嫩的给虎子吃。虎子坐在一边嚼着石榴籽，看他娘挑挑拣拣一共找到十来根，高兴得就往外跑要去喊他那俩兄弟，被姗子一把拉住："他们都有，你自己吃。"

虎子先是吃了一肚子的酸石榴，刺激地胃口大开，加上在家受宠，一锅玉米被他奶护着不让别人动，见孙子那不要命的吃相就高兴："不急，都是你的，能吃就是福。"

两根下肚，他奶把手从锅上拿开了："吃慢点，没人抢。"

四根下肚，他奶把锅盖住了："饱了吧，吃饱就别吃了，还给你留着。"

等虎子又啃了两根，他奶把锅端走了："不能再吃了，都堵到嗓子眼，嗝气都出不来了。"

从灶间回来的时候他奶带着凉水，给虎子又灌了一瓢："孙儿，喝点水，顺一顺。"

跟北方的人一样，这里的玉米长得要比南方粒大肉粗，吃到肚里需要大量的胃液来消化。虎子人小，口弱牙稀嚼不烂，吃的又多，本就消化负担重，外加最后那一瓢凉水更是冲淡了胃液，晚上闹起肚子疼来。

"爹，我肚子疼，想拉。"

"自己去，我又不能替你使劲儿。"

"我嫌咱家茅厕臭。"

"再臭，能臭过你的……"话没说完，老蔫想起她跟翠巧说过的话，急忙把话题一转："好，我带你到外面拉去。"老蔫盘算着带他往大水坑方向走，路过翠巧家的时候借口已看见屎头，让虎子进去解决，这样顺理成章就把承诺兑现了，天衣无缝。

刚出屋门来到院里，老蔫看虎子憋得难受，劝道："你憋住，我抱你去。"

"不行，爹，我憋不住了。"说着虎子一把退下裤子，在院子里找墙根，屁股还没蹲下来，地上已经一大摊。

虎子已经憋了很久，借着墙的回音，动静闹得极大，惊醒了趴在窝里的狗。老蔫家的是条母狗，本也散养在村子里到处乱转，一来二去跟顺贵家的混成熟狗，变为情侣。可后来由于母狗嘴馋，偷吃了祭在土地庙里的贡馍，惹怒了村里的婆子们，顺带着把老蔫一阵乱骂，结果老蔫迁怒于狗把它关在院内，平日里不得再出去走动。狗性本是活跃的，再加上秋日发情，憋得母狗最近每日里"呜呜"地叫，叫得老蔫更是不待见它。这次眼看精心打的算盘黄了，他心里已生烦躁，见母狗又想来凑热闹，于是用手一指，厉声喝道："卧下，过来我打你。"

虎子奶奶急忙过来看，惊得心里不安，说是不是小孩肠子漏了，怎么能拉这么许多。"虎子，挪挪地，都快碰到鞋了，"他奶奶用小棍把屎拨散，说，"看，这孩子都快变成个碎粒机了，上面口进，下面口出，中间就是个过道，最后一点不剩，都白吃了。拉出来还是成粒的，能刺的屁股不疼？"

老蔫听说也过来看，嘿嘿笑了笑，用个粪筐扣在地上，说："你们谁也别动，明早我收拾。"他心里偷乐，感觉柳暗花明，自己的算盘还没黄彻底，还有点塞翁失马，焉知非福的感觉。他想着明天把这泡糙米粪偷偷带到翠巧家，告诉她这种没有消化完全的粪，可是上等上的好肥料，自己舍不得留着还大老远送过来，可见得比上次送西瓜更显心意。嗯，老蔫有信心让翠巧好好感激他。

老蔫晚上不敢睡踏实，天蒙亮就爬起来，毕竟是一大泡粪，端着满村串太不像话，趁着天早没人，赶紧把这事办了。他披好衣服，拿着铁钎来到院里，却看到粪筐倒在一边。

把筐拿开，空的。四周看看，也没有。

难道是虎子奶奶提早清理了？不对，她还没起床。

姗子收拾了？也不可能。

"见了鬼了，一泡粑粑，再厉害也不能自己飞了啊！"老蔫越琢磨越糊涂，直到他瞥见院子角落里的狗，才知道了真相。

"你个杂种——"

一阵鸡飞狗跳，老蔫举着铁锨追着母狗满院子地打。院里的椅子也倒了，晾晒的衣服也掉了，母狗被撵得嗷嗷叫，用嘴拱出个门缝一挤身往大街上逃命去了。老蔫找回跑丢的鞋，顺手换了个轻点的木棍，骂骂咧咧也追了出去。

这动静吵醒了姗子，等到她穿衣出门，顺着声音来到村中央空地上的时候，看到眼前的阵势"噗嗤"一声笑出来了。

原来母狗逃到外面，正遇到顺贵带着他的狗一前一后往大椿树下走。顺贵养成了习惯，一天来得比一天早，现在是连稀饭也要端到椿树下喝才香。顺贵的狗听到母狗叫唤，分外激动，从后面一跳窜出去，正蹭了顺贵的腿，顺贵腿一软手一歪稀饭泼出大半碗。他出门时特意盛的锅面上的头勺，最是烫手，两根手指掐着碗沿拿着馍一路上小心地端着，眼看快到了却被狗碰去半碗，懊恼着进也不是回也不是，大叫一声把碗扔在地上："你个狗日的。"举着板凳也紧追过来。

俩狗在空地上碰面，汪汪汪几声交流，就结了联盟，在井盖上站定转身，气势汹汹地对着前街来的老蔫和后街来的顺贵狂叫，一股子拉膀子干仗的架势。

姗子扶着街墙不过来，"嘎嘎"地笑，说嫁到林庄快十年，今天算是见了西洋景。都说林庄人打架一块上，没想到狗打架也是成双结对，哈哈，没白嫁。仍然远远地看热闹。

老蔫骂姗子不来帮忙，姗子怨他欺负母狗遭了报应，她才不帮，顺贵则举着板凳不住地催着老蔫赶快上。三个人各说各的谁也不听谁。但两条狗不明白，以为他们在叫帮手，于是公狗伸长脖子嘟着嘴使劲"嗷嗷"地叫了两声长音。狗声在安静的清晨格外具有穿透力，四向传播。叫声虽止，又接连上封龙山传来的回响，强度丝毫不减，那叫一个连绵不绝。跟着便是吠声四起，全村的狗都响应起来。狗一叫，树上的鸟们、窝里的鸡们也被吓得叽喳添乱，片刻工夫各家院门大开，脚快的几只狗更是已经跑到空地上来帮阵了。

眼看狗们越聚越多，这架根本没有胜算，顺贵悄悄地放下板凳，撂下一句

话"饭还没吃呢"，溜溜地撤了，剩下老蔫一个人举着棍子面对十几条恶狗。

姗子也怕了，躲在角落里喊老蔫，让他快走。叮嘱他不要转身，更不要跑，就这么倒着往后退，因为狗是追咬背对着它们的人的。老蔫一边退，一边骂："顺贵你不仗义，你看我以后怎么收拾你那条狗。"

顺贵的狗，老蔫是收拾不了的，一是被哑巴保护着，二是此事之后便成了全村的狗王，所有的狗都护着。老蔫曾试过几次不得手，反而被所有的狗仇恨，结了梁子，一听见他的声音就乱叫。

老蔫只能憋着一股气把它撒到自家母狗身上，三天两头地打。于是在之后不久，林庄便每日养成了这幅情景：二胖家的公鸡石榴每天醒得最早，是全村的活闹钟。它一叫，顺贵就端着稀饭牵着狗王出门，狗王思念母狗，路上长长地哀嚎。虎子家的母狗听见也就应叫，然后就吵醒了老蔫的美梦出来打骂。老蔫的叫骂声传到街上，那全村的狗们鸡们就都醒了，胡乱地叫，谁也别想睡了。

第十五章
椿树王

1986年。

林庄全村百十来户，大大小小五百口人，虽说有些外姓人住在这里，但姓韩的还是占了绝大多数。闭着眼睛随便说出两个人名来，往上数个三代五辈，大都能算出同锅同灶同床共铺的联系。每到大年初一，自家院内的儿孙头、压岁包交换过之后，所有的男童丁壮就会结了队伍在村子里巡拜，只要有比自己辈大的远近同宗，那就非要进去磕个头不可的。从早上八点钟的钱饺子吃完开始，不磕到中午是回不了家的，由此全村人的宗脉关系就可见一斑。

甚至连平日里孩子们吵架戈气，恼极了也会搬出辈分来压制对方，常见了七八岁的小个子要求比他大的孩子叫他叔叔、爷爷来取乐的，细分析还真不是占便宜，气得大孩子无奈只能一走了之。

像这样的血脉纯正的村子，是必定有家谱的。林庄更是如此，从先人六百年前开家谱至今就从未断过。按照村里古制，生老病死都要有专人每年记录在册，累计十二年才可腾挪上谱。家谱修订，须在秋日干爽之时，避阳之谷麦储藏之屋，由村内德高望重之人在场主持监制，连同书写者在内不得超过五个，更不能有病弱之人。其目的就是为了极至地妥善保护好家谱的书写纸张不受潮不烈晒也不能沾染了病气邪毒，以便保存长久。更新完毕，待墨干归匣后由主持之人当着全村的面宣布修订完毕，然后整村庆祝三天以示林庄喜福盈门、代代兴旺。

上两次的家谱录入都是老全执的笔，数一数来年秋天就又满十二岁了，这是村里的大事儿，从今年的小麦播了冬种之后，基本上没了农活，村里的几根村柱子也就开始策划了。

挑起这个话头的，是顺贵："今年出奇的冷，这离过年还有俩月呢，大椿树底下已经冷的坐不住了。"

旁边的庚叔这些日子也得空来闲聚，拿顺贵解闷子："让连芬给你多烧俩水捂子，再坚持俩月，等孩子们放了寒假，你就不用天天坐在这吹凉风了。"

"不是这事儿。我现在早习惯了，每天在家待着也烦闷，哪里像在这热闹，有话说有景看。再说过俩月，这里戏台子一搭，我这位置是正中间，距离不远不近，放在宫里那就是皇上看戏的龙椅位置。"顺贵回答。

"坐你这儿是皇上？那树上的哑巴算什么，太上皇？"老蒿故意找茬，"是吧，哑巴？"哑巴听了嘿嘿地笑。

"今年落成家老二该娶媳妇了吧，还有进才家老大。"顺贵没搭理老蒿，继续说："那么说今年至少两场戏。"

"是，是有两家娶媳妇，但是唱不唱戏我可说了不算，村支书不管这。"庚叔点了根烟："别看咱林庄小，但年年办红事儿，年年添新人。一有喜事儿不是放大火就是唱大戏，连近村儿的人都过来看，哪里能有咱林庄风光。"

"说到添新人，"翠巧说，"庚叔，该更新家谱了吧，上次写家谱我刚嫁过来，没赶上。这一晃十二年了，俺们家丢了一个多了一个，都得写上去吧。"

"对，明年更新家谱。不过，根栓算是失踪人口，村里可一直没算是死亡啊，你家的分地不还留着他一份呢吗。"

"咋，不应该？当初要不是你让根栓去找河南人……"

"打住，打住，"庚叔打断翠巧，"过去多少年的事儿了，不提了。咱不是说更新家谱吗，爽子是要上家谱的。"

"爽子七八岁了吧？"顺贵问。

"哎呀，"只要顺贵一说话，老蒿就接话茬，"你在这算是白坐了这么些

88

年，爽子跟虎子二胖子都是一年生的，过年就11岁了。他们四年前一块拜的把子，那时候他们只知道同年分不清几月，就拜了个囫囵把子，不轮排位，你真不知道？活该你挨冻，胳膊腿不运动，脑子也不灵活，不冻你冻谁。"

顺贵还是不搭理他，跟翠巧说："爽子11岁了？看着可不像，比那哥俩可是瘦小了好几圈。"

这话是说到了翠巧的痛处，爽子身形从小长的瘦弱，小时候总以为是肠胃不好，吃的东西从肚子里一过全拉出来，根本剩不下什么。翠巧心想长大会好些，可爽子天性不爱吃，依旧一副营养不良的样子，体型瘦小，随了根栓。

让翠巧最羡慕的就是虎子，虎子不但好吃，而且懂吃，只要是好的，哪怕味道再不适口，也得挤着眉头往肚里咽。且他好动好说，性格开朗，这些都是爽子不具备的。虽然从虎子嘴里秃噜的常都是一些不过脑子的胡话，被他娘因此打上几巴掌也是常有的事儿，但得益于继承了他爹的糙皮厚肉，往往嘿嘿一笑转脸也就忘了。

几个月前虎子过十岁生日，他娘给他备了一桌肉面，上午十时已到，按规矩开席前虎子要跟父母磕三个感恩头，虎子看着满桌子的肉菜心急，跪下便说："感谢爹娘养育之恩，你俩快坐好，请受小弟一拜。"姗子上去就拍了他一巴掌，笑着说："反了你了，一个头还把你磕成小叔子了！"

那天老蔫特意买了两瓶啤酒，这是今年才兴起的东西，那时候没有冰箱，酒瓶倾口入杯一半沫。虎子一股子胡劲儿上来，抢过来咕咚咕咚喝了两大口，一抹搭嘴说："还真像马尿，娘你也来一泡。"把当时一块吃面的二胖和爽子笑岔气，之后还常被这哥俩拿出来笑话。虎子也就每次都回嘴说此仇一定要报，但也并非真的动气，只是兄弟间的嘴边混账话罢了。

翠巧自那天以后打算去找找姗子，想请教些做菜烧饭的事儿，也好提提爽子的胃口。她拐进了胡同口，正巧撞上了要出门的老蔫。

老蔫吓一跳，小声说："晚上要不够，这大白天的，咋讨上门了？"

"一边去，谁稀罕你那个。"

"那你要啥，肥料又不够了？不对啊，冬麦要开春才施的肥啊。"

翠巧看没人，在他屁股上一拍："在你脑子里，不是前面的把儿，就是后面的橛儿，还有没点儿正经事儿。"然后一提嗓门儿："姗子，在家不？"随后迈腿进了门。

撩开门帘子，看见白娟也在，两个人正说得热闹。

"哦，翠巧来了，正说你家爽子呢，别看平日里爽子蔫巴巴的不怎么说话，他什么都知道。"姗子拉翠巧坐下，"赶紧烤烤火吧，还没入九，水面就上冻了。"

"他知道什么？"翠巧很疑惑。

"我是说他的学习好，什么都知道。学校的老师也说爽子让人省心，不是那种说八遍都听不懂，也不是那种听懂了就叽叽喳喳的孩子。没事儿就坐在那安静地想事儿，不闹不淘，多好啊。"

翠巧听了高兴："二胖也不赖，学习也不差，主要是人家爱看书。"

"嗯，都是他爹的书。现在看吧，等上了中学就不让他看了，都是些闲书。"

"闲书不是书？虎子什么书都不看，别说俺家没书，就是有，那也准扔到茅厕擦了屁股，"姗子说着就来气，"他爷俩一个德行，每年一到虎子换了新课本，老蔫就不去外面上茅厕了，旧书旧本一张一张撕得可快了……"

姗子还要说下去，被翠巧拦住，她知道那根本不是因为换下了旧课本的事儿，再往下说她怕漏了嘴，于是转移话题："爽子也不是啥事儿都让我省心，你看他那瘦样，这么大了一点活都帮不上忙。这不是今天来跟你问问，你这么能干，都做些什么给虎子吃啊，吃的跟个牛犊子似的。"

"啥能干啊，再能干白面也做不出猪肉味，不就是地里面种的那些东西。东西都是一样的，但你挡不住他能吃。只要说'这头勺的粥好，吃了不生病，过去都是皇上吃头勺，谁敢跟他抢'，虎子就能喝一碗。然后你再说'锅底好，营养都留在锅底，所以叫福根儿'，虎子沉沉肚子还能再添一碗。"

"爽子要是这么容易哄就好了，他现在也就香椿炒鸡蛋能多下点饭。眼看到年尾了，人家都说过年不吃剩饭，但俺家一共就俩人，吃起饭来算一个半，年三十的菜能吃到初五。哎，愁死个人，要不借你家虎子到俺家吃两天？"

　　"就是，这不是快过年了，"白娟接话说，"翠巧，你知道这村儿的风俗不，关于那棵大椿树，能让小孩子长个的？"

　　"什么风俗，你说说。"

　　"还是听二胖的奶奶说的，说小孩子长不高，就让他悄悄在大年初一天不亮起床，不要说话，端一碗水饺供到大椿树下，扶着椿树左转三圈、右转三圈，边转边念：'椿树王，椿树王，你长粗来我长长；你长粗了当栋梁，我长长了穿新衣裳。'转一圈念一遍，来年小孩就长得快了。"

　　"真的假的？"

　　"不能让别人看见，看见就不灵了。更不能说反，反了就真长成墩子了。"

第十六章
抱椿树

这一年的冬天比往年都冷得厉害，冬至开始，还没到二九，顺贵就不出门了。三九刚到，街上已经看不到麻雀，唯一还在跑来跑去的，是那些里三层外三层被包裹得像个线轴一样的孩子们。等到四九，连孩子们也都被关在家里不让出来了，家家户户掩着门垂着棉布帘子，布帘子外面的房檐上倒挂着几道冰锥，好几天都不化。布帘子里面烟雾缭绕，劣质的煤炉子虽说加了排气的管道，但大量的呛人气体仍然充斥着整个房间，啥也看不清。

白娟拨开眼前的烟气，说："看，水又烧开了。天冷烧炉子，顺带烧水，这一天不停地烧，至少能开20壶，茶叶都泡白了。"屋里摆放桌椅的地方传来落忠的声音，却看不见人影："那是好茶，前些日子别人送的铁观音。"

"再好的茶，也不能泡20泡啊。"

"省着点喝吧，谁让天这么冷。我今天早晨去看，鸡窝里又有一只死鸡，垫了再厚的干草也不行。"

"又冻死一只，真的？"二胖一声叫，随着隐约一个人影跑动，发出"咚咚咚"的脚步声和紧接着木门合页"吱吱"的转动声。

"你回来，外面冷！死鸡早收起来了。"尽管看不清，白娟还是向着门的方向喊。

门被拉开了，布帘子被钩在门板上一直敞着，屋里的煤烟像破了木板的水桶里的水一样缓缓流出，流到屋外遇到刺骨的小风被卷成层层绕的波浪，而后消散。取而代之的是趁机溜进门里的寒气，寒气总是清澈的，白娟渐渐看清了屋里的情景。

二胖奶奶裹着被子斜靠在高摞摞的枕头上，落忠坐在四方桌子边端着那杯泡白了的茶，小飞戴着线手套抱住铁皮烟囱取暖，而二胖子此时已站在门口，怀里抱着他那只石榴。

算来石榴已经六七岁了，老得已经飞不起来，更经不起这么寒冷的冬天。它老老实实地趴在二胖的怀里，任凭二胖的身体被冻得瑟瑟发抖，但石榴的小脑袋依然保持稳定，瞅着渐渐清晰起来的屋内。

"快关上门，炉子都冻灭了。"小飞大声喊。

"让石榴住在屋里吧，它在外面会冻死的。"二胖进了门，问大家。

"我看行，"他奶在床上说话，"它老了，就跟我一样，身上没了阳气，在外面准活不到开春。"

"来来来，放在炉子上，烤熟了鸡腿是你的。"小飞笑嘻嘻地说。

"都养了六七年了，老二可舍不得吃。我一会去拿个笼子，把它放笼子里，不让它乱跑。"白娟起身去关门，顺便问："落忠，你说六七年的鸡相当于人得多大岁数啊，六七十？"

"相当于多大岁数我不好说，但鸡一般只能活四五年，再长就少见了。而且书上说公鸡应朱雀，是纯阳之物，它能克制一切阴邪厉鬼，养的时间越长越是厉害，如果能活到八岁那就成精了，谁还会舍得吃。公鸡能大事驱凶化吉，小事保家护院，比狗好使多了。它待的地方，如果你仔细看，连湿湿虫都绕着走。"落忠说得得意，习惯性地端起杯子，但看着满杯的白水还是扫兴地放下："我看就养在屋里吧，这么阴冷的天，说不定能给我们补充些阳气。"

二胖奶奶很是认可："嗯，我说为什么老年间那些驱邪的符都是用鸡血写呢。这东西这么好，早知道多养两只给俺孙子炖着吃，准长得精壮。"

"等天暖和了，我再去集上买几只小鸡仔来。"白娟应和着。

稍停顿了片刻，她继续说："回头我得告诉翠巧去，她家的爽子长的瘦弱，前几天我还劝她让爽子抱大椿树去，当时是说着玩的，现在有了更靠谱的办法，得告诉她。"

在二胖的记忆力，小时候每到过年，准下几场大雪，年三十晚上总是白茫茫一片。白色的底板上，点缀着红色的对联、福字还有鞭炮爆裂后的红碎纸屑，这就是年的颜色，清晰而雀跃，简单而喜庆。回想起来，都是欢乐。

年夜饭后，大人们都凑到有电视的人家里去看春节联欢晚会了，孩子们则是全体出动，玩抓猫子游戏。带头的是哑巴，都连着玩了很多年，只要村里能跑的孩子，她都让参加。

孩子们是在空地上集合的，大大小小算起来有30来人，按照老规矩，不能躲进家里，不能出村。哑巴站树上闭眼砸雪球，砸到的三个人找，其余人躲。以锣声为号，一遍锣藏，二遍锣找。

二胖、虎子和爽子哥仨今年都属于躲的。

虎子在白天的时候就做好了准备，在离大椿树不远的一垛麦秸里面掏了个洞，挤挤身子能容俩人。游戏开始，虎子在村子里乱跑了一阵，又悄悄回到空地，看四周没人注意，悄悄钻进了洞里。

锣响再响，抓猫子正式开始了。

三个小黑影从大椿树底下四散着跑开，有一个竟从虎子眼前经过，丝毫没有发现，惹得他捂着嘴偷笑。一翻身，舒舒服服地躺在那个草窝里打了个饱嗝，暖暖活活的想要睡着。

时间不久，草窝外面一阵悉悉索索的声音，惊醒了虎子，他悄悄往外看，是二胖。于是嘘着声把他拉进来，问他："你不躲好，瞎跑啥？"二胖见是虎子，伸出个大拇指，夸他找的地方好："我跟着爽子呢。去年是我找你们躲，找遍全村就是找不到他，今年于是就跟着他，看他去了哪里。"

"你跟丢了？"

"没跟丢。"

"他躲在哪？"

"那！"二胖往不远处的井盖那里一指："看见那里坐着个人吗？那就是爽子。"

"啥？我还以为那是顺贵伯伯，心想这离天亮还早的很呢，怎么就出来了，原来是他。"

那个人影的确是爽子。

锣声一响，爽子就回了趟家，把他爹的旧棉袄棉裤翻出来，里面塞了个衣服架子，虽说穿在身上仍然松垮，但扣个帽子后也囫囵能照出个人样子。爽子一路慢慢地挪到空地上，往阴影里的井盖子上一坐，遮挡了身材的矮小，也遮掩了衣服的不整，看着就是个窝在那里的成年人。他还点了根烟，烟头在黑暗里忽明忽暗，有谁会想到他是个孩子。

"这小子，太贼了，"虎子很羡慕，"明年我也穿我爹的衣服坐在那里，比他还像。"

"是，爽子长得矮，衣服撑不起来，所以他坐在黑地里，怕被人看出来……哎，虎子，你知道吗？今天晚上，爽子要出来抱椿树，我娘说的。"

"哈哈，有这事儿，我得出来看，也笑话笑话他，上次的仇还没报呢。"虎子说完意识到，笑话了他大半年的，也包括眼前的二胖，于是戳了他一拳，"还有你，今晚陪着我，不能跑。"

"别说话，有人来了……"

草窝的确是个避寒的好地方，任外面风再怎么厉害地吹，两个兄弟在里面舒舒服服地就睡着了，一直到了后半夜，游戏怎么结束的，爽子最后是否被发现，他们俩一概不知。

半夜，翠巧特意多包了些饺子，她准备着让爽子凌晨去抱椿树的时候用的。爽子极不情愿，他怕被人看见笑话。在他心里，长的矮小本没什么，但是去抱椿树就不一样了，偷偷摸摸地承认再被人发现，那就严重了，相当于自己提醒了别人他所在意的自身弱点，还不被人嘲笑？但他拗不过翠巧，想伪装一番，穿着他爹的衣服装成别人的样子再去。晚上的找猫子，就被他拿来作为练兵，如果别人发现不了，自己多少底气足些。

爽子又一次骗过了村里的孩子们，他在井盖上坐了一个来小时，手里那根被用来冒充烟头的粗香烧完了，他才起身回家，大喇喇地从已经被找出来的孩子们身边经过，头都不撇一下。

到了后半夜一点多，游戏散场，电视上的春节联欢晚会结束，整个村子再

次陷入沉静的时候，翠巧煮好了饺子，也叫醒了爽子。送他出门前，翠巧再次嘱咐："我教你的说三遍，千万别说反了。"

爽子胳肢窝里夹着手电筒，两个手捧着饺子，慢慢走到大椿树前。整个村子一片漆黑，发光的只有大队部门前的那盏路灯，雪花在灯下铺满了一地，雪地柔和的像是一面毛镜子散射着昏暗的灯光。对爽子来说够用了，让他能看见大椿树，同时也能让自己隐藏在阴暗里。

他放下饺子的时候胳膊一松，手电筒铛啷一声掉在地上，清脆的声音穿过沙沙的落雪惊醒了草窝里的二胖，二胖揉揉眼睛叫醒虎子。虎子伸出脑袋看看外面又黑又静，想是游戏已经结束，起身要走。二胖轻轻拉了拉他，说："你看那边有人。"

"还没结束？那快躲好。"

"你看那是爽子吗？"

"是他，他还没走，游戏还在玩呢，"虎子说着往洞里缩，被二胖拦住，"不对，游戏早结束了，现在是后半夜，那是爽子在抱椿树。"

虎子彻底清醒，也瞪着眼睛使劲看："对，旁边还放着一个碗，是上供的饺子。"说着起身要出去，又被二胖拦住，说："别出去，看着。"

爽子还是害怕的，毕竟是个十岁的孩子，在深更半夜独自一人站在老树土庙之前，能给他安慰的只有远处的路灯，但透过飘雪看去也就像个跳跃的油灯火苗，暗红色的光给予不了他多少安全感，只能勉强映衬出眼前这棵几百年的老树枝权纵横，像是一只枯老的手，肆意地长着弯指长甲向天空蔓延。天上更是没有一点光，分不清树与天的界线，爽子看得目光散焦有些眩晕，感觉树枝在伸长，发出"吱吱嘎嘎"的生长的声音，眼看着它像是慢慢长成一个碗的形状，把自己倒扣在无天无地的混沌里，还有不知几时响起的呜呜声烦心乱耳，或近或远。

虎子家的狗这时候"呜咽"地叫了几声，还有门开关的声音，声音不大，但在这么静的晚上声音入耳。显然爽子也听到了，他收回漫无边际的乱想和目光，盯着眼前的老树干，把手电竖直放在地上，一道光柱使树枝清晰起来，这让他的心多少安定些，心念着赶紧办完了事回家才安全。

　　碗里的饺子早就凉了，上面一层薄雪。爽子靠着树根放好碗，先是磕了三个头，笨拙地爬起来，开始绕着树向右转。他走得不快，嘴巴不停："椿树王，椿树王，你长粗来我长长；你长粗了当栋梁，我长长了穿新衣裳……"

　　二胖和虎子远远地看着，抿着嘴笑。虎子摆了摆手，让他跟上，俩人悄悄出了草垛，沿着墙边向大椿树靠拢。爽子的手电筒是向上打光的，他每次转到这里电光都会照进眼里不舒服，等到反着向左转的时候他索性抬起头看着照亮的树枝，右手扶住树干把握方向。这，让爽子对两人的靠近一点没有察觉。

　　爽子忽然停下，心里数了数，念了五遍了，还有一圈结束。再低头看看位置，好像慢了几步，刚盘算着得加快步子赶上进度的时候，后街也传来门响的声音，接着是几个人说着话向这边走来。

　　爽子一惊，心想大半夜怎么会有人出门，走过来看见，一定会问他是谁，张嘴回答立马露馅，不说话就会起疑，所以必须要在他们到来之前离开。最后一圈要是仍然用走的显然来不及，于是爽子抬脚开始绕着跑。可是脚下的雪早已被他踩实如冰，加上肥大的衣服累赘，才跑半圈一个脚滑重重摔在地上。爽子也不敢出声，关掉手电筒干脆回家，才出去几步，想起来最后一遍说词还没完，又返回来，立在大树前快嘴念道："椿树王，椿树王……"

　　虎子在旁边看着，这个时候已经憋不住了，捂着嘴的手一漏风，噗嗤笑出来："哈哈哈……"爽子吓了一跳，没想到旁边还有个人，往后退了两步，打开手电筒照看，原来是虎子和二胖。

　　虎子有意要捉弄他，抢着说："你还没说完呢，我来帮你说。椿树王，椿树王，我长粗来你长长；你长长了还当王，我长粗了穿我爹的破衣裳，哈哈哈。"他故意反着说。

　　"虎子！"爽子被识破，也不再顾忌什么，气得大声骂："你，你，你个狗日的！"上来就打。

　　咚咚咚一阵脚步声，那几个人也跑过来，几道手电光照在扭到一起的三人身上。

　　"虎子，别怕，娘来了。"

　　"老二，可找到你了。"

"敢打我老蔫的孩儿……"

来了四个人，正是虎子和二胖的爹娘。

原来到了后半夜，电视上的春节联欢晚会散场，老蔫回到家里吵醒了姗子，姗子看只有他一人，问虎子怎么没回来。老蔫说不是跟你在家睡觉吗。这样，他们才发现虎子不见了。各个屋里找过没有，才想到没准跟二胖在一块，于是俩人火急火燎地出门，门摔得"咣咣"响惊醒了他们的狗，"呜咽"地叫了几声。等来到落忠家里，发现他们也在找孩子，这才四个人凑齐了出到后街来。可巧一出胡同口就听到椿树下有人喊叫虎子的声音，于是四个人赶紧跑来查看。

晃动的手电光也照不稳，大概见是个大人欺负俩孩子，于是老蔫冲上来一把扯开压在虎子身上的人。老蔫力气用得足，但他没想到那人竟这么体轻，手往后一仰连人带衣服甩了出去，还好被后面的落忠接到，也觉得奇怪，问了声："你是谁？"

虎子刚才被爽子突来的一拳打得疼了，他想挣脱姗子过来再打："爽子，我要报仇。"

"爽子？"落忠赶紧护住他，说："你是爽子？穿的什么衣裳？"所有的手电光都照过来。人们看见爽子的奇怪装扮，都哈哈地笑，笑得爽子极其难堪，强扭身体从落忠怀里下来，更顾不得身上的雪和泥，流着泪跑回家。

心理脆弱的爽子认为这是他最难过的一年，这一切从最一开始就是错的：庚爷不应该更定家谱，顺贵伯伯也不应该提到年龄，他娘不应嫌他矮小非让他去抱椿树，两个兄弟不应该捉弄他，兄弟的爹娘更不应该笑话他。

唯独，他爹的一身旧衣服，给了他些保护，尽管最终也是微不足道的。

其实爽子不知道，他所认为的"错"才是真的错。因为这天晚上，被他挣扎着抛在身后的笑，是源于他的小身材套在大衣服里的滑稽对比，和父母看到孩子们安然无恙后的心理宽慰。而爽子认为的，却是自己本不在意的缺陷被别人强行放大并且展示，和他们对于一个没有爹的孩子的无情嘲弄。

在他的小小心里，酝酿起了仇恨。

第十七章
报复

　　爽子躲在家里好几天没出门，本来话就少，再算上这个坏心情，更是一天天的跟他娘说不上几句话，惹得翠巧很是担心。但毕竟爽子是个聪明孩子，并非是他能用几天时间化了心结，而是他越来越清楚，自己这么生闷气是没有一点用处的，他要想个办法惩罚一下虎子。

　　翠巧问他为何几日闷闷不乐，他找借口说着了凉身体不舒服，也就敷衍过去了，对发生的事情一点没提。

　　虎子和二胖越来越感觉不对劲，他们虽知道爽子心眼小爱生气，但好几天不理他们倒是第一次，更何况是过年，本就应该是天天找着玩去的日子，可每次都被爽子不理不睬得冷漠拒绝得玩兴全无，也都整天里无精打采的样子。

　　到了初五，整年也就这一天，林庄不是被石榴叫醒的。一大早，迷信破五崩穷的人们就起了床，推开街门，一挂长长的鞭炮从院里一直拉到院外。"噼里啪啦"一阵响，最后一个极大的炮竹就埋在随便收拢起来的垃圾堆里，"轰"一声被炸得四散，算是家里的穷鬼都被赶跑，这才开始吃早饭。

　　爽子被村里的鞭炮吵得根本睡不着，一骨碌爬起来，说："娘，你起来煮饺子去吧，我来放炮。"翠巧高兴地答应，心里庆幸爽子今天难得的好心情："行，破五的饺子崩穷的炮，小嘴一张财神到。年初一的钱饺子咱俩不是谁都没吃到吗，今天还是那锅，一定吃出来它。"

　　鞭炮放完，爽子去灶火间陪他娘说话，外面很吵，他几乎是喊着说：

"娘，这些年的火炮一年比一年早，想睡懒觉都不行。"

"今年第一家准是你进才伯伯，他家老大，你连仲哥今天娶媳妇，一定是抢咱村的头炮讨吉利。"

"那一定有唱戏的看。"

"有，连着唱两天呢。"

这时候，听得外面"砰砰砰"三声巨响，震耳欲聋，好比开山炮的动静，尽管爽子被这绵延不绝破五炮竹的背景声一早钝化了耳朵，也还是吓了一跳。

翠巧告诉他："这是三眼枪的声音，连仲哥的娶亲队伍要出发了。"

"哦，那你今天去帮忙不？"

"去啊，吃了饭就去，你跟我一块吧。"

"哦，我还想补个觉，你先去。"

爽子知道，村里人娶媳妇，人们都要去的，多少帮把手，更重要的是混碗粉条肉菜吃，主人家也是图个热闹，来者不拒。去那里，迟早要遇到虎子和二胖，前几天他冷落那哥俩，今天在这种场合见面总不能再摆臭脸，但态度极度转弯又太突然，他需要想个办法。

爽子来到自己屋里，拿出一本破书，回来漫不经心地跟他娘说："你说怪不，虎子的这个课本怎么会在我屋里？还是上学期刚学完的这本……"

翠巧一个激灵，看了一眼，她知道那是前几天老鸢晚上偷着来上她的茅厕时顺手带来的。当时她还笑话老鸢，为了找借口还真憋了泡屎，这大过年的，没有门票也让进门。老鸢当时急吼吼地冲进厕所，说不是找借口，是晚上的鱼不新鲜，真的吃坏了肚子，出门急连厕纸都自带了，冲她抖了抖，就是这本书。老鸢走后翠巧特意去茅厕看过没有，以为是老鸢带走了，也就不再当回事。没想到，却被爽子收了起来。

"啊……虎子一直就是丢三落四的，我……我见他上次来找你，手里拿着一本书，准是那次落下的。"翠巧编着瞎话，盛出一碗饺子，"快吃吧，吃了再去睡。"

爽子心里暗笑，想虎子去学校都不愿带着书，怎么可能带到这里来。没说话，闷头吃完一碗，回屋了。

翠巧这顿饭吃得极不踏实，差点把饺子里的钢镚儿咽进肚子，还把牙硌得生疼，干脆把嘴一抹，说："爽子，没煮完的生饺子就放在那，回来我收拾。"说完急匆匆出了门。

翠巧打算去找老蔫，一路上还在想找个什么上门的借口，刚拐过几个弯，就看见了虎子往进才家跑。

翠巧赶紧叫住，问："虎子，正找你呢。你是不是丢了本书？落在爽子哪儿了，你去拿了吧。"

"啊？什么书？我没有书。"

"就是你上学期的语文课本，是你的。"

"我丢了？哦，丢就丢了吧，不要了。"说完又想跑，"巧子婶，那里放三眼枪哩，我得去看看，别拦着我……"

"不行！拿了书再看！"翠巧有些着急："这样吧，你去拿书，我去跟你进才伯伯说，一会儿新媳妇进村的时候，让你放一眼。"

虎子这才停下，问："真的？"

"真的，快去！"

爽子躺在床上，听见他娘走了，赶紧起来去煮饺子，他知道虎子一会就来。因为虎子喜欢枪枪炮炮的东西，三眼枪更是得意。往年小的时候他娘拦着他不让靠近，现在长大了，听见这动静，那是一定跑去看的。因此，他就故意拿出那本书，骗他娘去找他。

虎子没心没肺，一推门进了院子，喊道："爽子，我的书呢？"爽子一撩门帘从里屋出来，手里端着热腾腾的饺子，冷冰冰地说："什么书，没看见。"

"咦，你娘说的，说我丢了本书。"

"你怕丢书？"

"不怕。"

"那你问啥？"

"嗯——"虎子半天语塞。

虎子见爽子往灶火间走，问他："拿着饺子干啥去？"

爽子停下脚步，语气和缓些说："哦，吃不完了，放到锅里热着。"

"那给我吃吧，刚才出门急，没吃饱。"

"不给，要吃回家吃去。"

"给我吧，弟兄间吃口饺子也不让？"

"你还把我当弟兄？"

"这话说得……哦，那天是我不对，我再给你赔个不是，你就让我吃了吧。"说完从爽子手里抢过饺子，嘿嘿地笑。爽子更没躲闪，顺手一个人情，把台阶垒砌得天衣无缝。

吃完饺子，爽子让虎子去把二胖找来，三个人见面，有了前面的铺垫，气氛很快融和起来，嘻嘻哈哈一阵嬉闹，就和好如初了。

虎子还是没有忘记三眼枪的事儿，催着俩人说："咱们去进才伯伯家吧，那里热闹，还有三眼枪玩，我放给你看。"

"你敢放？"

"怕啥，走！"

第十八章
三眼枪

在进才家的胡同口，红布条就已经挂起来了，进进出出的人拿着各种花式的碗筷，碗筷是各家各户借来的，放在贴着红纸的木盘子里招待人用。院子，就是一个露天的厨房，靠墙临时搭起一个炉灶，上面架着开口一米多的铁锅，旁边有顺贵系着围裙嘻嘻哈哈地说话，拿着个铁锨看几个女人生火。

别看林庄平日里都是女人们在家操持三餐，而一旦遇到大的吃喝事项，上场的就全是老爷们了。老爷们里面又数顺贵掌得起这主勺，女人们也只有在他旁边打下手的份儿。顺贵做饭没有秘密，主家问他要不要提前准备食料、备什么、备多少，顺贵一概回答"你看着办，你怎么备我就怎么做，准保难吃不了"。

他更没有独特的秘方、佐料，主事当天，身上披着旧棉袄，肩上扛着根铁锨，后面跟着他的狗，迈着四方步就来了。来了也不急，先点根烟，把铁锨一把递给了别人，说："去，给我刷干净，用细盐水，然后架在树枝上高高的晾干，千万别粘了土腥味。"然后他就跟旁边的人嘻哈着说笑，一点不慌忙。

白娟总是开他玩笑："顺贵哥，每次你都弄得这么玄乎，一把铁锨这么多要求，是不是糊弄人哩，你偷偷摸摸往锅里放香料包？"

"咦，说啥呢。我两手空空有啥香料包？全在我这双手。"然后拿到鼻子前闻闻，一皱眉，"坏了，刚才大便忘记洗手了，哈哈哈。"

"算了吧，你这笑话年年说，你看现在除了你谁还笑。"

"哟，还真是。好，今年我换一个。"说完顺贵吸了一口烟，"其实啊，你们都猜对了，我这秘密都在这根铁锹上，不是铁锹头，关键是这根铁锹把。"说着指了指白娟。

白娟拿着铁锹正在洗，听他这么说也住了手听着。

"木头也分公母，分阴阳。阳木阴木属性不同，用处不同，不能乱用。比方说……"他四周找，看见靠墙放着的几根三眼枪："比方说三眼枪，枪杆在下，平时插在土里，那就得用阴木，让泥土养着，不弯不折越用越硬。而点枪的火木，就得用属阳的，点着才顺才响。"

顺贵说的煞有介事，院子里的人都在听。

"铁锹把也一样，得看你是干啥用的铁锹。放在茅厕里铲粪拌肥的铁锹，就得用阴木，肥才壮。而铲麦扬场的，就要阳木，麦子磨出来的面才劲道。今天是红事，娶妻添口，阳中之阳，更得配根纯阳的木头……"说到这，白娟仔细地看着手里的铁锹，问顺贵："椿树木属阴还是阳？"

"椿木属阴，至阴，只能用在茅厕里……"

"那，这根木头我怎么越看越像前些年我给你的那根椿树棍？"

"怎么可能……"顺贵说着去打量，哎呀一声大叫，"呀，坏了，拿错了，这是俺家铲大粪的……"

还没说完，白娟"呀"一声扔出去，四周人哄的一通大笑。很快白娟就明白上了当，碎骂了一句，也嘿嘿笑起来。

虎子也在听，他问："顺贵伯伯，三眼枪的火木是什么木头？"

"傻小儿，刚才那是你伯伯说笑话糊弄人呢。"

"哎，这还真不是，火木用樟木做最好，外面要裹上红绸子……"

这时候，远处"砰砰砰"三响，是三眼枪的声音。有人喊道："新媳妇要进村了，快点忙活起来噢——"

那一天，过得最高兴的不是连仲，不是进才，而是虎子。虎子听见枪响，撇下兄弟俩就跑出去迎接亲队伍了。队伍从东口进的村，这是规矩，因为接亲的人马无论往哪个方向走，但凡路过村镇必须东进西出。而且，村前需得鸣炮借道，村内要锣鼓唢呐齐响，出村却要声响全息，最后再给追着看热闹的孩子们撒些红纸糖果才算完了，这叫有始善终，喻意人马喜庆，磊落光明，可无奈路过打扰，走时定当一切如初，虚心讨饶。他们一路来都是这般，现在回到男方本村，更要如此，三眼枪在半里地外就开响了，让本家人及早准备。

老蔫是点迎亲炮的，在村口路旁，用装满黑火药的玻璃瓶子沿道撒一条火线，每隔半米栽上一颗红皮的双响炮，只要这头黑火药一着，一条火舌舔着双响顺次腾空而起，告诉远处的队伍这里全都备妥，只差新人进门。

虎子是超额地继承了他爹的胆量，对这条火炮线丝毫没放在眼里，一口气就跑出了村子。别人都笑话老蔫，说你这孩儿咋比进才还积极，看新媳妇都等不到进门。他们哪里知道，虎子是冲着三眼枪去的。进才告诉虎子，接亲队伍里拿枪的有一个是小根儿，让他自己找去。虎子迎上队伍，看见小根儿就一块上了后面的拖拉机车斗，央求小根让他也放一炮。

三眼枪头实铁铸成，沉得很，小根儿拿着枪杆让虎子点了一眼。这么近距离的轰响，着实震撼了虎子，虽然有心理准备，仍然被山石崩塌般的气势震得手松，抖落了火木，烧着的一头"噗嗤"杵进了路边的雪堆，一股青烟，灭了。

"看你这孩儿！"

"路不平，车震的。"虎子赶紧下车捡回来，问："根叔，你这火木是啥做的？一落地就灭。"

"傻小子，掉到雪里啦，啥做的都得灭。"

"可不是，"旁边的一个外村请来的枪手说，"我的这根就不会灭，别说是雪，就是掉到水里，只要手快，拿出来吹一吹还能着哩。"

"吹吧，你就。"小根儿不信。

"不信拉倒。"

"樟木做的？"虎子问。

"呀，行啊。年纪不大知道的不少。来，我让你也放两眼。"

虎子接过那根火木，仔细看了看，一层厚皮，里面卷着拇指来粗的木屑，外面裹着几层红色的布，用棉线一扎扎系紧。离近一闻，一股樟脑和硫磺的

味道。

"能给我不，这根火木？"

"那可不行，让你放两眼就不错了，你还放不放？"

"放，放。"

虎子就在拖拉机上进了村，所有的人都看见了，手里拿着火木，摸着三眼枪，那得意劲儿能盖过他连仲哥。

土灶里烧的是玉米轴，上面大铁锅里煮的是粉条肉菜，被嘻嘻哈哈的顺贵用铁锨翻炒的极香。虎子端着半碗菜夹着馒头找到另外俩兄弟，把刚才放枪的情形添油加醋描述了一遍。他往嘴里塞了一口肥肉，说等他娶媳妇的时候，不能再请枪手，他一人承包，手里搂着三眼枪，比搂着媳妇强得多。

二胖偷偷看爽子，俩人都暗笑，说："你娶了哑巴吧，一个敲锣一个放三眼枪，你爹放炮，三五个人就把媳妇娶了，哪里需要这么多嘴吃饭。你看……"说着用筷子敲了敲空碗，"咱们都是半碗，哪里够吃。走了，走了，看唱戏的去。"

"没开始呢，还在搭台子。"

"那也比在这听别人吧唧嘴强，快走。"

第十九章
粮仓

    按往年，戏台子都是搭在空地正对大椿树的地方，因为那里最宽敞。今年虽然还是在空地，却转了个方向搭在小卖部前面。小卖部几年前被进才承包下来卖些日用品，这几天忙，也就不干了，正好腾出来作为戏团的化妆间，出门上几个台阶，一撩帘子就是舞台。

    三人来到空地，远远地就看见哑巴坐在树杈子上生气，她的位置原本是最好的，不远不近，无遮无拦，现在却是又偏又远。看见他们来，哑巴举起锣十分气愤地狠敲了几下，举起鼓槌指着正在搭建的舞台架子，做出一个拆掉的架势。

    二胖说："哑巴，顺贵伯都没说啥。"踢了踢顺贵在树下常年放置的凳子，"你就算了吧。"

    "要不我们爬到小卖部的房顶上去看？"

    "你傻啊，虎子，那是反面，只能看见唱戏的后脑勺。"

    "夏天放电影的时候，咱们不也在白布后面看过？"

    "不跟你说了，说不清。"

    哑巴这时嘴一咧，立马变成笑脸，从树上蹿下地，"啊巴啊巴"地喊着，推着几个人往台架子走。

    三个人不明不白地跟着哑巴上了舞台架子，踩着架子上端的木板来到小卖部屋顶。爽子说："哑巴，现在架子是空的，等晚上幕布一拉，你啥都看不

见……"哑巴摆摆手，招呼他们趴在房顶另一边的房檐上，伸着脖子正好能透过窗户看见小卖部里屋，那里放着唱戏的衣服箱子。

虎子一下子明白了："这里能看见她们换衣服，好，好。"

二胖起身拍了拍哑巴："你说你好歹也是个女的，咋也喜欢看这个呢？虎子，你不如让哑巴换衣裳给你看吧，随时随地，还不用上房。"哑巴一推他，二胖哈哈笑着闪身躲开。

爽子也坐起身子，说："我还是第一次上这么高的房顶呢，俺们家的房子矮，可没这里看得远。"说着站起来，四处观察，"才注意到，大队部的房子是尖顶的。哎，靠右边那间房顶上还开了扇窗，你们看。"

"俺娘说，那过去是粮库，"二胖跟话，"尖顶的不积水，还有隔层保温。"

"粮库？那今年更新家谱就在那里？"

"应该是。"

"谁想去看看？"

"啊巴啊巴！"

"我也去。"

"那一块去吧，等天黑了，他们都看戏的时候去。"

戏台子换了地方，顺贵并没有生气。因为他算是出大力的，归上宾，饭是进屋吃，那里是除了粉条肉还有其他菜码的地方，更主要的，供酒供烟。顺贵被作为男方主家人一块招待女方来客。算是口渴的遇见洒水的，这酒一喝就到了后半晌，足有七八两，最后被别人抬回家里睡觉去了，自然不生气。

天快黑的时候，戏台子搭建完毕，锣鼓点一响，这就是备场的信号，不过也不急，得等村里人聚得差不多了才行。按戏台领班的话说："天得是全黑，唯独戏台子被几只上百瓦的灯泡子照着，上面的唱口根本看不清底下有多少人，只知道乌泱泱一大片。那劲头，比上春晚一点不差。"

"还上春晚呢，你去过北京？"

"滚一边去！"

108

台上的灯光，的确能阻挡人的视线。不仅台上的人看不清台下的状况，台下的人也根本看不见舞台之外的状况。他们四个人，就是被强烈的灯光屏蔽着，沿着台后的架子往上爬。

虎子先上，之后是爽子、哑巴和二胖。爬这样的架子对于他们来说没有一点难度，前面两个人上得很顺利。到了哑巴，毕竟大了他们十几岁，身体重，最后一脚踩在木板上这么一用力，舞台内的灯泡轻微晃了两晃。于是立马有人过来看："是谁？"正逮到最后的二胖，被提溜着脖领子带到外面："后台，不许乱进。"二胖绕到房子侧面，冲上面的三个人摆摆手，让他们先去，别管他。

三个人从小卖部的房顶踩着院墙头，慢慢爬到对面的大队部房上，房顶的瓦片踩上去"嘎达嘎达"作响，还好前面戏台子上梆子敲得清脆，小生嗓音洪亮，这点动静根本没人听得见。

"咱们别都进去，得有人放哨啊。"爽子说。

"谁放哨？"

"哑巴，你放哨吧。"哑巴不干，急得直叫。

"哑巴，你身子沉，刚才已经害了二胖，不能不吸取教训。"爽子劝她，"再说，咱们仨，你耳朵最灵，顶着风打个嗝你都能听出来吃的啥，这能耐谁也不及你，得是你放风。"

虎子和爽子打开顶窗，沿着架子爬到大梁上，在屋里面，他们才敢打开手电筒。屋子很大，只有一扇门，按照方向看是连着另一间屋子的，侧墙根儿摆了一排文件柜，柜子上方高高地开了一扇小立窗，算上屋顶这扇，大大小小也就三个口。屋子很空，正中央一张四方黑桌，四面四条长凳，桌子上方坠着一盏灯。除此之外，别无他物。

"什么也没有啊，还下去吗？"虎子说。

"来都来了，去看看，说不定柜子里有什么好东西。"

爽子轻，虎子拉着他先下到黑色的四方桌上，然后爽子再搬了凳子，让虎子垫着脚下来。他们打开电灯，忽闪一亮，把房顶上的哑巴吓了一跳，赶紧比

划着让他们关掉，里面的俩人哪里看的见，哑巴又不敢出声喊，急得她只能脱掉外衣，盖在窗户上，露个小缝往里面看。

"你说，柜子里是什么？"

"家谱？"

"真的？去看看。"

虎子上去拉，锁着的。他又去开门，也是锁着的。然后一叹气："哎，什么也打不开，白来了。"

"虎子，你有没有听说过，宝贝都藏在机关里？哪块砖一按，就出现个暗门。"

"对，对，我找找……不行，墙都抹上了石灰，把砖盖住了啊。"

"地面没有抹石灰。"

"对，地上可以试试，"说着虎子就蹲下来一块一块地扣砖缝，还颇显老道地说，"一定是藏在墙角的砖。"

旁边的爽子看着他忍不住笑："起来吧，说啥你都信，还是想想怎么打开柜子吧。"

柜子上了锁，他们不敢用蛮力，怕事后被人发现。虎子左右晃晃，很轻，里面东西不多，能听见当当地碰撞声。两人把它搬离墙根，发现柜子后板很薄，年久失修的碎木板在上边角的地方已经从钉子上脱落开，离开墙的支撑后向外弯曲着漏出一条大缝。

爽子很兴奋，把手伸进缝里一扎，几个钉子瞬时"砰砰砰"弹落，柜子竟然从后面打开了，里面露出一个木盒子。盒子不大长方形，掂在手里有些分量，通体红棕色直条纹，上下边角都是打磨过的，拿在手里很平滑。爽子把它放在四方桌上，在灯光下看得更加清楚，宽边浅槽天地盖，每个面上都雕刻着精致的图案，尤其是盖子上铺天盖地的一棵大树，枝叶繁盛，瑞鸟翔云，空白的地方还刻着几个字。

爽子转着看了一圈不禁赞叹："真好看。"

虎子也把脑袋凑过来，闻到一股淡淡的清香，问爽子："你说里面是什么？看这个大小，放瓶酒正合适。"

偷家谱

"看字！"爽子指着盖子上的刻字，说："'枣林庄韩氏宗谱'，这是装家谱的盒子，里面就是家谱。"

"家谱？"虎子有些奇怪，"家谱不是本书吗？这么窄的盒子，难道卷着放进去的？"

"我也不知道，从来没见过。"

"快打开看看。"

爽子用两个手掌轻轻夹住盖子，往上一提，稍紧，盒子一角被带起然后又"啪嗒"一声落下，盖子打开了。虎子、爽子还有房顶的哑巴，六只眼睛仔细地盯着盒子里面。

空的。

"看，"虎子出了口气，"我说就不能是家谱吧，家谱可是村里的宝贝，老庚爷能放在这个破柜子里？决不能够。不过，这个盒子不错……"

爽子重新盖住盖子："别打这个盒子的主意，你也就是放你那把玻璃球。你敢拿出去玩？让庚爷看见不打死你才怪，赶紧放回去吧。"

虎子撇撇嘴，想想爽子说得对，虽是不情愿，但还是放回去的好。他仔细地又摸了摸那些雕刻，把鼻子凑近闻了闻，这股清新的味道有些熟悉。

两个人把柜子重新归位，准备离开。还是原路，凳子垫在方桌上，踩着凳子上房梁，然后出顶窗。爽子先上，他力气实在是小，两只手的力道承受不住整个身体，甚至需要脚的帮忙，像个猴子一样四肢挂在房梁上让虎子托着他的屁股，忙乱中一只棉鞋竟然还脱落在地上，那个样子的确有些狼狈。但是，爽子感觉到，房梁挂脚的地方，似乎有个凹槽。

虎子把爽子托举上梁，笑着下去捡鞋。而爽子则蹲在梁上用手电照看绊他脚的槽。槽隐蔽在主梁的上方，从底下是绝对看不见的。边缘略显粗糙，有明显的一铲一铲的木凿痕迹，也是长方形，但比那个木盒子小了一圈，里面还藏着东西。爽子用手去摸，拿出一个厚厚的纸包，朝上的一侧落满了灰尘，但其余各面，油腻腻的又冰又凉。

打开油纸，里面还有一层干巴巴的牛皮纸，再里面是一层柔软的毛皮，毛皮展开，竟然是个暗黄色的丝绸口袋。口袋细长，开口处用编制的黄丝线捆扎绑好，拿在手里硬邦邦的能感觉出里面的两个木轴，就像是被卷起来的字画。翻过来一瞅，袋子上竟然也绣着那七个字——"枣林庄韩氏宗谱"。

爽子被震惊到了，但很快他就意识到个中原委。这时，虎子也已经拿了鞋，攀在凳子上准备上来。爽子接过鞋，跟虎子说："虎子，我猜，刚才那个木盒子有可能是樟木的。"

"樟木的！"虎子一怔。

"对，樟木的，俺姥姥在的时候，她炕头有个放被褥的柜子，就是樟木做的，很像。俺娘说，樟木驱虫，都用来做柜子和盒子……"

"还能做火木……"虎子一下子兴奋起来，麻利地又下到地上。

"你别去看了，就算是，你也拿不走。"

"不怕，我不用他装玻璃球，我可舍不得。"

虎子利索地搬开柜子，还是从后隔板取出盒子，他又深吸了一鼻子气："想起来了，这就是樟木。我说这味道怎么这么熟悉，今天闻过，跟那个人的火木烧出来的一个味。太好了，这是我的了。"

然后，虎子手里拿着木盒，抬头严肃地看着爽子。爽子摇摇头，说："我不要，我也不会说，哑巴更不能说。"

虎子立马变成笑脸，高兴地往怀里揣，太大，根本装不进。

爽子在上面把油包粗粗包裹好塞回木槽，然后把那卷绸锦扔给虎子："我还找到一卷丝绸，你不是说火木还得用丝绸裹着吗，虽说不是红的，也给你吧。"

"哎呀，太好了，不打紧不打紧，黄的丝布一样用。哈哈，今天可是收获太大了。"

虎子根本没有看那卷轴上写的什么东西，只是把木轴撕下来放进盒子，把丝绸展开裹住盒子绕了两圈，然后往身后一绑，叫嚷道："快走，快走。"

闭了灯，黑暗中，爽子躲在梁上，左边的嘴角微微翘了翘。

第二十章
家谱

　　接下来几天，轮到虎子不出门了，哥俩找了好几次，可虎子躲在屋里就是不肯出来，隔着门缝能看见地上摆着刀子、剪子和木锯。

　　原来那天晚上回来，虎子到家里时还没有人，他们都去看唱戏了。虎子根本不敢多耽误，要尽快把这个盒子拆掉，这样即使被人看见，也无非就是一堆烂木板而已，便不会起疑。在接下来几天，他把木板劈成小木条，十几根合成一簇用桦树皮包裹紧，做成手指头粗细、半尺来长的短棒，短棒最外面包着几层爽子给他的丝绸锦，再用棉绳一扎扎捆好，依然就是火木的样子。要引燃它虽是比香棒要困难些，但更重要的是，一旦烧着插在雪里的确不再熄灭了。

　　这样虎子很满意，打算拿出去给兄弟们看看。

　　这几日清闲，进才家的媳妇也娶进门了，两天的戏也唱完了，戏台子拆了，小卖部又重新开张了。但进才没有在小卖部里待着，端着缸茶水在空地上晒太阳扯闲，前几天的喜事办得风光，说话也有了底气。他们商量的，是关于过几天正月十五放村火的事情。哑巴领着一群孩子，就在不远处的井盖边，边玩边听。

　　"这些日子暖和了许多，"进才吹吹茶缸上漂浮的几片茶叶子，"十五晚上看放火，也不至于那么冷了。"

　　"你还想看放火？"老蔫蹲在地上白了进才一眼，"年前集资买火炮，每家每户都是二三十元的掏，就你进才掏半天掏出半张大团结。现在也想去看放火？"他抬头冲老庚说："庚叔，就不能让他去。"

老庚吸了一口烟，笑着不说话。

"这不是儿子娶媳妇，手上紧张嘛。"

"紧张！你紧张，娶媳妇那天放的二踢脚比谁家的飞得都高都响，县城里进的50元一捆的，对不？装穷，门都没有。想去看放火，你得闭上一只眼，5元钱就只能看一只眼。"

"你个土孙儿，"进才骂回去，"那一天你没比顺贵少喝一口，人家顺贵干了多少事儿，你干了点啥？我花钱买的二踢脚，都是你放上天去的。"

旁边的一伙子人听了乱笑。

后街一拐弯，鹂婶走了过来。老蔫看见鹂婶，立马站起来，说："你看，你说的那些个屁话，连鹂婶都听不下去了，出来主持公道了。鹂婶，我这个地方让给你来蹲，这里太阳足。顺便好好教育一下进才这个过河拆桥的。那天我给他出了多大的力气，他现在竟然怨我多喝了他几口酒。"

这个时候，虎子也从前街跑出来，老蔫一指，说："还有俺家虎子，给他放了好几响三眼枪，就吃到了他半碗粉条菜，有他这么抠门的不？"

虎子听到拐过来，好奇地问："有三眼枪放？我愿意倒贴他半碗粉条菜。"

"你这孩儿，尽说砸锅的话，一边玩去。"老蔫把他轰走，怨他拆台。

虎子不明白自己哪里说错了，撇撇嘴，晃着手里的火木转身找孩子们去了。

"哎，你手里拿的啥？"小根儿问他，"那个外村人给你的火木？"

"不是，我自己的。"

一群人都顺着话音看了看虎子手里的短棍，见并无什么特殊，也就不再理会，只是鹂婶感觉有些异样，却也没多想。

虎子进到这一班孩子堆里，开始显摆他的火木。一根短木头在孩子们手上轮流着看，时不时发出赞叹声，还有几个随身带着零散鞭炮的，从兜里拿出几个试过，都说好用，一碰就着，风还吹不灭。

"切，风算什么，"虎子笑他没见识，"这根火木，就是掉到雪里都不会灭。不信？不信你去试试，输了分我一挂一百响的鞭炮。"

他们来到老椿树下面，那里还有堆没化的积雪，那个孩子用火木头轻轻碰了碰雪堆，燃烧的一头立马暗淡下来，他赶紧缩手拿起来，而火木头又很快恢复了红亮，孩子们"哗"的一片赞叹。

"放心往雪里插。"虎子嘚瑟起来。

火木深深插入雪堆的时候，听见"嗞"的一声，一缕青烟从火木根部飘出来，那个孩子赶紧拿出来看，灭了。

"别笑，你甩甩看。"孩子按照虎子的指示迎风甩了两圈，很快又恢复了燃烧，就跟原先一样，周围的孩子们叫得更响了。

小根儿实在是按捺不住好奇心，也跑过来看看这个不一般的火木到底神奇在哪。那天他就羡慕得不得了，只是碍于面子死撑着，现在在一群孩子面前，便是无所谓，强要过来仔细研究。他从火木根部一层层的翻看，还凑近鼻子闻了闻飘起的白烟，能够明显分辨出一股樟脑香中还夹杂着很浓的烧头发味。这时，他才意识到火木最外层裹着的是几圈丝绸布，丝绸上面密密实实地绑了很多道棉线，但从缝隙间，依稀能看到黄的丝绸底色和上面的很多字。小根儿好奇地拨开棉线仔细辨认，其中有一圈竟然写着："××配刘氏春云生子落粘。"

小根儿把火木还给虎子，挠着头皮回到人群里，问鹂婶："鹂婶，'落粘'这个人你认识吗？好熟悉啊，是咱村的吧？"

"哈哈哈，"鹂婶一听先笑出来，"这都多长时间没人叫过这个名了，是咱村的，就在你旁边蹲着呢。"

小根儿四周打看了一圈，除了鹂婶、老庚和顺贵坐着，进才站着，其他人都蹲在地上。本是没头绪的事儿，可就当他目光扫到老蔫的时候，老蔫随手捡起一个小石子丢过来，骂道："别瞎看了，大家说放火的正事呢，你搭什么茬？"

"哦哦哦，"小根儿恍然大悟地喊了三声，"想起来了，落粘不就是你吗？'老蔫'叫了几十年，连你大名都快忘了。"

老蔫又白了他一眼："不怨你，猪脑子记不住事。"

旁边顺贵把脑袋凑过来，问："落粘？属于你们北街那一支的'落'字辈，跟落成、落忠一个辈分啊。咋就叫成'老蔫'了呢？"

"我知道，都想起来了，"小根儿抢着说，"那个时候我跟他还在换马店上小学，一个班。第一天老师点名，喊'韩lao nian'，没人答应，又喊一遍，还没人答应。全班同学都叫过一遍之后，只剩下他。老师问为什么不回答，他说他叫'韩luo zhan'，你个当老师的咋能念错字。老师一生气，说这是多音字，怎么读都对。第一天就敢跟老师顶嘴，那以后还就叫你'lao nian'了，咋地？"

旁边人听了都觉得好笑，老蔫却摆出一脸无所谓的样子，说："我看那座桥断得好，换马店的老师水平低，不去那上学对着呢。"然后抬头看着老庚，"庚叔，那俩字真是多音字？"

小根儿搂着老蔫的肩取笑了好一会儿，问他："老蔫，你娘姓啥？"

"关你屁事。"

"是不是姓刘叫春云？"

"打住，我娘的名号也是你能叫的。"

"别不服，我啥都知道。"

鸥婶在旁边问小根儿："嫁到咱村的女人一般都不再称呼本名，都是说谁谁媳妇、谁谁娘，而且他娘都已经死了好几年，你是怎么知道的？"

鸥婶问得稍显严肃，小根儿也不敢乱回答："哦，我看那边火木上布条写的。"

"哪里的字？"

"就是虎子拿着的那根棍子上裹着的绸布……"说着往虎子那里一指。

鸥婶脸色一沉，低着嗓子喊了一声："老庚！"

老庚也警觉起来，稍显紧张地跟鸥婶对了个眼色，又轻轻摇摇头说："不可能。"

"别轻易不可能。这孩子刚才过来的时候，我就看着他手里的布条眼熟，但没太多想。老庚，你看那颜色，还是慎重好。"说着，起身朝孩子们走

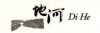

过去。

老蔫和小根儿他们不知道发生了什么，也都随后跟过来。鹂婶从虎子手里要过火木仔细翻看，然后一把撸下外面的层层绳扣，伴随着几根木棍散落，书本大小的一张暗黄色绸缎便展开在鹂婶手里。

樟木棍子甩着火星落了一地，虎子看得吃惊，刚想大声叫喊，却被鹂婶突如其来的一声嘶吼吓了一跳："啊——，天爷啊。"然后甩手给了虎子一巴掌。这一巴掌打得突然且用力，虎子怔在那里跟死了一般，不哭不动不出声，他实在是不知道为何挨打。

鹂婶狠狠地瞪着虎子，大声冲身后喊道："老庚！快回大队部看看，要快！"

第二十一章
审讯

"天昏地暗""地崩山摇"的景象没有人经历过，林庄也很少会有人使用这样的词，就连肚子里装着老墨水的老全知道了家谱被毁的消息后，文绉绉地喊出一句"六百年已绝，敢问有几种生死"这样让人听不懂的话。

这远没有落忠说出来的这两个词让人们害怕，因为林庄的人隐约能够想象得出这是幅什么情景：虽然明明是白天，但转眼间就暗了太阳，淡了日光，四周有人说话，却听不懂辩不清摸不着，一会在左一会在右，都在围着你转，边转边说越说越急，很快就什么也听不清了，只剩下满脑子的嗡嗡声。就算捂住耳朵也隔不断这蝇声蛙噪，就算闭上眼睛也拦不住这天旋地转，好比那开山的石炮一把端起了封龙山，平整的土地就像是水坑里扔进了石头，泛起滚滚的波浪，站也站不住，腿一软就倒下了。

当落忠和白娟带着二胖去看望鹂婶的时候，她躺在床上就这么说："对对对，就是这种感觉，我喊完那句话就一头栽在地上不知道事儿了，再醒来，已经在床上躺了两天。"

落忠让二胖跪在地上给鹂婶认罪，鹂婶扭过头摆摆手，说磕头有什么用，犯多大的错就得受多大的罚，磕头如果有用，另外那俩孩子早把门框磕塌了。再说，磕她不如去磕祖宗，这样在你们受罚的时候心里也能少些怨苦，走吧走吧。

林庄的年，在那天之后，就算结束了。街面上大声说笑没了，狗也不叫

119

了，连爆竹也都收起来了，更别说放村火的事情，提都没人敢提，以至于正月十五家家户户自己躲在屋子里无声无息地包顿饺子吃完了事。叹一口气，总算是挨过了别别扭扭的一年，但从明天开始，真正的暴风雨才会无所顾忌地砸下来。

鸥婶在正月十六才出的门，她走起路来还是稍显吃力，走一会儿就得停一停，路过大椿树的时候，顺贵赶紧起身让出凳子，扶着她坐好，轻声地问："你这是去哪里啊？"鸥婶没说话，用手指了指大队部，稍微定了定气，又起身走了。

顺贵在大椿树下看着，在鸥婶之后，老全、庚叔还有老森，他们都先后进了大队部办公室。在老森紧着眉头穿过小卖部后门时，把门轻轻一带对进才说："不叫，谁也不许进。"

进才赶紧点头应着，转脸冲着门外的顺贵轻声说："要出大事了，这几天都老实着点，谁烛火谁倒霉。"

办公室里的四个人都商量了些什么，隔着大队部的院子，没人听得见，也没人敢往里走近了听。村里人能做的，就是凑在一块把他们心中的不安小心翼翼地抖出来寻点安慰。因此就连那些平时不出门的，这几天也都聚在空地上。妇女们三五个一堆，添油加醋地拼凑着事情的整个经过。婆子们在土地庙里点上三炷香，然后独自坐在一旁捻佛珠子。男人安静些，蹲在地上"啪嗒啪嗒"地抽旱烟。那些孩子们也都识趣不再吵闹，偎在家人旁边打瞌睡。

一空地的人，说话的声音还没有树权上的麻雀们声响大。偶尔，隔着门传出老庚的声音："进才，去叫虎子进来说话。""进才，去叫爽子去。""进才，让二胖和哑巴来。"

进才大声回应："哎，听见了。"转身四处找，才意识到除了哑巴，其他三家人没一个出来的。

四天时间，二胖和哑巴分别进去过一次，虎子和爽子则是三次，一进去就是个把小时。进门之前，哭哭啼啼地拉着他娘不撒手，而一旦被推进了门则再无声息，像是被忽然封住了口，门一关就消失得了无痕迹。他们出来的时候也都表情严肃的无声无响，被满地的人歪着脑袋注视着，迈过几步之后，才敢张开嘴倒吸几口大气，哇地一声放胆大哭。

连芬喷喷地说院子里有股子"严气"，四面八方地压住了孩子不得哭闹，且问啥说啥，漏一句不行，多一句不敢。只有等回到院子外面，一下子放松了，咽下满肚子的泪，才敢一滴不剩地喷出来，真叫一个可怜。

翠巧抱住爽子，陪着一块掉泪，什么话也没有，依偎着回家去。姗子就会愤愤地说："别怕，他们还能吃了你！最多打一顿，你扛不住了，娘替你挨。"

第四天天临黑，空地上人仍然很多，但没什么声音。能说的话也都吐成哈气飘远了，能烧的烟草也都变成碳灰吹散了，女人们站起身，三三两两要回去做饭的时候，挂在电线杆上的大喇叭，"嗞啦嗞啦"响起来。老庚在里面清了清嗓子，说："都注意了，都注意了，三天之后，下午六点钟，全村所有人，都到大队部来一趟，有重要事情宣布。"

121

第二十二章

祖奶

　　二胖的奶奶平日里总喜欢给俩孙子讲过去的事情，小飞喜欢听打仗时候的故事：鬼子一来，全村的人就要跑到山里躲起来，一躲好几天，还不能生火做饭，只能掰几口干粮就着山泉往下咽。那时候他奶也就十几岁，不仅要照顾弟弟，还得照顾着自家的猪。二胖问，那些鸡呢，爷爷照顾吗？傻子，小飞笑他，说咱爷比奶奶还小几岁，他得照顾他家的猪呢。那些鸡呢，就留在村子里，鬼子们不拿些东西走，一生气怕是连房都得拆了。

　　他奶说着说着叹一口气："那个时候不好挨啊。"

　　二胖奶奶一叹气，也就意味着这个故事讲完了，二胖就赶紧说，该讲发大水的故事了。发大水是20世纪六十年代的事情，那几年没东西吃，别说酸枣，就是山上的草根也都被人们挖出来煮煮咽了。一个冬天的时间，除了睡觉，人们就是在山上待着，到处挖。本来山上草就少，找到个能吃的草根就更难，如能挖到蛇窝都不敢声张，偷偷装到袋子里拿回去，比过年都高兴。到了开春，山上什么也没了，到处都是洞，还有松松垮垮的石头。那年不像今年，天暖和的早，五九六九就开了河，雨下得哗哗的。那是一个下午，天上黑压压响着春雷，人们都不敢出门，"轰隆隆"的听着打雷。有一声特别响，时间还长，房子震得往下直掉灰。等到第二天，才有人说那是山上石头崩了，滚下来砸断了一座桥，还堵住了河，河水攒的多了一下子冲下来，冲垮了好几间房。

他奶说到这，又叹一口气："那个时候不好挨啊。"

但是这次，二胖奶奶多加了一句话："今年，就这几天，比前两次更不好挨。"

二胖奶奶也是林庄人，说是她的这一支从祖上开始就体弱多病，少子单传的一脉。不是子幼夭折就是霜鬓始得子，子孙晚至代代相逢，到了她这里竟推延成了全村的首辈。父母没有沉重的养家负担，因此有条件让子女多读些书识些字，子女们也都争气，一代代的担当着村里德才兼备、贤良淑德的人才典范。因为符合大辈分应有的品质要求，别人叫一声祖爷、喊一声祖奶也就心甘情愿了。只是他奶嫁了他爷爷后，子孙就低排辈沾不得什么便宜，因此全家除了他奶，其他人都从的小辈。这事儿一直困扰了二胖很多年，为啥他管奶奶叫奶奶，而同辈的孩子们，见面却得叫声祖奶奶，他二舅爷得叫祖爷爷。

祖奶奶一贯通情达理，对村里的事情很少发表看法，怕自己说的话让人为难。尤其这些年上了年纪，论年纪、论辈分都排在前头，更是不便说了。有事，最多让落忠去传个话。

三天后，正是雨水，今年寒气走得晚，别说下雨打雷，就是小河沟里的水还是盖着冰的。到了下午，各家各户又是提早做饭，那些讲究的缺心眼子们像以前一样，泡了壶茶，茶杯挂在壶嘴上，丢下一句"我先出去了"溜达着就要往外走，被女人赶到外面叫住，在肩膀上拍一巴掌，一把夺过茶壶，骂一句："今天说什么事你是不知道还是装糊涂，人们连声都不敢吭一声，你却要哧溜哧溜喝茶水，找挨骂吧。"

然后塞给他一把破凳子，说自己拿着。

在大队部的院子里，人们还是自觉地排成扇子型，扇轴的地方依旧放着那张桌子和几把长板凳，而扇柄和扇面却不再分得清晰，男女老少都打乱了坐着，孩子们也不再往树上爬，被大人们拉着静静地待在人群里。

人群的最前头，是虎子、爽子、二胖还有他们的爹娘，哑巴自己蹲在墙角，低着头。

人到的差不多了，从办公室里走出老森、老全、庚叔和鹂婶。

庚叔手里端着个盒子，往桌子上一放，见其他三人坐好，便说："现在开始开会，今天把全村的人都叫过来，要说一说关于咱们村这个家谱的事情……"

庚叔的话说的稳而且慢，人们也都听得仔细。但话刚开头，见人群自动分开两边，中间闪出一个通道来，二胖奶奶抬脚出了小卖部后门，被小飞搀着慢慢走过来。

"呀，祖奶也来了。"庚叔一招呼，旁边的三个村柱子也都站起来。

"祖奶快来坐在这里。"庚叔把自己的凳子让出来。

"哦，我来晚了，人老了走不动。那个凳子你坐，我大孙给我带着呢。"

人群里立马骚乱起来，因为祖奶可不轻易往这个院子里来，都嘀咕着准是来救他小孙子来了。

"那好，继续开会。咱们林庄，相传两千年前开村立户，祖辈们就在这里生息繁衍，虽说600年前曾经遭过劫难，差点断族，但我们韩氏一脉仍旧留在这里不离不弃，就跟咱们的大椿树一样，如今也是枝繁叶茂，人兴丁旺。古老的事情都已无据可查，归了尘土也就归了吧，毕竟还留着许多的传说给孩子们听。但传说毕竟是传说，你会说才能传，如果你忘了、丢了、死了，那还传个屁啊。咱们祖宗早在600年前就受了教训，看清了问题，并且替咱们想出了办法。这才有了一直延续至今的韩氏宗谱。咱们的族谱，从书写、到更新、到存放、到延续，那是一条条一款款有严格规定的，就怕是出点闪失，重受了他们的罪啊……"

庚叔有些激动，停了半响："是我没用，传到我手里，竟然毁了。"

说完，把桌上的盒子翻扣过来，一堆小木棍和几片烧得不成样子的丝绸布条掉到桌子上。

庚叔镇定了一下，继续说："火，这次又是火。这600年的祖宗香火，600年的传承记载，就被几个孩子劈成了木条，点了爆竹。当初我从上一任村支书顾庆爷手里接过这个木盒子的时候，曾下过誓待此物如性命。我怕被人偷盗破坏，连续两个月，每晚四更天的时候自己悄悄爬起来，用小凿子小心地在房梁上凿出个木槽，还偷偷卖掉一头牛，换来一块泡过药的狗皮包裹着这张家谱藏起来。就怕被人偷，就怕被虫咬，就怕被潮打……可结果，竟然还是躲不过几个孩子。"

"我愿受罚，我从明天起，卸下村支书这个职务。我要用以后的时间，尽我之力，恢复腾写咱们族谱的内容。能力有限，条件有限，能写多少就写多少吧。写完了，或者写不出了，我会自己从那个断桥上跳下去的。"说完，庚叔慢慢坐回凳子上。

人群里"哗哗"地掀起一片声音，还有轻声抽泣声，那是庚叔的媳妇。但是没人敢站出来大声规劝，因为他们都知道，自己没这个分量。

"我先表个态度，"落忠举手示意，"我的孩子在这件事情上犯了错误，做爹的我也有责任，我不包庇、不祖护，听村里的决定，小孩儿承担不了的，我来承担，绝不回避。"

白娟偷偷拉拉他的衣角，落忠用手挡开，独自扭过头默默地擦了擦眼泪。

"好，接下里，我就说说对这四个孩子的惩罚，"鸥婶站出来，拿出一张纸，抖了抖念起来，"从轻到重，首先是韩建明，就是二胖。虽然他那一晚没有进入藏家谱的屋子，也没有接触过家谱，但那是因为他命大，上梯子时被人看见了，才能救你一命。这不是他的本意，他想去偷家谱的想法是存在的，因此，罪不能免。罚他在村西口祖坟地里长跪三天三夜，排位不能倒，燃香不能灭，白天不能吃东西，一直到二月二，村里人祭完祖之后才能起身。回家之后也不能出门，抄写悔过书一百遍。"

说到这，翠巧呜呜地哭起来，旁边的人忙来安慰她，都听得出来，连最轻的二胖都这么重的惩罚，那其他几个孩子还能怎样呢？胆小的都不敢想象。

鸥婶维持了一下秩序，继续说："第二个，韩琪珍，就是哑巴。虽然哑巴没有直接参与偷盗行为，但是属于放风把哨的人，鉴于她心智不成熟，被人利用的可能性大一些，而且她始终不清楚其他两个人到底偷了什么东西出来，可以考虑惩罚从轻。但是，从犯的罪责免不了。同韩建明一样，村西口祖坟地里罚跪三天，排位不能到，香火不能灭，日出不能食，二月二村里人祭祖完成之后才能回家。因为哑巴不会写字，抄写的事情就免了，但从回家第二天起，每

天照看祖坟地，维修栅栏，清除杂草，铲除鼠窝，再从山上搬运石头铺垫整片祖坟地。独立完成，其他人不可帮忙。"

　　鹂婶说的祖坟地，其实并没有坟，只是一片地而已。据说千百年前，那里埋着林庄韩氏祖先。何凭何据如是说，没人回答得出来，又不能刨开了看看，因此村里曾出钱请了看阴宅的先生来，先生手上托着一个罗盘，里圈外圈刻满字的铜片片来回地拨算，最后撒下一斗盐，在村西圈出这么个四四方方的一片地。说此地脉象复杂，厚土之下三丈三卧有二龙，为干，为之。干龙归山，喜阳而拒水，易盘山而眠；之龙归水，喜阴而拒金，易潜潭而息。二龙顺则天地合，水木华；二龙逆则阴阳乱，百物摧。圈中之地则为干支之所汇，衡平之关键，高一寸为山，低一寸为水，这是风水绝佳之处，林庄的祖先定是葬在这个地方，才能保得林庄延续千年。

　　村里人对这个说法非常接受，才把那片地整理出来立了块碑，上书"林庄诸世祖先之墓"，每年除夕、清明、中元节上坟祭祖第一站，必将在这里给祖先磕上几个头才算符合规矩。也正是如此，当初河南人说水井是村里的脉眼所在，人们才都深信不疑，因为正好验证了之龙存在的说法，哪怕花大价钱修井盖、买水泵也毫不吝惜。

　　现在让哑巴去平整那片祖坟地，活是重了点，但也相信这是积善积德的好事，多少能赎些罪孽，也都没什么意见。

　　接下来，轮到虎子和爽子了。

　　宣布他们俩的处罚决定前，鹂婶多少有些激动，呼吸急促。她把手支撑在桌子上，身体稍稍前倾休息了一会儿，继续说道："虎子和爽子，大名韩建虎、韩建爽。他们俩是这次家谱偷盗事件的主要策划人和实施人。一个出主意，一个就傻乎乎地干，你们也不看清楚那是什么，不读一读上面写的是什么字，谁给的你们俩这么大的狗胆，竟然把装族谱的樟木盒子劈成柴木，把写族谱的上等绸布剪成碎布……"

　　说着用拳头在桌子上使劲地锤了两下，震得那些木条"腾腾"直颤，庚叔在后面轻轻地拍了拍鹂婶的胳膊，让她平复一下心情。

"尽管他们俩今年才十来岁，还是孩子，但是他们造成的严重后果是事实——不可修复的事实，那么对他们的惩罚也就绝对要从严，绝不放纵。我们四个在政府里也不是什么领导——哦，除了老庚，但平日里既然村里人信任我们，服从我们的决定，尊重我们的安排，那我们就得承担这个责任，包括一切决定所带来的法律责任。这也是为什么我们四个关在这个屋子里不跟大家商量的原因，参与这个讨论，决定的人还是越少越好，你们最多只是旁观者。"

鹂婶看看身边的老森和老全，两个人轻轻地点点头，示意鹂婶继续。

"好，那么接下来，我宣布对韩建虎、韩建爽的惩罚决定……"

鹂婶说着拿起那张决定书准备念，翠巧紧紧地抱住爽子，姗子也使劲地攥着虎子的手，她们都预感到结果非常不好，但又不得不接受。翠巧一闭眼，该来的都来吧，大不了我也不活了。

"等会儿。"二胖奶奶这时候拄着拐杖站起来，往前走了两步。鹂婶问祖奶有啥事，是不是不舒服，祖奶笑着摇摇头，把手慢慢伸出去，说："来，给我，这个决定，让我来念。"

"祖奶，这不好吧。"

"怕什么，这张纸又不是我写的，上面也没有我摁的红手印，我就照着读一读，不行？"

老全站起来，说："姐，你还是早点回去歇着吧，你就别掺和了。"

"我咋不能掺和？烧掉的那块布上也有我的名字，还是排在最上面，我当然可以，给我。"

老全看看老森，俩人也无奈，摆摆手让鹂婶给她。祖奶接过纸看了看，笑着说："好，我来读。我老了声音小，你们都听好了啊。"

透过老花镜上沿，祖奶扫视一圈，最后目光落在虎子和爽子身上，邹巴巴的脸皮上挤出了更多的粗纹，嘴角是微微笑着往上的。

"虎子的惩罚，跟哑巴一样，他不爱写字，就一块去搬石头吧。爽子的惩罚呢，跟我的二孙一样，多练练字也是好的。"祖奶说得慢，但字字清晰，声声入耳。

念完后放下纸，看着大家："怎么样？"

人群里一点声音也没有，大家都怔怔地看着祖奶。祖奶一皱眉，扭身看后面的四个人，四个人也都一脸的不知所措。

"祖奶，这——这不对吧。"鸥婶说得断断续续。

"嗯，不对？让我再看看。"祖奶说着又拿起那张纸扶起老花镜，上下扫了一遍，"哦，最后还有一行字，让我看看怎么写的……它说，过几天祭祖，爽子家要祭上一头大母猪，作为给祖先的贡品。"

然后祖奶把纸从眼前慢慢拿开，看着爽子笑着说："还得要活的。"

鸥婶刚要伸手去拿回那张纸，被祖奶一抬手闪开，却不想闪得太急没拿稳，纸片飘飘悠悠落到了地上。爽子站得近，瞄眼去看，内容虽然认不清，但看来通篇字数似乎并不多，尤其是最后一行非常简短只有五六个字，与祖奶刚才念的相去甚远。

然而，最吸引爽子的是在纸的最下方，明明白白印有四个红手印，印油沾得足，以至于祖奶把它重新拾起来，三个对折叠成烟盒大小的纸片，那四个大红点就穿透纸背占满了整个折面，让爽子印象极深。

祖奶把折纸放进了自己的口袋，说："好了，就这么定了，都散了吧。"

第二十三章
祖坟地

　　村里人都羡慕二胖家，说家里有个老寿星，能带动一家子的长寿，这一家子不仅仅包括人，而且还得算上养在院里的那些牲畜们。你看石榴，一只公鸡都能活个六七年，如果也给它排个家谱，那它下面估计得有个十几辈了，子子孙孙随便算算，一本《新华字典》厚的书怕是写不下的。

　　跟石榴一块作伴长大的就是大壮。白娟说大壮比二胖大半年，原本是落忠从猪仔买来准备坐月子当补食的，可白娟一心软就留下了，这一留留了十年，期间下过五窝猪仔，生过两次病，还拱破猪圈逃跑过一次，在顺贵家菜地里把刚长成的白萝卜都咬了一遍，气得顺贵放狗咬它，要不是白娟赶去得及时，它怕是得断条腿。

　　有白娟，大壮躲过了上次的一劫。但这次，它是无论如何过不去这个春天了。

　　春天如果是个姑娘，她一定是从东边走过来的。冬天的寒气渐渐被风吹散，原先铺盖在农田里的雪，说化也就化得无影踪，寻不见半点白色了。被压了一个冬天的麦苗在小暖风的带动下抖抖一身的土，竟悄悄地长出两三厘米长的新叶，嫩绿嫩绿的煞是好看。

　　这返青的步调，就是从东边而来，带着绿色，慢慢渗透进林庄。先是村东水坑的冰开了，柳树开始抽条，像眉毛一样的弯叶子向着西边甩一甩绿枝，整

个村子也活跃起来。

开大会的那天过后，村子里逐渐恢复了平常。进才还是每天照看他的小卖部，顺贵也一早就来到大椿树底下喝粥下棋，空地上的人是一天比一天多。照姗子的话说，心里面没了这挠头皮的事儿，连日头都晒得比以前暖和些。

小根儿媳妇笑话她："本来就是暖和起来了呀，你没看村东的柳树都发了嫩芽。"

"是是是，"姗子笑呵呵地说，"老祖宗一出面，老天爷都得帮着腔，河也开了，树也绿了，虎子课本上的那句话怎么说的？'春姑娘来了'，哈哈哈。"

"哎，大家都知道祖奶救了俩孩子，但她最后装在兜里带走的那张决定书上到底写的啥，谁知道啊？"

"这恐怕只有他们五个人知道了。"

"五个人？"

"你傻啊，祖奶和那四根村柱子啊。前几天，我装了一篮子鸡蛋去给祖奶送去，好好谢谢她，顺便问问那纸上写的到底是啥。祖奶把脸一沉，说以后不许再提这事儿，我也就不敢再问了。"

"不问就不问吧，反正不能比现在更好。"

"当然，所以我知足得很。俺们虎子犯了这么大的事儿，就罚他山上搬几块石头，我说那都是便宜了他，这几天我不让他出门，在家里好好反省。"

"不让他出门，是让他多休息几天也好，明天开始去跪祖坟吧。"

"就你话稠。"

顺贵也凑过来，问："哎，你们说，祖奶最后说的那句话是啥意思，让翠巧牵出头猪来做贡品，还说得是活的。这哪里有用活猪祭祖宗的，难道现杀？"

"猪脑子，"连芬在后面骂他，"那是祖坟地，能让猪血脏了它！喝你的粥去，别嘴闲揽祸。"

第二天吃过早饭，二胖跟他奶奶告别之后，由白娟陪着往祖坟地去，刚出胡同就看见了爽子和他娘。四个人相互点了点头，拿着垫子、水壶和燃香的炉子，默默地一块走。

出了村，他们看到哑巴已经在那里，而且地上已经铺了一小面的碎石头，个个都是圆溜溜的鸡蛋大小。原来，哑巴前些日子并没有在家闲着，她每天早早出门上山，用榆树条的筐一趟一趟往下背碎石头。几天下来，肩膀上的衣布被磨掉一层，而地面也规规矩矩地铺成了一块。

白娟温柔地埋怨了一句："傻孩子，多亏你铺得慢，要不然你们在石子上跪三天，那膝盖还能要啊。"

哑巴一呆，嘿嘿笑起来，然后拍了拍自己的膝盖，厚厚的突出一大块，显然里面装了东西，是有准备的。

过一会，虎子跟他爹娘也到了，老蔫问，落忠兄弟呢？白娟告诉他，好几天前就回县城去了，他怕见了受不了。

"也好也好，"老蔫说，"你们白天照顾着，他到了晚上再来。"

立春都过了半个多月，天黑的依然很早，有西面的太行山挡着，下午六点不到封龙山就只能看见个轮廓。开始还能看见一条高耸的小白边，十几分钟后小白边也淡没了，山头就彻底藏在黑暗里。爽子跪在地上一直斜着脑袋看，不敢把眼神移开一秒，他怕一旦移开，山的影子被夜晚吞噬，就再也找不到了。老蔫往火堆里添了些树枝，发出"啪"的一声裂响，爽子晃了晃头，山，终还是消失了。

他想起身前的香炉，看是否需要续香，一动才意识到，脖子已经僵硬了很久，每转一下都带着刺辣辣的疼。手脚更得是老老实实地放好，因为一点点的身体摇晃，传导到脖子都能把疼痛放大到不能忍受，现在他身上唯一灵活的，就只剩下了眼球。但他睁大了眼珠子无论怎么看，都看不见离身体5米外的任何东西，四周漆黑黑一片，根本没有界限。他越看越深，越看越远，越看两只眼睛越无法聚焦，就又像是回到了大年三十的那个晚上，感觉是被一个无天无地的大碗扣住了。

爽子一直不明白，事情为什么会发展成为这样。他从小没见过爹，他娘说他爹死了，别人却说丢了，就丢在刚消失的封龙山里，像一件破衣服一样被人一甩就留在了那里，正如他爹甩给他的那套破棉袄，看着是件衣服，但穿在身

上也只能是羞辱。他娘是他唯一的依靠，却总透着股不可捉摸的肮脏，尤其从没了他姥姥开始，他恨不得能黏在他娘身上不离开，明明睡觉前紧紧抱着她的胳膊，但为何半夜醒来却只有自己，而再等到天亮他娘又会出现在床上，却散发着浑身的腥臭。还有旁边这个整天没正经事做的老蔫，天生带着一种被他厌烦的气味。爽子总觉得他手脚不干净，不是从他身边偷东西，反而是往他身边塞东西，不是塞给一片西瓜，就是塞给几个玉米，甚至还把虎子硬塞过来给他做兄弟。原本都是好的，但经过他手就让爽子本能的抵触，好像迟早有一天老蔫会把所有塞过来的东西都要回去，让他变得再一无所有一样——甚至失去了他娘。虎子糊里糊涂就做了拜把子兄弟，兄弟做得没头没脑，像是个没眼的炮仗，过年过节出点动静很是热闹，但稍不留神也许就炸了自己手脚，防都没办法防。拿大椿树下的那个晚上来说，一切进行得"有惊"，但总归是"无险"，哪里想到最不可能的时间，最不可能的地方，竟会出现一个人坏了这一切，才导致今晚跪在这荒郊野地里。还有，不能不提的那四个村柱子，说是村柱子，爽子只当他们是绿眼睛的狼，当初他爹的消失就跟他们有关，现在又重来加诸他的身上，尤其是那个女的老婆子，言语当中充满了对他的仇恨，好像恨不得让他去死一样，还装模作样地写了篇决定书，其实他知道，那就是针对他一个人的。要不是老祖奶，谁知道她会说些什么让人恶心的话。还有那一群人，一村的人，那天晚上就只管看着，看他的热闹，看他如何出丑丢人，没有一个帮助他，没有一个愿意为他说句解脱的话，他们就只管心里笑。几百人高高地把他围住，看着他蹲在地上抱着头，放肆地指着他大笑，笑他没见过爹，笑他娘不保护他，笑他的兄弟陷害他，笑他没人疼爱，笑他一无所有，笑他为何还不死……

只有老祖奶愿意伸出手拉他，但好像已经来不及，"咕咚"一声，爽子栽倒在祖坟地的香炉前，不再有意识了。

爽子再醒来的时候，翠巧抱着他，老蔫、哑巴和两个兄弟在旁边看着他，四周仍然是黑漆漆的，火堆里发出"噼噼啪啪"的声音。爽子厌恶地擦掉他娘掉在他脸上的泪，使劲甩在地上，然后勉强从翠巧怀里起身，回到自己的地垫旁跪好，闭着眼睛，脸上写满了仇恨，脑子里全都是报复。

第二十四章
大壮

　　林庄人规矩多，每年要上三次坟，分别是大年三十晚饭前、清明节一早和农历七月十五当日傍晚。上坟是小规模的自家事，有早有晚，路过祖坟地时象征性地磕个头、烧点纸，也就自找自家的坟头去了。

　　而二月二这天却不同，是要每年村里组织的集体祭祖活动，地方就在这片祖坟地。时间还不能早，因为村里会剃头的一共才四个人，攒了一个正月的长头发男人们一大早就来敲门，四个人拿着推子剃到中午手抽筋，也不过才能处理完半数不讲究的中年人。而那些稍上了岁数的，干脆一把剃刀刮光算数，自己家里就能解决了。剃了头，净了脸，换了新衣，才能去祭祖。

　　老蔫在祖坟地陪了三个晚上，这天早晨姗子替换了他，就直接去白娟家里排队了，没进门就能听见里面呱噪的说话声，张嘴骂了一句迈步走进来。见院子里围了一圈的人，白娟就在中间低头摆弄着一个脑袋，四周一地的黑头发。

　　"呀，二胖娘，今年又是大丰收，一个村的头发都收到你家里，再做成肥料埋在树底下，别说石榴树，就是铁树都得年年开花。"

　　"还好意思说，就你们这些邋遢男人，吃吃喝喝一个月还不洗头，油头发埋在树底下就把树烧死了。从明年开始，来前都得洗洗头，不干净不给剃。"

　　"看你这话就不讲理了，洗干净了再剃，多浪费洗发膏啊，你说是吧？"

　　老蔫低头看着白娟手中的那颗脑袋，说："哎，是小根儿啊，你凑什么热闹，

你都没有舅舅，不早点来剃，也今天跑过来添乱。"

"滚一边去，你才没舅舅呢。"

老蔫哈哈笑着蹲在一边抽烟等着，抽完烟卷又绕着院子看了一圈，问白娟："你们的那头大猪呢，怎么不见了，终于舍得杀了？"

"没有，他奶奶前两天让我给翠巧牵过去了。今天不是祭祖吗，前两天说话她才知道翠巧家里没有养猪，这才让我送去的。都养了十几年了，怪舍不得的。"

"别担心，老祖宗不是说了吗，要活的，那就是说磕完头还得活着牵回来。再说，那是十岁的老母猪，皮糙肉厚，祭给祖宗们也咬不动啊。"

这时候，里屋的门帘一撩，祖奶走出来，说："你这破嘴乱说话，应该罚你一块跪祖坟去。"

老蔫看是祖奶，赶紧陪了笑脸："老祖宗，这三晚上都是我陪着这些孩子的，他们膝盖肉厚，跪在那里一点不当事儿，可我还得生火烧水伺候着，谁后背痒了也得让我挠，觉也不得睡，一点不比他们轻松……"

"贫话真多，"祖奶笑着打断他，"去，找几个人，去翠巧家里把那头猪绑了。"

"哎，好嘞。小根儿，赶紧下来，该我了。"

村里人都来到祖坟地的时候，已经是中午，那天天美、没风，太阳晒在身上暖烘烘的舒服。翠巧和姗子在地里陪着几个孩子，老远看见老庚领着队伍出了村口，对孩子们说："好了，好了，再坚持一下，很快就结束了。"

虎子扭头往后看，见前面走的都是男人，跟往年一样大都穿着红黄色应节气的鲜艳衣服，后面跟着几辆排子车，也是红布裹着辕，车上几个红木箱子。虎子知道，那里面装的是酒肉供品，但其中一辆车上空空的看不见东西，推车的人却是最多。翠巧告诉他，那上面装的就是大壮，被绑起来躺在车上，所以看不见。

车后面，跟着一些看热闹的女人和孩子。

队伍走到跟前，老庚让四个孩子起身，拿走香炉、跪垫，腾出一大片地

134

方。然后让人从车上抬下供案、祭品、火盆、香炉等东西，在石碑前一一码放好。这些都是轻车熟路的事情，也不用过多吩咐，几个年轻力壮的人没费多大工夫便摆放好了。

老庚在他们忙活的时候，来到四个孩子面前，孩子们一字排开站好，低着头不敢说话。老庚一个个看过去，都是灰头土脸，衣服上沾满了败草干枝，尤其那一双双手，横沟纵壑嵌着黑泥，哪里像是十来岁孩子的手。看得老庚那叫一个舍不得，轻声说了句："很快了，都站到后面去吧。"

男人的队伍按辈分排列，站在最靠前的是老全、老森以及两个差不多年纪的老头，四人都是红色的唐装袄铜钱掛，外加斜纹棉的黄色围巾，远看气派得体，其实都是村里用了多少年的东西，不堪近看的。在他们之后，就是老庚这一辈，人数稍多，唐装袄是有的，但铜钱掛和围巾就不全了，稍显杂乱。顺贵、进才、落忠、落成、老蒿和一些已成家的年轻人则居再次，自己的衣服，各自的装扮，但很多都顶着一头相同的发型。孩子们则是在最后，就不论年龄了，按照个子高低排好便是，不大的祖坟地被两百来号人挤得满满当当。外围就是那些看热闹的媳妇婆子和女娃娃们，叽叽喳喳说个不停。

人们站妥，老庚运足了底气一声长音："嘿——，起火！"接着是"当当"两声炮响，周围顿时消了杂音，祭祖正式开始了。

老全拿出一张黄色的宣纸，展开轻轻一抖，上面密密麻麻写满了祭文，他往前迈出一步，面碑大声说："岁在丁卯，春龙扫祭。天宇朗朗，万物欢愉。先祖后裔，厚备礼仪。沐浴净颜，华衣锦冠。祷跪墓前，奉祭祖茔……"

虎子在后面捅了捅二胖，问："你听得懂老全爷说的是啥不？"

"我也听不懂，但好像跟前几年的不太一样了。"

"我也知道，都是四字成语，全爷真有学问。"然后虎子又侧过脸问爽子，"大壮呢，怎么不见了？"

爽子没说话，用手指了指左边，原来大壮被红布绑了四只蹄子倒在地上动弹不得，头上蒙了个红布口袋不让见物，而且嘴巴也被封住了，所以没有一点声音。

老全继续念："……韩式宗谱，密匣以藏。子之不孝，耳闭目障。孙大不

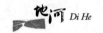

敬，盗我仓梁。无知无畏，黄口儿郎。毁匣焚书，如烟消亡。鸣呼哀哉，吾心惶惶。哀哉鸣呼，心亦茫茫。百年之传，终于吾辈。千年记载，亡于其手。不敢包庇，贼名建爽。其罪之大，苍天难容。其罪之深，厚土难藏。纵死万遍，不抵万一。甘受其罚，化土归苍。祭以土埋，以谢宗烈。保佑后世，人丁兴旺。尚飨。"

念毕，老全后退一步重新入列。

老庚又大声喊道："全体肃立，一叩头，二叩头，三叩头。"

所有的男人都随着节奏整齐地以额头触地三次后起身，才算礼毕。

之后是上香、敬酒、烧纸，一切进行得不慌不乱，包括孩子们，也都是规规矩矩，他们都懂得轻重，是绝不敢在这种场合胡来的。

所有停妥，最后一步原本是扫尘和放炮，可老森转过身来，示意大家先不要散。大家都相互看看，不知道会发生些什么，但都感觉得到，今年注定有些不同往常。

老森冲后面的队伍里招了招手，出来四个年轻力壮的小伙子，腰间扎着红色的布条，走到大壮的旁边，用一根碗口粗的木棒把它一下抬了起来，大壮受到惊吓，闭着嘴发出吱吱的叫喊，听着很是凄惨。

老全也走到他们身边，反复念叨着："甘受其罚，化土归苍。祭以土埋，以谢宗烈。"老全说一句，四个人齐声喊一句。唱诵三遍的时间，大壮被抬到离祖坟地十米远的一个深坑边上。所有的人"哗啦"一下围了过去，围成一个很大的圈子看，也不敢靠近。

这个坑显然是人工挖的，应该是在爽子他们跪坟之前就挖好了的，只是离得远，这几日没有注意到。

老全走到大壮的跟前，大壮依然被抬在空中，四脚朝上倒挂着。老全一把拽掉蒙在大壮头上的红布，大壮忽然见了这么多人，叫得更惨了，身体还使劲扭晃，四个人几乎把持不住。

老全拿着红布退了两步，说："埋了吧。"

孩子们开始还很好奇地看着，但一铲一铲的土盖在大壮的身上，平时大力气的大壮现在竟没有一点反抗的余地，随着土盖得越来越厚，大壮的声音也是越来越小。二胖不忍心，靠在他奶奶身上，"啪嗒啪嗒"掉眼泪。

埋大壮的坑不大，推起来的土堆也就很小，老全拿过铲子，招手让爽子过来也填上几铲土。然后跟爽子站在土堆前，说了句："保佑后世，人丁兴旺。"

爽子一直弄不明白为什么把大壮活活埋起来，而且还专门让他来填上几铲土，这明明是二胖家的猪，却让他来填土。他一脸的疑惑扭头找他娘，他娘低着头抹眼泪。再去看祖奶，祖奶冲他招手。他走过去，静静地站在跟前，低头看，发现自己身上又是泥又是土，手上根本就不见一点肉色，两条裤管也被风吹得左摆右晃。

祖奶心疼地说："今天过去，就全结束了，吸取教训，回去跟你娘从头过活。11年了，该散的散，该埋的埋，剩下咱们活着的都好好活着。看你瘦的，哪里像个要上中学的孩子。以后出去念书，更得多吃点，长的就跟大壮一样结实。讨个吉利，以后就不叫爽子了，就叫你大壮吧。"

祖奶说话的时候别人都静静地听着，声音虽小，但听的真切，几个孩子忍不住"噗哧"笑出来，让爽子觉得非常尴尬。随后更多的孩子们也都跟着大笑，还有人大声喊："大壮，大壮，瘦猪大壮。"大人们及时制止了淘气的孩子，但爽子越发觉得难堪，生气起来，他气为何祖奶偏要给他改名。原本他心里唯一值得信赖的人，就是祖奶，而他万万没想到祖奶竟然最后也要耍他一把。他露出肯求的目光看着她，但终是知道这是改不了的了，祖奶的话，是没人敢不听的。

爽子把手使劲一甩，挣脱了祖奶，自己跑了。剩下那群孩子又在后面嘻嘻哈哈地开始喊："大壮，大壮，瘦猪大壮。"

老全再次大声制止这些孩子们，叹口气，看着爽子的人影消失在了村口，他冲人摆摆手，说："放炮吧。"

第二十五章
十年后

　　老全一声叹罢，鞭炮满地响，喊声满天飞，一切都恢复了平常。大壮的被埋，爽子的逃离，好像是原本热闹祭祀中的点缀，不应当、也的确没有影响人们的好心情。毕竟，计划放村火的爆竹是不能留到下一年的，开开心心放完了事。小孩子略显无知，大人必现木讷。

　　经不起震耳爆竹声的四个村柱子，远远地躲开，内心稍有不安，默默地陪着祖奶先回去了。

　　落忠一直说他娘的决定做得正确，孩子们这般惩罚苦是苦了点，却也是一种磨炼。胶墨不磨怎么会文香四溢，筋骨不练如何能撑起天地，一撇一捺间支撑起来的是满腹学问，一石一砾中练就出的是浑身胆识。二胖和爽子用了两个月时间，每人写好了一百遍悔过书，虎子和哑巴合伙也用了两个月时间铺满了那片祖坟地，当他们再次跪在墓碑前，一把大火烧给祖先的时候，四个人痛痛快快地嘶声长啸，天地感知的祖宗们也无声息地在他们面前划了几条截然不同的人生道路。

　　在那之后不久，兄弟三个从林庄小学毕业，背着行李到县城读书去了。林庄平平安安地又过了十个年头，年年春耕秋收忙碌，岁岁椿枝嫩叶飘香，就连白娟家的石榴树也恢复了果实香甜。人们每日围绕着，说说笑笑的，仍然是在大队部门前的那片空地。

1997年。

老蔫吃过了午饭，披着汗衫来到大椿树下，冲着正在打盹儿的顺贵说："顺贵，给我颗烟抽，昨天一把输给你半盒，害得我一上午没闻烟味，中午饭都吃不香。"

顺贵见是老蔫，从兜里拿出半包石林香烟："你就耍坏吧，拿着假烟糊弄人，吸一口嗓子呛得辣疼，半天说不出来话，我要是吸完了整盒，也就变哑巴了。"说完一把扔给他。

老蔫笑嘻嘻地收了烟，抽出一根，去水箱那里盛出一捧水，用烟屁股在里面沾了沾，回来说："你不懂，这烟就是劲大，你可以沾点水过滤一下。"说着点着深吸了一口，吐出一团白烟，"美的很。"他话锋一转，说道："哎，说到哑巴，就想起俺们虎子，快半年没回家了。他说在保定那里修高速公路，也不知道麦收前能修好不。"

"你担的哪家子的心？"进才端着茶缸子，从小卖部出来说，"人家哑巴活脱脱的一个大姑娘，被你家虎子拐出去半年不见人影，你还装样，我看该担心的是哑巴她爹。"

老蔫把剩下的多半截烟屁股扔向进才："回头我让虎子娶了哑巴，那辈分就得涨一层，我就跟哑巴她爹和鹂婶同辈了，你进才见面就得叫我一声叔，我看你还敢卖我假烟吸了？"

"看，还是假烟。"顺贵说。

进才躲开烟头："我可是提前告诉过你这是假的，你图便宜非要买，怪得了谁。"

"进才！"鹂婶仍然吸她的老烟袋锅子，在旁边插进话来，"别看我不吸，你不许卖假烟。你在咱村开的小卖部，卖来卖去不都是卖给自己人，图便宜的糊涂蛋到处有，但是你不能卖。"进才赶紧诺诺地应承着。

老蔫给鹂婶解释："鹂婶，谁不想吸好烟，但是咱村地里的收成年年减少，种粮食卖不出几个钱，虎子半年也不回，贴补不了家里……"

"别怨别人，"鹂婶反驳他，"现在大家都往外面跑着挣钱，进才家连仲两口子不是去省城打工了，连芬在家里种木耳，翠巧更是早早带着大壮去县城

打工陪读，现在大壮高中毕业了，人家翠巧仍然坚持做她的香椿烙饼生意。哪个不是想办法挣钱，你没钱花别怨别人，还得怨你懒。"

"鸸婶，反正哑巴不在家，要不我跟着你，下半年去给小媳妇们接生去，挣俩鸡蛋好过年。"老蔫一脸的赖皮相，鸸婶骂他没正经。

这个时候一阵铃铛响，从北街东边拐进来一辆自行车，正是翠巧。

"哟，说翠巧，翠巧到。"

翠巧停下车："你们都在呢，太好了，今天收摊还剩下几张烙饼，我说带回来给大家分吃，路上还在想饼太少不好分，既然进村碰见，那就给你们吧。"她说着从后车座拿下来一个棉布包袱，打开后取出四张烙饼递给大家，还是热的。

鸸婶咬了一口，称赞好味道："我还是第一回吃呢，真不错，有鸡蛋，有香椿，面里还放着盐，咸甜度刚刚好。"

"鸸婶，面里没有盐，放盐这面发不起来，你吃的咸味是香椿里来的。"

"他们都说你会腌香椿，放一年不会坏，拿出来味道一样足，就是这个？怎么腌的，教教我们呗。"顺贵说。

"别告诉他，"老蔫接住话茬，"就你们家那棵半死不活的香椿树，一年能摘一盘不？用不了半个馍就吃光了，你腌它干什么。"然后转脸问翠巧："可有些日子没回来了，不是专门给俺们送烙饼的吧？"

"哦，这不是香椿芽长出来了吗，我回来摘一些，断了香椿，我的饼可就卖不出去了。老蔫，正好托你办个事儿，回头你问问村里有香椿树的，说我愿意出钱收购。"

"这好说，什么时候要？"

翠巧偷偷冲他挤挤眼："不急，有的话拿给我。"

翠巧收拾着棉布包袱，叠得整整齐齐夹在后车座上，刚想走，转身又问："鸸婶，我不是早给你说过，反正不在村里住，我的那片地你就种吧，咱两家的地挨着，你想种点啥就种点啥，反正收多收少都是你的。但我刚才进村前拐到地里看了看，怎么空着一大片？"

"不是不想种，"鸸婶解释道，"说也怪了，你那片地就是种不出东西。

种麦子，麦子杆软塌塌挺不直，还没灌浆，麦穗就弯到土里了。种西红柿，一个个又青又小，还没有树上的枣子大。到了今年，你也去看过，连草都长不了几棵。"

"其实也不止你一家，"老蔫接着说，"大家的地都歉收。咱村的人都往外面跑，没有农家肥养着，这地怎么能壮起来呢？"

"蔫子，你别瞎说，"鸥婶止住他，"几泡屎尿能决定了咱村的命运！二胖子不是在念地质大学，等毕了业让他给咱村好好分析一下才是正路。"

翠巧回到家里，从两棵树上摘下嫩椿芽，裹在棉布包袱里，当天又回了县城。县城离林庄有五六十里地，路上经过十来个村子，本是不算太长的距离，但因为过去道路条件差，泥土路窄又松软，常年的雨淋车轧，纵横的车辙像是老榆树皮一样布满了路面，不小心踩到沟里甚至能崴了脚，因此在那个时候进趟县城就算是件大事情。如今已是改善了很多，宽窄虽是没变，但毕竟换成水泥路面，踩着自行车走一趟也就两个小时的样子。翠巧当天打个来回是不成问题的。

翠巧的烙饼摊就在她租住的地方不远处，一条叫做凤凰的胡同开在县城主街的胡同口。县城按农历每月逢五逢十都是主集，四镇八乡的人若是想买件体面衣物，置办些大件，多是来县城采购，人流多经此地。县城在早些年间是有城墙四四方方围起来的，南墙开主门，北墙开后门，后来县城拓建城墙被拆，很多房子、工厂如决了河堤的流水一般四面八方延展出去乱了形状，但仍旧留下一条南北两门间的主街贯穿整个县城，商场集市始终集中在这里。

凤凰胡同就开在主街北头，较偏远，依过去城墙画界，那是在北门外的。但得益于县城北面村子里的人大多由此进城，起个大早赶过来刚好腿乏肚饿，三两块钱卖个烙饼，顺便递上个板凳歇脚，正是讨巧的营生，再加上翠巧的咸香椿陷烙饼美味，生意一直不错。当年陪着爽子进城上初中开始，一干十来年，大富大贵不指望，吃喝度日是没有压力的。

趁着那年上初中的当儿，翠巧按照祖奶的要求给爽子正式换了名称，叫韩

建壮，人们都顺口叫他大壮。大壮本就聪明敏感，再经那年的一连串事件刺激，让他总是认为受到了全村人的排挤，最后竟还被赶出了林庄。幼弱的思想无法从翠巧那里得到疏导，常年盘亘于脑中，渐渐变得只剩下被羞辱的童年回忆，像大山一样顽固地驻留在他的心里。

受挤压的自尊心驱使着大壮加倍勤奋用功，读书成绩一路都是优秀，尤其是写的一手好字。以至于后来学校举办个什么活动，张贴的毛笔字横幅都出自他的手。二胖回到村里一学说，鹂婶很是欣慰，觉得当年祖奶的决定终还是对的，至少一百篇的悔过书让他挖掘出了书写方面的天赋。受到了好的教育；也许真能破除当年河南人留给她的顾虑。

学识分文理，术业有专攻，按理说大壮是属于文科人才的。可翠巧分不清这些，她回到村里找村柱子们商量，新村支书老全丢下一句话：会写字顶什么用，最多像我一样过年写得满村的"风调雨顺"，可庄稼照样年年减产，还是学科学为正途。

大壮隐忍，在哪里受了屈辱，就服从着走下去，若能在屈辱中变得强大，最后翻盘一击，令敌人蒙羞那才是最令他感觉畅快的。于是大壮便听了老全爷的意见，跟二胖一样报了理科学习。高考那年，二胖进入了省地质大学，大壮名落孙山。

高考过后，翠巧后悔了好一阵子，也觉得是自己耽误了孩子。直到县酒厂运管科科长路过她的烙饼摊，看到车架子上的那两行大字"香椿烙饼两块，歇脚板凳一张"时，才重新振作起来。

王科长爱好书法，自己写得一般，却是好为人师的主，他一边嚼着烙饼，一边跟翠巧说："让你家孩子明天去我那里上班，孺子可教，留在家里写烙饼广告是埋没人才，我领到身边好好教教他，他日定能飞黄腾达。"就这样，尽管不是很愿意，大壮还是进了县酒厂——一个让人羡慕的工作。

那天翠巧回到县城后，照例天天出摊，在胡同口卖她的烙饼。

几天后，老蒿一大早吃了稀饭，骑着自行车到县城去找她，后车座子上放了一大袋子刚从村里摘下来的香椿叶。翠巧那天冲他眨眼睛，他是明白其意的。

老鸢在车摊旁边停好车，见翠巧的生意很好，没直接打招呼，而是也跟在后面排着队。

"给我来一张烙饼，放两个鸡蛋豪华型，多放香椿。"

翠巧没抬头："香椿紧张，不能多放，再说放多了太咸。"

"不怕，咱自带着呢。"

翠巧觉着这人说话奇怪，抬头看，这才发现是老鸢："哟，你也来买烙饼，要不要我给你烙个带窟窿的，戴在脖子上吃都不用费手。"

"一看你就没文化，套在脖子上，前面的吃完了，你不得用手转个方向？不如你烙成一卷，跟卫生纸一样中间栓个绳挂在脖子上，一边吃一边卷，那才是全自动。"老鸢说完嘿嘿笑。

翠巧也觉得好笑，塞给他张饼，说："你先旁边等会儿，很快收摊。"

老鸢站在一边吃烙饼，打量她车摊上的字，问："这就是大壮写的？好，有劲儿，不先吃俩烙饼，都没力气写得出来。"

"装样吧，除了村里井盖子上那几个字，你还能认识其他？"

"我不认识不要紧啊，他领导认识就行，你看大壮现在不是有份好工作。守着个酒窖，那水管子里流出来的水都是带度数的吧？"

"是啊，我也说他现在的工作挺好，福利多，还不累，每天就是动动笔写写调度单啥的，还经常被他领导带着参加个什么沙龙，就是几个会写字的人凑到一块喝水聊天。但大壮说太没劲，每天那几个字个半钟头就写好了，然后一张报纸从头到尾读好几遍，背都背熟了，抬头一看钟，还有一个小时才能下班，太闲。"

"那他想干什么？总不能跟虎子一样去修公路吧，他那小身板也干不动啊。"

"算了，不说这些了，帮我收一收凳子，咱们回去了。"

第二十六章
骨折

　　从林庄进县城需要出北街往东走，离开了林庄也就离开了山，俨然一副平原的景象。

　　其实林庄也不能完全算是山区的村子，山区的人们靠山吃山，少种田、多栽树，畜牧养羊为生，满山的石头更是巧加利用，可盖房可砌墙可铺路，远了看去，层层叠叠错落有致。而林庄实位于太行山脚下，山势在村子西面起得干净利落，就像拱出土的白萝卜，自己挺得高高的，旁边的土却是平整。因此，林庄在生活习惯上也就随了平原，农耕为主，喂鸡养猪为辅，就连盖房子也用土砖，毕竟方便。

　　林庄都如此，平原深处的县城就更是这般，胡同街道横平竖直，房子院子平铺开来，除了主街两旁，其余少有高层建筑。翠巧的家，就深埋在凤凰胡同里面，一处不起眼的小院子内。跟她在林庄的房子一样，属于县城西北的一个角落，东南风一吹，什么床的吱嘎声、叫喊声以及两个人身上的汗臭味，都被吹散得无影踪了。

　　翠巧和老蔫一身瘫软地平躺在床上，老蔫点了一根烟，说："我也得谋个事情做，光待在家里守着那块破地，穷得连烟都快抽不起了。"

　　"是啊，林庄的年轻人都在往外走，村里平日只能见上岁数的老头老婆子们。就是留在村里的，也都想办法干点副业，你看连芬就挺有想法……"

　　"连芬？说起来就好笑。她不是住在小学旁边吗，一群孩子们叽叽喳喳吵得他们心烦，顺贵就出主意把床铺从紧挨学校的西屋挪到了东屋，西屋从此就不再住人，只堆放些杂物。当初学校盖校舍时候他们捐了一根大梁，那是从旧屋上拆下来的，还剩下很多椽子，于是也就一块搬进了西屋，靠墙堆放着。时间一长，他们还真的就觉得这群孩子没那么吵了，开始还怀疑是不是常年嗡嗡嗡震得耳朵失灵，后来进到西屋里，掀开盖在椽子上的塑料布一看，密密麻麻一层黑木耳，才知道原来是偷长出来的木耳吸收了噪音，她们这才开始干起木耳种植的。在那之后，顺贵说这家更是没法回了，一进门洞就觉得浑身湿哒哒，连他家狗身上的毛都快发霉了。"

"那咋，害怕蝲蝲蛄叫还不种庄稼了？那就活该你穷着。我现在天天烙饼，家里不也总是一股子酸溜溜的发面味？大壮也因此总是不在家睡，每天吃完饭就晃悠着回厂宿舍了。"

"那是，酒味总比面味好闻。一说这，我就想起小时候俺爹自己酿的高粱酒，那是一院子的香味……现在，别说高粱酒了，连高粱都没了，整片地全都用来种麦子和棒子，却还是快养不活自己了。"

"咱村的地怎么了？"

"我也说不好，怎么施肥都不管用，用着心去照顾也没有好收成。尤其是你那片地，我前些日子曾去看过，地是硬的，用铁锨往下稍微挖一挖就泛白，一粒一粒的。"

"一粒一粒的白色，难道土里还能长出盐来，你没尝尝？"

"我不尝，年年往里面埋大粪……"

老蔫话还没说完，翠巧看看时间，叫了一声赶紧从床上下来："快起来，大壮快回来了。"

厂里人都说大壮有本事，年纪轻轻就端起铁饭碗，还是福利好权力大的运管科，王科长还这么器重，眼前的路是前途无量啊。大壮听了只是微微笑着弯弯腰，摆摆手说不敢当，还得仰仗各位抬举，为人很是低调。他知道别人冲他摆张笑脸，那是笑给王科长的，要是没有这座靠山，被人处理到收发室看门都说不定。因此也极是会做人，每次厂里发了面粉、菜油，转手都递

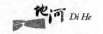

给别人，说自己家里不缺。而每次厂里发了酒，就带回家，他知道别人家也不缺。

这天，大壮就拎着一塑料桶酒回来，那是厂里新酿的原酒。王科长说县城东面在修公路，两车道拓宽成四车道，需要占用两边的耕地。左边右边属不同的村，三方利益勾心斗角闹得补偿价格谈不拢，于是村民们联手把路一堵，谁也别想过。眼看一时半会解决不了，而原酒生产出来，又不能搁置太长时间，经厂里领导一商量，干脆当福利发下去，至少讨片奉承声。

大壮拎着酒桶高高兴兴进了胡同，在院子门口看见他娘的车摊，旁边竟然还有辆破的二八大杠，一眼就知道是老蔫的。他使劲在后车轮子上踹了一脚，嘴里大声咳嗽一嗓子，推开门进了院子。

翠巧赶紧迎出屋门，说："大壮回来了，你看你老蔫叔来了，他从村里摘了很多香椿叶，可救了我的急。"

老蔫探出头来："哟，大壮下班了。我可是看到你写的字了，劲道。别看虎子一次能抗两麻袋面粉，可他扛不起两本书，他的书都读到屁股眼里去了……"翠巧在后面偷偷掐他一把。

老蔫屁股一紧，说："那啥，我先回了。"

"别走，我还没给你香椿钱。"

大壮也装着样子笑笑，说："要不吃了饭再回，厂里今天发了酒。"

老蔫嘴馋，但还是说："不行，不行，喝了酒再赶夜路不安全，我还是先回吧。"

"要不这样，大壮你倒出一瓶来，剩下的让你老蔫叔带走，反正你也喝不了这么多。"

"行啊，叔你先进屋歇着，一会就好。"说完大壮进了自己的侧屋，他从抽屉里拿出一个扳手，看着院子没人遛到老蔫的破自行车前，在后轮轴的螺母上反手转了几圈，用手拧拧感觉太松，又紧了紧，起码能骑上一阵子，然后回了屋。

在屋里，大壮拧开酒桶，一股浓烈的酒香扑鼻而来，究竟是刚酿的高浓度原酒，酒精携带着香气冲出瓶口，瞬时酒香充满了整个房间。大壮提起鼻子吸了一大口，又撇了撇嘴，心想可惜了了。他给自己倒了一小瓶，把塑料桶的盖子扔在地上使劲踩了一脚，咔吧一声裂开道缝，再也盖不严了。

大壮来到厨房间，从笼屉里拿出两个烙饼裹在布里，出门对老蔫说："叔，这个酒盖子不好了，盖不严，你就放在车前面的筐里扶着别倒了。另外，这是两个刚热好的烙饼，带着路上吃。可得小心啊，尤其咱村前面的那个急坡，最好下来推着走。"

"咦！你叔是谁，在山里我都敢骑着车往下冲，还能怕了那个小土包？"说着接过烙饼和酒，而他显然也闻到了从酒桶里面漏出来的香气，不自主说了句："怎么这么香！"

不出大壮所料，刚出了凤凰胡同口，老蔫就从车上下来，拧开酒盖子就灌了一大口，咂咂嘴赞了一声"好酒"，再上车赶路。老蔫一路骑，酒香一路飘，从车头筐里溢出的香味迎面吹来，惹得老蔫哪里忍得住，他是骑上一会喝上一口，才走出去一多半的路，就晕晕醉了。

他想起兜里的两个烙饼，顿觉肚饿，停了车靠在路边美滋滋嚼起来。翠巧十来年的发面功夫不是白练的，白面发的松软，面皮里面全是密密麻麻的气孔，再经过火炉一烤，气孔定型，掰开来全是麦香。老蔫三口两口吃了一个半，烙饼进到肚子里，把刚喝下去的酒吸得满满的，的确暂时缓解了他的醉劲，加上凉风一吹让老蔫清醒了很多。老蔫一边吃饼一边自我得意，自许酒量竟是不减当年，一高兴，又续了二两。

到了最后的这十里路，可就完全没了之前的状态。刚才被烙饼吸收的高浓度原酒慢慢释放出来，使得老蔫一边骑一边犯恶心，再也不能把持稳自己的车把，而且随着自行车的左摇右晃，身体加快了肠胃吸收，结果彻底醉了。他迷迷糊糊来到之前说的那个土包上，醉醺醺地呸了一口："这……这么个……小土包，让……我下车？瞧……瞧不起我。"说完便冲下去。

那晚的情景无人看见，如果有，怕是这辈子一定不敢再骑自行车。首先是老蔫左脚一蹬地车子便摇摇晃晃往下冲，速度很快快起来，却不巧压在一块石头上，石头垫起前轮后重重地砸在地上，为了防止失控他本能地使劲刹闸，前

轮骤停，而整个后车架子即由惯性被抬起老高，没了地面的支撑，早已松脱的后车轮顺势掉落在地，结果一个落空，老蔫连车带人沿着坡子滚了下去，狠狠地摔在路边沟里。整个过程短短几秒钟时间，可他已经滚下去十几米，不省人事了。

等到被人发现抬回林庄，老蔫的小腿早就肿成个紫黑的棒槌，折了。

第二十七章
王科长

　　大壮这些日子非常关心村民堵路的事情。他很是好奇，县里的道路工程当归交通局管理，那是衙门地界。就算承包给了施工队，那也是拿着衙门红头文件的，好比手里有了尚方宝剑，竟有不识相的村野匹夫敢出面捣乱，谁这么不怕死？且一乱就是十来天，难道肉骨凡身竟能挡得了马力十足的钢铲铁履？

　　后来这事情闹得沸沸扬扬，就连从不看电视和报纸的翠巧都知道了，她的消息当然是从买烙饼的过路人那里听说的。从东面来县城的人明显减少，影响了她的生意，这几天早早就收摊回家，晚上见到大壮就发牢骚："这些闹事的人，我说都应该抓起来。修路不是好事儿？他咋还能挡住不让修呢。大壮，你骑车去看看情况，打听一下什么时候才能通车。"

　　堵路的地方不远，县城主街北头右转上国道，骑出去三四里地就能看见了。到达闹事点之前要经过一条横穿国道的小路，小路左转是上理村，右转是下理村，他颇是熟悉，因为曾有中学同学就住在这两个村。

　　大壮把车停在小路口，再往前走，旧的柏油路面已经被掀起露出软土，自行车是骑不动了。他远远地看看，两个车道上都被几辆大货车堵得死死的，车灯闭着引擎关着，看样子已经停在那里时间不短了。货车再往前，灯火通明，应该就是工地，也是三方对峙的前头阵地所在，他估摸着少说有几百人聚集在那里，虽然没有机器的轰鸣声，但也是一片嘈杂，还时不时传来粗鲁的骂喊声。大壮锁住车子，刚想往前走，发现从右边小路上涌来一群人，远远看着是数十根晃动的手电筒，走进了才辨清是一群拿着木棒铁铲的村民，个个脸上一层杀气，急匆匆赶往亮灯的地方。

大壮叫住走在后面的一个妇女，问发生什么事情，那个妇女气急败坏地说那里刚刚出了人命，他们村子里的一个人竟然被推土机压死了，这些村民就是她叫来报仇的。说完警觉地问大壮，你是干嘛的？大壮赶紧澄清，他住在县城，来上理村找同学，结果看见这等情形好奇，散打听而已，不是记者。妇女这才放心，继续骂骂咧咧赶上队伍。

新赶来的这批村民挥舞着棒子融进对峙的人群，更显骚乱，叫骂声更响。但大壮知道，这架一时半会是打不起来的，因为现在只有涌进去的人，没有逃出来的人，显然都是为了谈判增加自己阵营的气势，远没到真刀真枪相见的时候。

他赶紧追上两步，准备从货车缝里挤进去。

奇怪，大壮心里想，怎么这些货车看起来都像是他们厂的。他虽是做调度，写个条派个车是常事，但都是些文案工作，真的货车什么样子，车牌号码多少，他是不清楚的。但他越来越确信这几辆就是酒厂的车，因为车帮上贴的"出入平安""一帆风顺""四季平安""八方鸿运"之类的吉祥话，明显都是出自王科长之手。王科长爱好书法，但是水平一般，每年年底的时候都会自备了上好的红纸等着别人来求字，可却每次落空。红纸摆了一桌子，末了自己再收起来，面子相当抹不开。于是大壮给他出主意，不如写成车上用的吉祥话，贴到自家车队的车帮上，还有敢说不好的？王科长嘿嘿一笑，说我就是这么打算的。他写的时候，大壮是在场的，现在借着透过来的灯光再看，一定差不了。路过驾驶室的时候，大壮朝里面望望没人，拍了拍车皮，纳闷这是自己哪次派出去的车啊，怎么一点印象也没有。

过了货车，他挤进人群，凑到里圈想去看看是谁在谈判，这个让他由衷佩服的胆量弥天、敢于和衙门作对的人究竟是何等模样。大壮本想着，那应是个像老森一样的人物，拥岁月屈人，具胆识服众。即便老森这样的人才乃凤毛麟角他们村没有，那至少也得是老庚一样村支书级别的人物才对。可他挤到里面仔细观察，发现代表着下理村说话的，竟然是个比他大不了几岁的黄头发小伙子，颇是出乎他的意外。

内圈明显分成三派，路右边是下理村村民，那个黄毛小伙子担头。路左边是上理村村民，也是几个年轻人站在前排。路中间停着一辆大型推土机，地上垫起厚厚一层新土，估计掩盖的是血迹。推土机高高的驾驶室旁站着位穿着体面的中年人，他应该是施工方代表。

大壮问旁边的人，才知道警察已经来过，带走了死者和几个当事人，但警察解决的只不过是一个小插曲而已，主要的占地纠纷仍旧在这里扯皮，他们是摆不平的，要想彻底解决还得经由涉事三方谈判才行。这不，施工方来了个领导，就站在推土机上面，于是两边的村民们又新涌上来一批，增加了各自的谈判筹码。

大壮静静地听下理村小伙子说话，感觉他也并非能说会道之人，翻来覆去几句车轱辘话：上理村为何赔偿款比我们多，你修路占用的是俺们村李寡妇家的地，夺了她的地就是夺了她的命，现在又压死了人，不赔偿到他们满意不能算完。每说一句，扭头冲身后的同村民众看上一眼，他们也就大声随声附和，把锄头木棒往高处一举，气势果然压人。

小伙子说完，站在推土机上的领导大声回话了："这位老弟，你先别激动，激动解决不了问题。我们是按照政府的指示施工的，是跟他们签了合同的。施工过程中遇到了困难，我们解决不了，那只能请政府出面了。我们会把你们的要求，还有今天发生的不幸事件跟上面解释清楚，容我几天时间，我不是把领导们带过来，就是把话带过来，我也希望你们能得到满意答复。"

"叫政府的人来，我们当面评理！"小伙子回应。

"对，让政府人来，让交通局长来，让县长来。"上理村前排的几个年轻人也很赞同，朝身后一扬手，后面人群也跟着大声附和："对，叫政府人来，叫政府人来……"

人们的情绪被煽动起来，叫喊声越来越响，变得有些骚动。这时不知是谁在人群中朝推土机扔出去个石块，那位领导被吓得一闪身，当啷一声，碎了一块车玻璃。尽管立马有人大声制止，但大壮还是不禁暗想：真是群无脑的人，你们这架势，谁敢来！

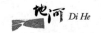

第二天，当大壮见到她娘的时候，说这路要通还早得很呢。一群起哄闹事的年轻人把局面越搅越混乱，政府的领导是绝不会在这个时候出面妥协的，强行镇压武力驱散也不太可能，毕竟人又多，离县城又近，影响会很大。他估计且得僵持些日子，干脆让他娘每天就做半天得了。

翠巧听完点点头，说："也好，那我这两天去趟林庄，听说你老蔫叔那天骑车回去摔断了腿，人家毕竟是为了给咱送椿树芽才惹的祸，不去看看太过不通人情，而且还能再顺路带一批椿芽回来，也不算白跑。"

大壮不动声色地"哦"了一声，让他娘也小心骑车，就回屋继续打他的小算盘去了。

在厂里，大壮去找车队的队长李师傅，问他堵在国道上的那几辆货车是什么时候派出去的，为何他不知道。李师傅递过根烟，说那是前几天下班后，王科长亲自递过来的条子，好像说是有批货出了包装问题，客户要求退还，王科长就让我连夜派出去几辆空车，结果刚好被堵在半路上。我当时还请示了科长，他说就在那里等着，什么时候通了，什么时候再继续赶路。我还以为你知道此事……

大壮摆摆手，装出恍然大悟的样子："哦，接退货的那几辆车啊，我知道了，只是刚才没对上号而已。"

大壮的话虽是这么说，但他心里知道此事必有蹊跷，他们的酒是当地的名酒，一直是供不应求的状态，别说是包装这类小问题，就算真是酒品质量不合格，也绝不敢有经销商这么大胆子要求直接退货，还是连夜派车。况且，王科长也从不过问调度细节，亲自递条子的事更是没有可能。既然别人藏着秘密，他可不能冒冒失失地说破了，只要他心里清楚就行，李师傅这类边缘人物，一句话搪塞过去了事。

离开车队，大壮一边走一边琢磨，他实在是禁不住这种谜语般的诱惑。倘若他是个笨人，像虎子一样，压根看不出其中端倪倒也罢了，无心无脑地活着，也能过得自以为明明白白，开心一辈子。就像是瞎眼的老头子，从挂衣绳上即便拽下来的是块尿布，也能把它当成平日用惯了的手巾一样，高高兴兴把自己的脸抹干净了。可大壮天生了一副聪明脑袋，现在既然让他探悟到其中的不寻常，那是一定要弄明白的。看看这块不该出现的尿布为何会跟手巾搭在了一起，是别人无心为之还是故意捉弄。

而且，他要调查的悄无声息，将计就计，暗中掌控一切才是过瘾。

他返回办公室，在上楼梯的时候，迎面急匆匆走过来一个人，他觉得眼熟，故意放慢脚步走在后面，在楼梯拐角的地方抬头仔细看了看。那人四十多岁年纪，穿着体面，戴着副墨镜，短头发，黑脸庞，裸露的小臂看得出很是健硕，应该是个屋外谋生且相当成功的人物。他也是去三楼，竟跟大壮一个方向，只是走到王科长办公室前站定敲了敲门，喊了声"王哥"就进去了。听到声音，大壮才忽然意识到，这人不正是那晚站在推土机前的施工队领导吗。怎么平日里看起来喜文弄墨的王科长竟会认识搬砖运土的包工头，不挨边啊。

大壮嘿嘿地笑笑，静静地走过王科长关着门的办公室，回到自己屋里，越琢磨越有趣。

在科长办公室里，王科长抬头看看包工头，说道："哦，杠子啊，把门关上……"

杠子应声关上门，恭恭敬敬站在门口，冲王科长猫腰点头。王科长也起身离开办公桌，手里端着他的茶杯，示意杠子坐在沙发上，不紧不慢地说："……还有，以后再来找我不要叫哥，要叫我科长。"

"是，是。"

"找我什么事啊？"

"我是想告诉王科长一声，您的车可以撤了。"

"怎么，都谈妥了？"

"谈妥了，有您帮忙，有强哥……哦不，有耿队长安排，哪有谈不妥的事啊。"

"上面同意加钱了？"

"同意，死人那晚，交通局孙局长就在现场，耿队陪着。他们穿的便装，但我认得出，当着他们的面，跟几个兄弟合伙唱了一出"群英会蒋干盗书"。孙局长回去当晚就批示：按价赔偿，尽快解决冲突，不能耽误工期。"

"那钱呢？"

"放心吧，王科，都在咱兄弟手里呢，等我打发了那几个村民，就给您拿来。"

"不用，你攒一个局吧，很久没跟另外几个见面了，我们饭局上说。"

"好嘞，王哥……王科。"

翠巧从林庄回来，又带回来一大袋子香椿芽，都五月了，这应该是最后一批。在回来路上，她就盘算着少留些，剩余的都腌起来。她家今年刚添了台冰柜，先腌再冻，最好能留的更长久些，越是反季节，越是能卖出价钱。

"是不是该提提价了，如果能涨到一块钱一个烙饼，那到年底，说不定能换辆新的三轮车，"她一边想着一边骑，不知不觉到了城边，差点被迎面涌来的一群人撞倒。翠巧急忙下车站定，冲着这群急匆匆的人喊："急什么急，真有不怕轧的，看不见车啊！"

本来拥挤的人群难免会有些碰撞，被撞了忍不住发两句牢骚也是有的，不指名不道姓说完各走各的路，只要脸不回脚不停，此生也许永不相见，过去也就罢了。可天下就是有这种为惹事而生、好逗闷取乐的人顺嘴搭腔："当然看得见，走过来，脑袋上顶着两只眼。走过去，屁股上还挂着一只眼，哪能看不见。"

"哎哟，"翠巧也不示弱，"你那一只眼只怕不会看事儿，倒是会说话。这么大辆车，也能撞上去？"

"车？你这俩轱辘的也算车？轧着我脚面都怕颠得你屁股疼，用不用我给你揉揉？"

"是，我只有俩轱辘，不敢轧你脚，但我能轧你嘴，轧你身后的那张嘴。"

俩人吵得热闹，更是阻了交通，旁边就有人来劝："嘿，别斗气了，赶紧走，走慢了说不定就真让后面四个轱辘的轧着了。"

"用不着，我这俩轱辘的就够轧了，一个轱辘一张嘴，再说这都多长时间没见过四轱辘车了，都堵在……"翠巧说到这才反应过来，今天的人群比以往多很多，而且都是从东面而来。

她于是抓住另外一个人又问："前面路通了？"

"通了，刚通的，这都十几天了，那边堵的车都看不见头。"

"通了？咋就通了，那刚才的盘算不是白打了……"翠巧也不知道她是该高兴还是生气。

·

回到家里，翠巧问大壮，你不是说一时半会解决不了吗，这刚过去两天，怎么就通车了，是不是警察出动把那些闹事儿的都抓起来了？大壮摇摇头说不清楚，也不重要，你又能出摊了，总归是好事情，那边刚放过来的司机说不定见到烙饼会多买些屯着，还是早准备的好。

大壮不说，其实他心里清楚不可能抓人，全城的警察出动也不一定有他们一半人多，这种规模的冲突如果闹起来，那必定是警车救护车满街蹿，他不可能不知道的。但现在竟然路通了，要么是哪个有胆识的县领导出面谈判成功和解，要么是上面默默松口满足了农民的要求。而后一种可能性更大些，因为他想起昨天在厂里见到包工头是一脸轻松的神情。对于施工方来说，有人花钱喂饱了这些农民才算是彻底解决问题，其他方式都只是暂时掩盖，迟早爆发更大的冲突。

"虎子回来没？"大壮问。

"虎子，没见啊，怎么，他要回来？"

"我猜的，他爹摔伤了，这眼看又到了麦收，他不回来，地里活谁干。"

"也是，接下来要有的忙了，收麦子，种棒子。别说你老蒿叔腿摔折了，就是不折，那片地再怎么卖力也种不出金元宝来。现在还得耽误虎子在外面挣钱……哎，大壮，要不你看看能不能给虎子在县里找个差事干？"

翠巧的话正说中了大壮的心思，他正在做着这个打算。不过，并非像他娘一样因为可怜了村里人的生活不易，而是他觉得自己在县城里奋斗，是需要一个帮手的。尤其摆在眼前的王科长和包工头之间的这层谜团，让他隐隐觉得谜题很深，藏着机会，他需要一个听话的人替他探路蹚道，而虎子是最好的人选。

"好的，娘，我知道了。"

第二十八章
周局长

礼拜天一大早，大壮就等在自家胡同门口，因为一会儿王科长的司机会来接他，今天是所谓的书法爱好者见面日，每个月一次，固定在月初第一个周日。

大壮本是不喜欢这类聚会的，尤其是和一群他认为自装高雅的庸俗中年男人们，这群人有一套共同的特殊喜好，实在是让他不能接受。例如他们常穿中山装和唐装，配立领、系雅扣，一派文人居士的打扮，但倒在沙发上二郎腿一翘却露出双耀眼的花袜子，极是不搭配。又如饮食方面，他们喜欢碎肉细炒，小小一撮的精致菜肴盛入一盏巨大的宽沿浅碟子里，表面上看起来精致高雅，且拒绝油荤、注重健康的模样，但红酒杯一旦拿起来过不得三两杯，必会轮着拳头高喊"哥俩好"和"四喜财"。再有他们喝茶分不清红绿，但对于茶碟茶盖上的图案却要每次装模作样细看半天，公鸡牡丹的最是喜欢。最甚者，就连对于各色毛笔的鉴赏，也向来只停留在笔杆上雕刻镶嵌的金玉上面，至于笔毛的毫鬃出处、软硬粗细那都不重要了，对于他们来说，笔毛只是点缀而已。

这些都让大壮很是厌恶，每次都敷衍着陪说陪笑，就权当工作应酬了。

但今天大壮却是很期待，他要重新认识一下王科长以及和王科长私交甚是不错的那群人。大壮这几天越发觉得自己以前太过稚嫩了，在社会上混就像是走在慢慢西天取经路上一样，无所谓官路羊肠，只要能遇到的，随处都可能隐藏着风险和机遇，毕竟大家都存活在这妖魔乱世，谁还没两身障眼的人皮穿在身上呢？他这回打算细细地探究一番，辨明这些人的真身到底是菩萨还是精怪，总是好的。

司机接了大壮，再去接王科长，最后来到县城边上一栋不起眼的三层小楼前。这是他们每次聚会的地方，大壮来过很多次，但今天却觉得格外不平常，灰色的墙砖布满了爬山虎，漏出三排木制的格窗也都日久色落紧闭着，外面没有招牌和亭廊，普通的都有些寒酸。而寒酸只是相较于屋外来说的，二楼三楼不知道，他没有去过，一楼的富丽奢华简直让他觉得进错了门。大壮认为这等层次的屋内装饰，外墙至少得是大理石面砖才相配得了的。

他曾问王科长，却只回答了四个字："低调，低调。"

今天来的人不多，算上他才四个。大壮依然不多说话，也不发表自己的观点，静静地听和静静地看。最吸引他的是一个姓周的人，以前也多见，但今天才知道他竟然是县民政局副局长。

几个人见面寒暄几句，吃了几块糕点，喝了几杯茶水之后，王科长便从包里拿出一叠纸，跟大家介绍说是上好的生宣纸，写字最是合适不过，还让服务员拿来大家寄存在这里的笔墨，建议每人献字一幅，随心而作，品茶赏字，何等痛快。众人都说好，便撤去桌上的水果糕点，把纸展开，用镇纸压得平平的没有一处褶皱。

周局长说这是王科长的建议和王科长提供的纸，理当由他首先执笔，王科长推脱不过，于是站在桌前，用笔蘸饱了墨汁，在纸上不假思索写道："今日一杯茶，同饮者周宋王韩。"几个字一蹴而就，显然是来之前就练过的。放下笔后王科长挺直腰板，大家齐声说了声"好"。

接下来是姓宋的，他顺着王科长的思路，换了张纸写道："今日一幅字，共赏者局处科成。"写完，王科长问他："老宋，最后这四个字，'局处科'我都明白，是局长处长科长的头衔，那最后一个'成'字，是什么意思啊？"

"'成'字对应的是小韩，小韩年轻有为，前途无量，当然是'成长'之意啊。"说完几个人大笑，都夸宋处长有才。

大壮也赶紧陪着笑脸说："宋处长夸奖了，以前全靠王科长栽培，日后还得仰仗各位领导多多提点才是，学生惭愧的很。"一句话说的三个人喜笑

颜开。

再接下来是周局长，他显得有些犹豫，前面两个人已经把这字的内容定了调子，总要沿着相同的思路写，写偏难免让人笑话，得思考一会儿。半天，他拿起笔来在纸上慢慢写道："今日一壶酒……"还没写完大家都叫上一声"好"，说这句头起得不错，都喝着茶耐心等他的后半句。大壮站在老周身后，只有他注意到，这个"酒"字竟然写错了，少了一横竟成了"洒"字。而且侧身偷看周局长的神态正在努力构想下半句，丝毫没有意识到意思。于是大壮往前凑近了两步，对老周说："周局长，您的笔好像有根散毛，字的边沿多少有些顿挫感，要不您移步到窗户前面找找看？"

"哦，是吗，我去看看。"周局长很乐意大壮来打断他，这让他能多些思考时间，于是快步走到窗户前面去了。老宋见他半天没进展，也走过去，说："周局您眼力不行，让我看看。"说着，拉上王科长一块去帮忙。

见几个人都离开，大壮拿起另一支笔，快速地在纸上补上了那一横，写得悄无声息，却完美统一。待老周回来，大壮站在桌旁抬抬手让他继续。周局长重新沾了墨汁，刚要落笔，自然发现字迹上的更改，这才意识到原来自己竟写了错字，差点出了大丑。周局长冲大壮微微点点头，并没过多交流，但大壮已心领神会，回撤一步又退到后面，因为他知道这已经足够了。

周局长继续完成他的字，很满意地放下笔，说："小韩，来来，你来读一读。"

大壮走到桌前，移开镇纸，拿起宣纸，翻转过来面对着众人，读道："今日一壶酒，同酌者敬一陪三。"

大壮非常清楚，周局长的字特意让他来读，其实是有意暗示今日受了帮助，他日必当三倍奉还的意思，可又不便明说，写下来玩一个聪明人的手法，看得懂自当回报。就像书中所写菩提老祖用木鱼锤三击悟空一样，能不能学得七十二变就看你造化了。大壮当然心中暗自高兴，继续说："周局长不仅字好，酒量大气量更大，一会儿必当敬上一杯。"

"那是，"王科长说，"一会儿你就知道周局长的厉害了。不过，还剩你没写呢，写完再喝酒。"

大壮赶紧谦虚地说："在领导面前，我哪里敢班门弄斧，不过面对三位老师共同指教，又不想错过这个机缘，我就厚着脸皮献丑，还请多多指点。"说完，在纸上写道："人生三导师，最幸者只我一人。"

三个人相视片刻，齐声哈哈大笑，夸奖大壮字好话甜，真真的前途无量。

在回家路上，大壮坐在副驾驶位子上，看着窗外，路过一片工地时叹了一口气。王科长今天也是高兴，见状便问："怎么，小韩，有心事？"

"哦，不，也没什么。"

"有什么事就说，看看我能帮上忙不。"

"其实是件小事，我有个兄弟，在外面打工，可他爹摔断了腿需要人照顾……"就这样大壮简单地描述了一下虎子的情况，并顺便表达出想给他找份工作的想法。

"我当什么事呢，就这啊，我回去看看厂里有没有什么空缺……"

"不，王科。我这兄弟是个粗人，细活干不了，他最有经验的就是修路了。刚才路过片工地，看到那么多人都干得热火朝天，可我却没本事给自己兄弟谋一份卖力气的活干，这才叹气的。"

"修路啊，这也好办，回头我给你写张条子，你去找个叫杠子的人，他能帮你。"

"太感谢您了。"

大壮再见到虎子的时候，天已经很热了。虎子穿条破了洞的绿色军裤，腰里扎着根红布条做腰带，推着车摊，和翠巧一路上说说笑笑往家走，哑巴跟在后面一口一口咬着烙饼，傻呵呵地听他们说话。快要到家的时候，哑巴"啊，啊"大叫了两声，第一声是因为她远远地看见了大壮正好下班回家，第二声则是因为她一张嘴烙饼掉到了地上。

兄弟见面分外高兴，翠巧破例炒了一大盘香椿鸡蛋让仨人下酒，说这馅量最起码能烙出二十张饼，一张饼一块钱那就是二十块钱的大菜。她热情地招呼哑巴多吃些，哑巴躲着身子摇摇头，把菜让给了虎子。虎子对吃不讲究，塞了

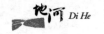

一大口，唔噜噜地说了句："香！今年还是第一次吃呢。"

"那是因为你回来得晚了，谷雨时候回来，管你吃饱。"翠巧说。

虎子摇摇头："不是，啥时候回都吃不着。不单是我，整个林庄现在都没几个人舍得吃了，都给婶子你了。"

大壮听不懂，问这其中原因。

"林庄这些年不是土地势弱，庄稼歉收吗，家家过得都紧。听说婶子收香椿芽，就都留着卖给你家，多少能挣几块钱，哪还舍得自己吃。"

"别人都是越过越好，咋就林庄越过越穷呢。你跟哑巴在外面打工，多少能挣点接济一下家里，现在你俩又回来了……"翠巧看着闷头吃饭的哑巴，疑惑地问："哑巴，虎子他爹摔断了腿，那是没办法，你为啥也回来呢？"

"我带回来的，"虎子回答，"哑巴当初是我领出去的，现在哪能把她一个人留在外面，我自己回来呢？再说哑巴也不会说话，不能让人欺负了。"

哑巴冲着翠巧使劲点点头，朝虎子伸了个大拇指，继续听他说："前些日子地里忙，脱不出身，现在眼看棒子长到小腿高了，剩下的也就是再浇几过水的事儿，不需要出大力气，俺爹俺娘应付得了，所以俺们俩今天才来找你的。"

"让我在县城给你俩找份活干？"大壮也不掩饰，问得直接。

"是。"

"啊巴。"

大壮对于虎子的要求早有预知，并不惊讶，但他却忽略了哑巴，心中多少有些小遗憾，因为他那天跟王科长要工作的时候可只提到了虎子一人。现在他也不敢乱应承，说："咱们兄弟不说大话、客套话，我就是个小业务员，不敢给你打包票，但我一定用心去找，不管找到的是啥，都得托着关系欠着人情，所以不要挑不要捡，让你干啥你就干啥。"

"行。"

"啊巴。"

"还有，下次再来，换件衣裳，这破破烂烂的让人家笑话。"

"咦！这有啥，我原先在工地上的时候就穿这，难道让我换身西服去铲土？"

160

大壮笑笑："随你，喝酒，今天不要走了，喝醉了赶夜路再摔断了你的腿，那你娘非打死我不可。"

几日后，虎子和哑巴拿着王科长写的纸条去找杠子，大壮并没有一块去，因为他清楚要想弄明他们俩的关系，最好是躲在暗处。如果把自己赤裸裸摆在王科长和杠子面前，那他们一定会有所回避，反倒困难重重。现在找一个王科长不认识的虎子去接近杠子，而自己作为一个杠子不认识的人去观察王科长，就相对容易多了。

奇怪的是，在电话里杠子并没让虎子去工地，而是去家里找他。虎子边走边跟哑巴嘀咕："原来杠子哥不是包工头啊，是大老板。在咱原来的工地上，只有大老板才整日歇在家里呢，大壮这回很靠谱。"

杠子家的门是铁的，很厚，嵌着铆钉一样的装饰，很嚣张的模样。大门上面开小门，虎子和哑巴就从这小门进入院子，被一院子的兵器吓住了，不是棍子就是长刀。哑巴拉着虎子的衣服，虎子安慰她说："怕什么，咱老板还是个练武术的人呢。"

杠子拿过纸条，抬眼看了看虎子，问："你找活干？"

"我们俩都找。"

"俩人？不是说好一个人的吗，怎么还多出来个女的？"

"大哥，"虎子赶紧解释，"她叫哑巴，也是个哑巴。俺们俩都是林庄的，过去一块都在工地上干活，都有劲呢。别看她是女的，当年俺们俩一块上山捡石头铺地，她比我快得多……"

"有没有干过工地我也不关心，"杠子打断他，"我又不开工地，只是最近跟几个承包商打过交道而已，也不是什么过深的交道，办完事儿最好再不见面，王哥又不是不知道，现在怎么还一下塞过来俩……"杠子有点自言自语抱怨的口气。

虎子听出其中的不乐意，心里有些打鼓，说："大哥，我们俩其实啥也能干，手脚利落，除了搬石头、修路，上房上树都不成问题，她还会敲锣，我也会放枪……"

"放枪？你放过枪？"

"当然，"虎子一下来了劲头儿，"我小时候就敢，特别响。"说着学着放三眼枪的样子嘴里"砰砰"地喊了两声。

杠子噗嗤一声笑出来，说："好了，好了，我知道了，你们回去等我消息吧。"说着把纸条随便团了团，扔在地上，挥挥手让他们俩走了。

这些日子，大壮一直琢磨周宋王这三人的关系，从职务上看周局长虽说是单位二把手，但总也是副科级国家干部，要比县级单位的处长、科长都大些，这也在他们之间的交谈神情、杯盏顺序中看得出。但宋与王他就拿不准了，按头衔说处长还是大于科长的，但王科一口一个老宋老宋的叫着，显然没有对周局的那种敬畏感。大壮参不透其中原因，索性放到一边，回过头来暗暗庆幸他的好运气：周局长家的敲门砖已经是稳稳拿在手里了。

大壮去见周局长的时候，手里拿着一个玻璃坛子，他不敢冒冒失失带进办公室，而是寄存在了民政局门口的小卖铺里，两只手空空，肩上背着一个公文包，一副办事员的模样走了进去。

周局长的办公室门开着，大壮隔墙听见他在里面说话："下乡去义务检查，这是好事情，但是标语啥的，我看就不要让我写了吧，这样不好，不好。"虽是拒绝，但听得出语气当中明显带着得意。

大壮于是很放心地站在门口敲敲门，冲周局长微微猫腰致意，周局长见是他来，赶紧朝屋里的人继续推脱两句："就这样吧，小李，你看我还来了客人。"

"那好，周副局长，既然搞检查的事情您是同意的，那我们就去做了。"说完小李转身离开，出门时和大壮打个照面，客气地相视一笑。

"小韩快坐，"周局长热情地招呼，"今天找我来有何事情啊？"

"哦，没什么大事情，"大壮说着从公文包里取出一个真丝绣包，细长型，绣包口用精致的丝绳捆扎好，"就是上次您写好的那幅字，我收起来并且裱好了，今天给您拿过来，看看还满意吗。"

说着打开绣包，从里面抽出一个卷轴，再把卷轴上的扎带解开，两手慢慢延展天地杆，那幅写着"今日一壶酒，同酌者敬一陪三"的条幅便精精致致地呈现在周局长的眼前。这几个字写得本是一般，但配着上好的斜纹锦绫裱底，暗花生宣局条，还有两个散着淡淡幽香的花梨木轴头，俨然就是一副佳作的模样。看得周局长不由自主双手接过，嘴角上翘，心中乐开了花。

两个人谈话进行得轻松愉快，大壮丝毫不提任何要求，牢牢地只把话题圈绕在书法写作的上面。几杯茶过后，周局长被夸耀得飘飘然，早已不把大壮当外人看，就连坐姿，也是从当初官架十足的腰背挺直，变成了现在一屁股深埋在沙发里，翘着二郎腿喊大壮小名了："大壮啊，你的书法是什么时候开始学的，谁教的啊？"

"不敢提书法，我那就是写字而已。也没人教，都是小时候顽皮，常被罚写字，写得多了自然熟练了而已。"

"果然是个人才，书法这东西要是没有人带，可不容易出成绩。我仔细看过你的字，很有前途，后生可畏啊。"周局长喝了一口茶，继续说："总是待在那个酒厂里未免埋没了人才……大壮，想不想调动一下？"

大壮暗自高兴，但他回答说："哦，工作调动这可不是什么小事儿，再说王科长平日里对我不薄，怎么能说走就走呢，显得我太不知恩情。"

"这你不用担心，王科长那里我可以去打招呼，不会有意见的，就看你自己意愿了。"

"谢谢周局长抬爱，还是让我想想吧。"

"也好，什么时候想好了，尽管来找我。"周局长起身又去看他的那幅字，忽然想起小李的事情，便说："刚才出去的李辉，他那里正需要有人帮忙写一些横幅。我们跟计生委联合搞了个义务活动，就是给乡下的怀孕妇女们免费体检。他们来找我来写字，你看我这么忙，要不你去替我写给他们？"

"那太荣幸了，我现在就去，不耽误您了。"

"不耽误，随时来。"

"哦，对了，"大壮起身离开前，装作漫不经心的样子说，"那天喝酒看您对那个味道很中意，于是我就又备了一坛，放在门口的杂货铺里了，您的司机是哪位，我去让他取了来。白瓶的，上面没字。"

"你这孩子，酒有没有不重要，却看出你办事心细，我很喜欢。回头上家去，咱俩好好喝上一回。"

李辉是民政局的干事长，平时负责一些调查统计工作。他们这次和计生委的合作，一是把市里的优生优育政策贯彻到乡镇，义务为那些偏远贫穷地方的孕妇提供免费产检，另外还能调查一下县里乡镇级别的新生儿及待生儿的男女比例状况，就是一个"送温暖下乡"的活动，没有多大的指标性任务，大家也都轻松应对。

李辉从周局长办公室出来，正在发愁，想着派人出去打印个条幅摆摆样子算了。正好看见周局的司机老孙带着大壮来找他，待大壮说明原因，李辉十分开心，说："看，我说周局一定不会不管我们的。咋，你是现在写？还是准备准备？"

大壮说："这样吧，你告诉我写什么，我拿回去写，出发前一天你来取，怎么样？"

"好，说定了，就这样。"

第二十九章
地河

  礼拜五李辉打电话到酒厂，约好大壮今天下班后去家里取条幅，大壮其实并没写好，但嘴上却答应说没问题，就等你来呢。放下电话，他赶紧收拾一下东西，跟王科长请了个假回家去了。

  回到家里，大壮看见他娘在倒腾几块新买来的被面，一问才知道是顺贵的儿媳妇怀上了，年底生。一家人高兴得不得了，托人让她从县里买点布做几床月子里的被褥。翠巧拉扯着布正在规整，说是明天回一趟村里把布捎回去，顺便看看老荐的腿怎么样了。

  大壮一边铺展了纸写字，一边听他娘说话，字写好了，话也听完了，收拾好笔墨说太巧了，明天正好有辆车去山里，路过林庄，如果车上有位子，不如让她坐车一块回去，省的大热天骑几十里自行车吃不消。

  字晾干叠好没多久，门外一声汽车喇叭响，紧接着是有人扣门探问，说这里是不是韩建壮的家。

  来人正是李辉，大壮热情地请他进门，他拿着大壮写好的几张条幅仔细欣赏，连连称赞好字，然后试探着问门口停的那辆卖烧饼的车摊是谁家的。大壮指了指他娘，惊讶得李辉连声说："真是念经的遇到卖木鱼的——凑了巧了，吃了好几年的香椿烙饼，没想到就是你家做的。"接着连声称赞他们一家子都是能人，当娘的会烙饼，韩兄弟会写字，都是个顶个的好手艺活。哄得翠巧捂着嘴呵呵地笑个不停，一高兴非要留下吃饭。

饭吃起来这话就更好说了，大壮甚至还没说完整，李辉便满口答应："正好车上有俩空位，你们都坐得下，明天一早我来接你们。不管有东西往村里捎，还是村里有东西往城里带，都不是问题。"

"不，"大壮解释说，"就我娘回去，我不回。"

"你有事儿？没事儿一块去吧，一个人在家也没饭吃，跟着我们有吃有喝有景看，就权当旅游了。"

第二天一大早，李辉就来到了大壮的家，说是路上修路不好走，昨晚又听司机讲那片工地也在发生占地纠纷，路虽没被堵死，但以防万一还是早些出发的好。

李辉交代完，冲着翠巧嘿嘿一笑，说早上起得早没吃早饭，婶子给烙几个香椿饼路上吃呗。

在车里，翠巧问李辉，最近怎么总是发生纠纷，以前可从没听说过啊。李辉咬着烙饼，说以前也没修这么多路啊。本来修路是件好事，黑黝黝的柏油路修好了又宽敞又干净，路口又不装门闩，谁想走谁走还不收钱。不说久远，就拿三年前来讲，村民进趟城谁不是计划好几天的，后来修成了水泥路就方便了很多。但谁又会想到这两年小汽车、大货车一下子多起来，原先的水泥路竟不够用了，于是国家和市里分别拨款让我们拓展马路，不但分开了快车道慢车道，还装了一溜的路灯。一些聪明勤快的人就开始在路边摆摊卖点零食水果啥的，近来还有凑钱盖房子开饭馆的，都开在那些明晃晃的路灯底下招揽生意，也没见国家收他们谁半毛电钱。占了便宜不说声感谢，现在却跳出来闹事，霸着土地不让修。

李辉毕竟是县政府下属机构的办事员，对于这种事情颇是了解，一路无事，大家就听他继续说："也不是所有村民都闹事，摆摊开饭店的都躲着呢。反倒是那些头脑不灵活，又不愿意外出打工，守着家里饿不死人的一亩三分地，每天吃饱饭就去打麻将的那些闲汉们，见到别人挣了钱眼红，于是得到机会就想敲竹杠，躺在推土机底下竟撒起泼来，不给涨钱不走。"

翠巧问："涨什么钱？"

166

"就是补偿款啊，"李辉回答，"原来的路两边是有两排路沟的，最初修路垫路基用的土都是就近挖，路修到哪里，沟就挖到哪里，沟里再种上大杨树，又遮荫又排水，很聪明的设计。后来有一些胆子大的村民，私自把杨树砍了，或者偷偷剥了一圈树皮让它死掉，竟在沟里也种起庄稼来。别看就是条小沟，种满了能多出小半亩呢。这种事情县里哪会不知道，但毕竟人们是为了多吃两口粮食，地也没有荒废，政府领导也都睁一眼闭一眼不去理会。可时间一长，那片地竟长在他们心里，成他们家的了。现在拓展马路需要占用原先的路沟，这些刁民竟霸着说赔钱，钱少了还不干。"

李辉问翠巧："前些日子在县城东面国道上的那次大堵车你知道吧，就是这个原因。政府本来也是强硬，说最多赔你那片庄稼的损失，地是政府的，占着我的地，你还要我的钱，这跟绑架有什么区别，坚决不给。"

翠巧说："但我听说政府最后可没少花钱。"

"是啊，"李辉解释道，"僵持了那么长时间，也不知道从哪里冒出来一伙浑小子，煽动着早已乱了头绪的村民们闹事，结果死了人。这一下事情就大了，上面一怪罪，底下的人就赶紧妥协，拿钱平事呗。这个头一开，其他地方的道路工程可就苦喽，都起来学样敲竹杠。今天我们路过的这个小吉村就是这样。"

大壮在车里一直默默地听着，装作漠不关心的样子，当他听到李辉说上下理村闹事竟是"不知从哪里冒出来的一伙混小子"煽动的，还是为之一振。他试探着问："一伙混小子？能从哪里来，还不都是他们村里游手好闲的二青子们呗，别人谁还这么闲去找架打的……"

大壮偷偷瞄看李辉，见他嘿嘿干笑了两声，不再接话茬了。大壮于是心里也就明白，他果然猜对了，那里面是一定有外来势力介入的。但是，背后是谁呢？包工头和王科长知道这事吗？

大概开了一半路程，车速渐渐慢下来，司机说前面就要到拥堵地段了，于是车上的人都从瞌睡中清醒过来，向窗外望去。

近处一片平坦的开阔地，一望无际的玉米田从眼前一直延伸到远处山脚

下。离开道路几百米的地方，郁郁葱葱地簇拥着很多白杨树，那里就是小吉村了。但远远地看不见房屋，红色的墙砖都被低矮的玉米株和高大的白杨叶子遮挡着，能看见的都是深绿色，知了声和狗吠声远远地传来塞满了耳朵，一副生机勃勃但内藏骚动的景象。

前方的道路都是土，原本的两车道被工地占用一半，剩下的一半硬是挤进去来回两条车队，轿车、卡车、排子车、摩托车毫无章法地胡乱拥挤着，按着喇叭一点一点往前挪。旁边正在施工的路面明显宽阔了很多，坚硬的路基已经铺成，只是钢筋在水泥边沿裸露着，车辆都不敢靠近。路基上面走着一些行人，也停着一些施工车辆，但都关着引擎，不见司机，明显处于停工状态。

这时候，在后方传来几声喇叭响，低沉却具有很强的穿透力，就是那种只有军队或公安系统的车辆才能发出的具有震慑作用的声响。司机从后视镜向后看了一眼，骂了一句："操，这些是什么人！"

大壮扭头去看，见后面快速地开过来三辆白色面包车，没有警灯和公安标志，眼辨就是几辆最普通的社会车辆，却驶在新路基上且响着低沉的喇叭声，嗖嗖嗖地开过去了，吓得路上的行人急忙躲闪。

"小吉村的人该倒霉了，"李辉说，"看来工程老板后台挺硬啊，连警局的人都搞得定。"

"他们是警察？"一个人问。

"不是，警察是一定开警车的，"李辉说，"这些是工程老板的车，要不然上不了新路基，而且加装了警车的喇叭，响起来凶得很，明显是老板请来的一群打手啊。而且你们看吧，闹得再凶警察也不会来，老板肯定提前跟上面打过招呼，因此才敢这么嚣张。小吉村人软的不吃，这下好，人家要来硬的了。"

"那我们赶紧走，别一会儿打起来，路一堵死，我们就真走不动了。"

好在，道路虽是拥挤但仍在慢慢移动着，又往前挪了几十米，一车人才看清楚，纠纷双方的集中点并不在道路上，而是在施工队的临时宿舍区内，离开道路一二十米的地方，被一圈铁皮墙围着，那三辆白色的面包车就停在门口。

从车上下来二十几个手持棍棒的男人，一身的黑衣服，裸露着布满纹身的手臂。还真被李辉说对了，就是一群黑社会的混混。李辉一副洋洋得意的神情，显得自己见多识广很老道的样子。别人都说慢点开，看看热闹，而他却催着司机赶紧走，说："这有啥好看的，你们是没见过，见一次包管你们后悔一辈子。一刀下去红血溅一车玻璃，你是下去擦还是不擦？"说得车上的人吐吐舌头，赶紧坐好不去看了。

李辉说得热闹，但一直陪着他娘坐在车窗旁的大壮，刚才却是丝毫没有听进去。他一脸严肃地盯看着那群黑衣人，中间被簇拥着看起来像是大哥的人，分明就是包工头！这差不了，他很确信。但他没时间去分析包工头为何会出现在这里，因为他在人群里面竟然还看见了哑巴，这让他很是摸不清头脑。哑巴个子矮，走在人群里最容易发现，而哑巴身旁的一名魁梧壮汉，甚至光着膀子裸露着一身健硕肌肉的人，正是虎子。哑巴有些不情愿的样子畏畏缩缩，被身旁一个黄头发的人推搡着。虎子发现后把哑巴拉到身边，瞪了一眼黄毛，黄毛立马闪到一边。

大壮似乎觉得这个世界乱套了，本不相干的人被硬生生地撮合到了一块，就像是几套不同剧本的书稿掉在地上散乱了一片，被人胡乱捡起来也不加区分就装订入册，结果正剧改闹剧，关公战秦琼、孙悟空三打祝家庄的戏码真真地在眼前上演了。因为，这个黄毛不正是下理村带头闹事儿的那个黄毛小伙子吗。

大壮怔怔地呆坐在车上，所有的场景和对话像是放电影似的快速在他脑子里闪现：上下理村、外来势力、黄毛小伙子、包工头、王科长、请来的打手、虎子、找工作、纸条……大壮已经迅速地在脑中筑建起一个关系架构，而架构的中心就是包工头。

"大壮，你看什么呢？"窗边的翠巧看他发呆，一边问一边顺着大壮的目光去找。

"啊，哦——"大壮回过神来，赶紧说："没什么，我有些饿了，娘，你给我拿张饼吧。"思路清晰的大壮知道，千万不能让他娘发现虎子和哑巴。翠巧回过头来去车座下的包裹里找烙饼，一低头的工夫，车就从虎子和哑巴旁边开远了。

　　大壮嚼着烙饼，看着窗外，一路无话。但他心中轻松愉快，就像是艾蒿之地勘察水源，以草势之茂密可辨地河之纵横，然而竖杆偏井千百眼也不见其踪，今日无心下锥却正中其脉，岂有不开心的道理。接下来就是顺着地河之脉逆流而上追根溯源而已，难是难了些，但总归有了方向。

　　面包车经过林庄的时候已经快中午了，大壮帮翠巧搬下行李，嘱咐说下午回城时侯再来接她，然后又上车走了。翠巧也没多劝，她知道大壮不愿在村子里留下来，因为他心里仍然有个结，一个跟林庄尤其是村柱子们的结，从十年前就系上了，一直打不开。翠巧认为她是了解大壮的，上班后的这两年已经比最初好了许多，最起码见到乡亲们还是会寒暄几句，等再长大些，那个结也一定会慢慢化开的。

　　但是翠巧所不知道的是，在大壮心中的根本就是个解不开的死结，一个除非崩裂也决不妥协的死结。这两年上班后，只不过是他学会了掩盖而已。严寒数九只是开头，何谈化开。

　　李辉他们的工作的确不难，就是走几个山里面的村子，设立个临时医务室，给村子里面怀上孩子的女人们检查胎儿发育情况，顺带回答一些孕育、喂养方面的问题而已。而这个临时医务室就是这台面包车，车上配备折叠的床架和便携设备，从村里拉根电线进来即可。而车内的工作人员又以女同志为主，大壮、李辉则是属于被村支书拉去一边抽烟聊天的角色。

　　山里的村子毕竟闭塞，除非是扛不住的大毛病，才会坐半天的拖拉机去县医院挂诊，一般的小毛小病都是请村里的土大夫随便看看的。土大夫常年也就配备两样装备——血压计、听诊器，再有就是摸摸脑门、翻翻眼皮，用根破筷子压压舌根也就敢确诊开药了。

　　自然不用说妊娠生产，基本上就是肚子大起来才确定怀孕，孩子生下来才知道男女，至于健康与否那只能听由天命，是没人敢在拖拉机里赌上自己的命颠上半天的，再结实的胎盘也能给震早产了。

　　以前村里也来过一些"送医下乡"的慰问团，也是白色的面包车，车头一个红十字，车帮一排红纸字，车上的人穿着白衣服，啥人都给看，啥病都给瞧，还不要钱。今天面包车还没进村，就被村口等着的老头老婆子们围上来走不动了，急得计生委的张姐赶紧解释，我们今天只看大肚子，还是赶紧回去找你们家媳妇们来吧。

一个秃顶的中年人就说，找她干啥，她肚子又不大，还没我的大，我是一吃饭就肚胀，胀得都坐不住，村支书好几天前就通知说今天县里来医疗队，顶着太阳等半天，咋还不给看呢？

面包车被人群围绕着慢慢开进了村子，驻了车，张姐赶紧拿下来几块优生优育的宣传画板摆放在车前面，又对着周围的人大声说："看见了吧，是生孩子的大肚子，不是你胀气的大肚子。你这肚胀就是少吃点饭回去放俩屁就得了，我们要看的，是要用超声波扫描的。"

"说了半天，是看孕妇啊，"刚才那个秃顶很是失望，"还什么只看大肚子，不就是B超产检吗，一点都不专业。"说完败兴地走了。

张姐侧头冲其他的人吐吐舌头，小声说："他怎么知道这些名词的，我心想用点接地气的词，还被人家说不专业。"

"那啥，他就是俺们村的土大夫，就知道说点俺们听不懂的词糊弄俺们，连自己的肚胀都治不好。不理他，你等着，这就去找俺儿媳妇去。"

旁边人都哈哈一笑。

每个村子都不大，怀孕的人就更少，一个村看完，收拾好宣传画板上车就走，却也利索。在车上，张姐手里拿着张表格跟旁边的人说："你瞧，城里的人现在都开始流行花钱吃健康。别看山区的人穷，人家不花钱却吃得都是有机的农家菜。就连怀的孩子都健康得很，没一个有毛病的。"说着把那张纸抖得哗啦啦响。

"那是，这里青山碧水的，没污染啊……"

"不会用词就别瞎用词啊，青山？哪里来的青山？就是秃土。"

"你就别笑话我了，我的意思对就行啊。这里最起码是蓝天吧，是天然矿泉水吧，鸡啊狗啊的都是散养的吧，地里种的都是农家肥吧，没有污

染吧……"

车里的人嘻嘻哈哈地说笑，大壮伸手接过来张姐的表格仔细看了看，又还给了她。那张表上，孕妇的姓名、年龄、地址、预产期、健康状况都写得明明白白的，更重要的是标着胎儿的性别。

"张姐，"大壮问，"你们做B超，都告诉她们男女的？"

"怎么会！"张姐回答："这是我们计生委的工作，要调查孕期胎儿的男女比例，和最终新生儿的男女比例作比较，就知道他们有多少会把女孩子们生下来就丢掉的。"

"就是，我是听说有些人，尤其是偏远地方的人，生下女娃娃就丢到山沟里去了，能找到人家送给别人当闺女的，那都是好命的。"

"没错，弄得男女比例很不平衡，我看过不了多少年，这男的都快要娶不着媳妇了吧，现在有个三八妇女节，将来没准得有个光棍节。"

……

一群人，只要有女人在，说话就不会间断，而且话题一个连着一个过渡得异常自然。转眼间大家就忘记了污染与健康的问题，转而说起现在娶个媳妇要花多少钱的事情上了。

大壮稳坐着漠不经心地听她们说话，时不时跟着大家笑笑，一副闲散无心事的样子，而他的眼睛则是紧紧地盯着张姐把那张纸夹进了文件夹，放在座位前的靠背口袋里，方才真的心安。

按照预定计划，这车人马先后走了六个村子，等到返程的时候已经是傍晚。在平原，夏天的日落时间是固定的，而在山里，则要看山路的走向了。明明刚才还是满山坡的阳光白花花的刺人眼，一个急转弯，汽车便扎进了山的阴面，外面的天唰地暗下来，就像是暗房里被谁忽然拉了灯绳，进入了晚上。几个女人就嚷嚷着停车，她们都憋了一天，需要小解。男人们也说正好下车抽根烟，哗啦一下车厢里都走光了人。

李辉临下车前轻轻拍了拍大壮，看他睡得正香，便不再打扰，叼着一根烟跟着出去了。这群女人们走出去很远，非要找块大石头遮挡，但又害怕天黑不

172

安全，坚决要求这几个男人跟着，让他们站在不远处保护着，眼睛能看到她们心里才放心。但又不能太近，听见滋滋水声又觉不雅，一群人嘻嘻哈哈逗趣了好一阵。

大壮见人走远，赶紧起身去翻看张姐的表单，撕下一张空白页借着灯光誊抄了一份放在身上。格式如同原版，姓名、年龄、地址、预产期等尽数摘录。只是，他仅挑选了在性别一栏标注为"女"的那一些人而已。

录毕，见没人发现，才放心地归位原处，也一身轻松尿尿去了。

车子走到了山的阴面，一路的大下坡，便说明离林庄已是不远，再走了半个小时的样子就进了村。李辉见到翠巧连忙道歉，说回来晚了，让你久等。翠巧赶紧摆手，说哪里话，白坐了你的车怎么还能埋怨，感谢都来不及呢。而且顺贵家里准备好了便饭，非让他们吃完饭再走不可，热情的颇让人无法承接，几人推脱不及也就进了家门。

吃饭的时候，翠巧和连芬悄悄把李辉叫到一边，这才说出根由。原来连芬听翠巧说捎带她回村的是义务下乡给孕妇做检查的车，于是便央求翠巧也给自己儿媳妇检查一番。翠巧说我又不是他们领导，我哪里说得上话，不过你要是留他们吃饭，那这话就好说了。连芬一琢磨在理，赶紧让顺贵准备粉条肉菜，这才有了刚才那一出。

李辉倒也不拒绝，本就发愁不知何时能回到县城，晚上多半要饿肚子。正在一筹莫展的时候，却有人平白无故送来酒菜，心怕被人设计落了人情，以后再提要求就不好回绝了，结果一听是顺手之事，便满口答应说没问题，现成的很。而且还让村里其他的怀孕妇女们吃完饭后一块来，料也没几个，就几根烟工夫的事儿。

高兴得连芬屁颠屁颠到村子里通知去了。

酒过三巡菜过五味，翠巧一边帮着连芬收拾碗筷，一边说这也就是他们家能置办出这一桌子的酒菜，顺贵的手艺一点没保留。虽说黑木耳多了点，但也算是一味山珍，总归是体面的。

收拾停当不久，两个村里的妇女腆着肚子进了连芬家的门。大壮都不认识，却也无妨，由李辉招呼着做B超的医生，叫她们几人上了车。

李辉的公文包就倒放在屋内靠墙的条几上，旁边摆放着几个暖水瓶，大壮拿着茶壶去续水的时候，偷偷把兜里那张摘录着孕妇信息的纸单压到了包下，转身继续给各位倒水，边喝边等检查结果。

大概半小时的工夫，李辉在门外冲大壮招招手，让他过去。两个人站在院子里嘀嘀咕咕说了半天话。李辉告诉他，其他两个孕妇都没问题，只是时间还早看不清男女。但是连芬的儿媳妇，虽看的出是个男孩，但同时也能发现明显的缺陷，头部发育太过缓慢。这话没跟她儿媳妇说呢，更不便当着这么多人的面讲，让大壮回头找时间告诉他们，尽快去县里医院再做全面检查为好。

李辉交代完，跳了跳脚，捂着下身找茅厕尿尿去了。大壮则是回到屋里，连芬赶紧迎上来问："怎么样，检查的结果如何？"

"能有啥问题，"大壮一脸笑容，"恭喜婶子，你要抱孙子了，年前就能生，你得抱着过年。"

"真的？"连芬和顺贵高兴得不知所措，非要叫他儿子去摘些木耳让恩人们带走。他儿子稍有疑虑，问为什么刚才在院子里说了这么久。大壮宽慰地拍了拍他的肩膀："咋，高兴的都不敢相信了？他是说其他两个人时间还早，看了半天分不清男女，又不敢随便乱说，问我咋办，我让他把这事交给我办就好，别的就不必操心。他又说憋尿的厉害，我指给了他茅厕，他才跑去方便的。怎么，不相信？"

连芬儿子嘿嘿一声憨笑："相信，相信，我这就去摘木耳。"

酒饭欢欢喜喜地结束了，一车人带着一大袋新鲜的黑木耳，拥着翠巧上车，挥挥手走了。连芬搀着儿媳妇回到屋里，让她赶紧躺着，说可不敢累着了孙子。还叫顺贵把刚摘下来的木耳赶紧补种上。

一转身，看见了条几上的那张纸单。

174

第三十章
杠子

周一，在县酒厂运管科办公室，大壮手里拿着张出车单来到王科长的房间，装模作样地问西北方向的车到底要不要派，因为他听说那条路上也在修路闹纠纷，万一跟上次一样来个大堵车，几天动不了，那他们派出去的司机可就要吃苦头了。

王科长起初没反应过来，用心想了想，才说："哦，你说的是小吉村那个路段吧，没问题，按照计划该出车就出车，不用担心，绝不会堵住的。"

"这谁说得清，可不敢大意，科长。"大壮装作还是不放心的样子，"那些农民都贪的很，又泼皮，有上次上下理村的例子摆在那里，他们要是不吃口肥肉可是不会轻易罢手的，毕竟这样的竹杠不逮住狠敲一把，以后可就没机会了。"

"他们以为自己是些什么人，"王科长一脸的不屑，"一群无知的鲁莽匹夫，只看得见别人拿钱眼红，也不去想想自己是群什么货色。纠纷！竹杠！难道是想敲就能敲得响的？不给他们点教训，他们不知道自己就是群蚂蚁。"

王科长两三句话竟讲到动气，还用手使劲拍拍桌子，抬头看见大壮一脸的懵懂，脸色稍微缓和些，说："小韩，这里面的水深得很啊，以后有你学的。你只要按计划派车就是了，别的不用管。"

大壮点头应承着，转身要离开，又被王科长叫住，问："哎，对了，你上次说给你兄弟找工作的事情，找到了吗？"

"这些日子没见过他,还真不知道。"

"如果进了施工队,不管他修的是哪条路,见面提醒他,以后遇到类似的纠纷,千万别傻乎乎地往前冲。无论是谈判还是冲突,让他哪一边也不要站,最好躲得远远的,别让人当枪使,挨了打都不知道谁干的。"王科长冲大壮一笑,"我这可是冲你才提醒他的。"

"哎,谢谢王科长照顾,我会叮嘱他,那我先出去了。"

大壮在接下来的几天里,一心想见到虎子,因为他认为从虎子那里,可以找到线索,把心中这些千丝万缕又模棱两可的关系梳理干净。有人从林庄来,说虎子前些日子被小车接进了县城,一直没回去。大壮猜想那一定是跟包工头在一起,但又不能去找,所以就让他娘捎信给老蔫,说他们哥俩有些日子没见,让他有空来家里坐坐。

大壮在家里等了几日,左右不见人影,他生怕虎子真的在小吉村出了意外,都想着去县医院挨间病房找找看的时候,虎子和哑巴出现了。

虎子一进门就大声嚷嚷:"大壮,大壮,快出来,看看这是什么?"

大壮撩开竹帘,看见虎子迈着大步进了院子。大壮先是一怔,因为平时着装邋遢的虎子今天竟穿了一身的新衣服,便上下打量他,上身套一件小碎花短袖衬衫,中腰系一根黄褐色织纹皮带,下面穿一条白色亚麻宽松长裤,脚上一双浅色休闲皮鞋,鼻子上还架着一副宽边黑墨镜,俨然一个时尚青年的打扮,还略带些痞气,再也不是原先见到的工地上搬砖运土出臭汗的农民工模样了。

虎子站在院中间,右手插进腰带,提着胯把皮带拉起老高,问:"看看,看看,知道这是什么不?"

大壮见虎子无伤无痛,还大变了模样,悬了几日的心一下子安定下来,便开起了玩笑:"咋,绑了好几年的红布条如今换成了皮带,跟我臭显摆来了?"

"不是,你再看看,我腰带上挂的是啥?"

大壮其实是看见了虎子腰带上的BP机的,但仍故意撩拨他说:"腰带上挂着的能是啥,裤子呗。"

哑巴站在后面嘎嘎地笑。

"BP机啊，兄弟我有BP机了，你以后有事就可以呼我了，"虎子说完想想不对，补充说，"没事也能呼，'逼逼逼'一响，别人都乱看，牛气的很，林庄我是头一个……"

"早看见了，"大壮笑着把虎子拉进屋，"行啊，鸟枪换大炮啦，几天不见，跟变了个人似的，捡到钱了？"

"这还得是多亏了你，要不是你介绍杠子哥给我认识，怎么会轮到我今天这么风光，是吧哑巴？"

哑巴使劲点头。

大壮没多问，但心中猜想，虎子口中的杠子哥多半就是那个包工头，这正是他想谈论的话题，没想到进入的如此直接，倒也痛快。但如果接下来再细论详查，就会难免涉及一些不愿让他娘知道的内容，于是便引导着话头说："咋，找到工作了？"

"当然找到了，俺们俩都找到了，就是你上次介绍的……"

"我知道，"大壮赶紧截断他，"总归是出力气的活，你总不能坐办公室吧。"

"是归是，"虎子回答得有些犹豫，歪着脑袋想了想，"不过，也不能算是份正式工作，就是跟着杠子哥……"

"当然，刚开始嘛，怎么也得干几个月才能转为正式工。"大壮又急忙接住话茬打断他，生怕虎子顺嘴说出什么让他娘吃惊的话来。"不管正式非正式，总算是找到份工作，怎么感谢我，得请吃饭。"

"咱兄弟说啥哩，我今天来，就是请你吃饭来了。吃鸡腿，红烧的，照死里吃。"

"那是二胖才喜欢的，我得吃烤猪烤鸭。"

"烤什么都行，你就是想烤我条腿，我都卸给你。但，咱最好吃点正儿八经的肉，不吃猪血鸭血啥的，这两天见血……"

"放心吧，不吃毛血旺，那些都太便宜。"大壮吓出一身汗，心想不能再由着虎子乱说了，赶紧催促两人起身，"咱别坐着了，走吧？"

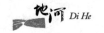

"你这孩子，"翠巧叫住他们，"在家我给你们炒俩菜，不比外面吃的好，还花那么多钱。"

"不行，娘。虎子都用上BP机了，还能在乎请顿饭吃。这次就不带你了，要不俺们说话拘束。"

"叫我去我也不去，我还得发明天用的面呢。"

"那行，婶子，我们走了，回头我打包一只烤鸭给你带回来。"

在家里的时候，大壮每说一句话都要费尽心思斟字酌句，既要符合虎子的逻辑又不能让他娘起怀疑。还得时刻警惕着虎子说出什么砸锅的话让他难以招架，至于大哥、打手、小吉村、流血之类的字眼，更是统统不能提，如茧自缚，好不憋屈。现在出得门来，少了极大顾虑，大壮玩得就更转了。

虎子哪里看得透，就是把他脑壳撬开个缝，倒进去一升的润滑油，脑筋都别想转得过大壮，话题自然由人把控着。更何况是他几杯黄汤下肚，嘴巴越发不受控制，旁边大壮稍加引导，虎子肚子里那些该说的不该说的，就像是打了开塞露的老便秘一般，呼啦呼啦都秃噜出来了。

原来那日虎子和哑巴离开杠子家回到林庄，等了半个月都没有任何消息，虎子开始抱怨大壮办事不靠谱，纸条太软不管用处。话刚说了半截，虎子一愣，竟给了自己一个大嘴巴，吓了在一旁吃西瓜的哑巴一跳。原来虎子刚想起来，他那天压根没留下村里的电话号码，就算是人家想给工作也找不到他们了，气得哑巴掰下来半块西瓜皮砸在虎子头上。

正说着，顺贵来找虎子，告诉他村里来了辆小轿车停在空地上，是找他的。虎子出去跟车里的人三言两语一搭话，竟然是杠子派来接他的，高兴得虎子一头钻进车里催着赶紧走。车刚调了个头，虎子想起哑巴，非得带上不可，说要去一块去，态度坚决，人家也就答应了。

来到县城，虎子见杠子家里挤了一群人，个个青皮獠牙的吓人模样。他就一本正经地问杠子，说你这施工队招的人都不行啊，生瓜蛋子没经验，身上画满了纹身虽是唬人，但也只能吓吓那些小偷小摸来工地捡废铁的孩子，只要平日干活晒足半天，准保脱三层皮，再吓人的画皮都掉没了，有个屁用。要想活干的好，保证工期，还得靠他这种有经验有力气的，不如给他个小队长当当，让他带着这群人，如何？

杠子听了哈哈大笑，逗趣地说行，你只要比他们厉害就让你当这个小队长。这群青皮也都觉得虎子好笑，没人把他放在眼里，还出言不逊挑逗他来比比看。谁知这帮人真就是一群生瓜蛋，空有一副流氓相，却是处处不争气。无论比手腕、比摔跤、比拳脚都不是虎子的对手，终是有个不服气的从院子里的架子上抽出两截铁棍来非要比点真格的，嘴里还骂骂咧咧刺激虎子，虎子也是恼火，脱衣赤膊就要干仗，让杠子赶紧止住了。

杠子对虎子一身健硕的疙瘩肉颇是吃惊，再看看满院子里那些只会瞪着眼吓唬人的没用东西，也就对于刚才的比试结果不惊讶了。他跟虎子说，他们不是工程队，更不是去盖房修路，他们是维护秩序的。比方说修路遇到钉子户耍赖不肯走，出动警察好言相劝又不听说，那就需要他们出面了。

虎子一听恍然大悟，说不就是扒房子拔钉子吗，他干过的啊。不过原先都是工程老板私下里塞点钱，让他们偷着就干了，虽说碰到不开眼的也打架，但还是把这钱当成副业来挣的。现在让他换个角色，以此为主却是第一次，况且听着不像什么正当工作。

杠子就劝他，说怎么不是正当工作，他们其实是属于公安系统册外编制的，吃的喝的用的干的都是从警局里面来的。这不刚刚上面传达下来一个命令，说小吉村路段工程有人捣乱，占着规划的土地不让施工，不给钱就不走。所以上面让我多找些人去教训一下这帮孙子，要打就打狠一点，也算是给其他不安分的刁民提个醒，捣乱就得挨打。我们人手不足，因此才找了你来，如果你表现的好，这件事结束，这个小队长就是你的。

虎子听得将信将疑，细想想也没什么逻辑不通的地方，一咬牙，说行，但得带着哑巴，毕竟他们俩是一块来的。

就这样，他们在第二天换了一身黑衣服，开着三辆面包车，响着低音喇叭就去了小吉村。虎子和哑巴自然不知道大壮当时也正巧路过，大壮更是不会说破，笑嘻嘻地听着虎子继续讲。

那一天在小吉村，哑巴见到那种阵仗觉得害怕，虎子就让她躲回车里。又怕被杠子发现，怪他们做事不卖力，所以那天虎子表现得异常勇猛，手上的棍子虽是躲着周身要命的地方，但也是棒起哨响，肉破骨伤，让小吉村闹事的人鲜血流了一大片。

在那之后杠子就对虎子器重有加，不仅给了好多钱，配了BP机，还真就让他做了队长，别人都叫他虎哥。

大壮至此已是很明白了，这片艾蒿丛生的土地下面，的确流淌着一条支脉纵横的地河，无处不在又触摸不到，那日无意间挖掘到的脉眼正是杠子。从杠子四散出去牵连着许多人和事，例如上下理村就是他和手下与王科长自导自演的一幕双簧，目的是骗得了不少土地补偿金。钱都落进了他们的口袋，但表面上却像是便宜了闹事的上下理村村民，于是才有了小吉村的人看着眼红也来效仿。老百姓毕竟是老百姓，那里看得透这里面的道理，他们一心惦记着贼的肉，却最后反被贼伤了。

而在这两次冲突中，杠子算是核心，但绝不是根源，因为他的身后总是有那么一个影子在掌控着全局，从不露面但拨云送雨。究竟是谁，公安大院高墙内的正规编制军吗？

这顿酒喝得痛快，虎子晃晃悠悠起身，拍拍腰上的BP机让大壮没事儿呼他，说完拉着哑巴就要走。被哑巴一把拽住，指指他的口袋，虎子伸手摸出张纸打开看了看，才想起来差点忘记件重要事情，便解释说这是连芬让他捎带给大壮的。说前些日子一个叫李辉的人落在她家，她觉得挺重要，就让他带过来还给人家，还带话说木耳吃完了再来家拿，别客气。

大壮不用看也知道，定是自己誊抄的孕妇名单，便说："哦，这个孕妇名单啊，李辉找了好几天呢，好在其他人也有一份，这个就不需要了。"

"不要了？那我就扔了。"说着虎子团了团就要丢。

大壮一把拦住，问："虎子，你就让哑巴这么跟着你一直瞎混？"

"不，不能，有点危险，但她回去也没事做啊？"

"她不是跟着鹝婶给人接生吗，再过不了几个月就到年底了，这里正好有份现成的名单，挨家挨户去找啊。现在村里光靠着种地是不行了，出去多少挣点，起码鹂婶烟钱不愁了啊。"

虎子没啥反应，哑巴却一把抢过纸条，高兴地往口袋里一揣，搀着虎子走了。

大壮站在后面看着他们俩渐渐走远，嘴角微微挑起。他那话其实就是说给哑巴听的，知道她一定会拿走名单。正如他所料，哑巴心中一直敬重着鹂婶，见鹂婶这些年生活日渐拮据，真心的不忍，又哪里肯舍得这么好的机会呢。

第三十一章
女娃娃

在孩子们眼里，这个世界是越变越小、越变越矮的。村里的大椿树不再高不可攀，伸手一跳就能抱住粗壮的枝条，两条腿盘住一使劲就上去了，不再需要冒着挨老婆子们骂的风险去拿土地庙来垫脚。村外的酸枣林也不再遥不可及，枣林中那条进山的路也不再可怕，更没有什么吃小孩的树妖。想吃两颗，三两个结伴去摘就是，如今翻修了新路，唯一需要注意的，只是时不时在路上跑的汽车罢了。

可在林庄大人们的眼里，这个世界却似乎是变大了，车多了，天厚了，就连封龙山，似乎也长高了。

顺贵仍旧每天坐在椿树下面，板凳换成了躺椅，烟叶变成了烟卷，茶壶也换成了一尊带盖的玻璃缸，大的像口井，起码能装两升水。顺贵每次深吸一口烟，烟头前面的红点就变得白亮，挣扎着往后退缩一指宽，烧出来的烟就全进了他的嘴里。他再端起茶缸，凑嘴去喝，嘴一张满口的烟气先冲进缸内，立马充实得满满当当。待顺贵解了渴并且盖住了盖子，隔着玻璃往缸里看，那里面云雾翻滚似开水沸腾，初见的人都怕它会随时爆炸似的，躲得远远的。

这天，顺贵坐在大树底下，脚边放着水缸，见三个孩子从北街捂着裤口袋跑过来，脚下毛糙差点把水缸踢翻，打了个趔趄在南街一拐不见了。

"稳当点，"顺贵大声喊，"遇见劫道的也不用这么没命地跑啊，这些孩子……"一回头，看见老蔫穿着条新衬衫走过来。

"怪不得，还不如遇见劫道的呢。"顺贵说："哟，老蔫穿上新衣服了，好啦我们看见了，你可以回去加件褂子再出来，别着凉感冒了。"旁边的小根儿就跟着笑。

老蔫从手里拿起个红色的小东西朝着顺贵使劲丢过来："俺们虎子孝敬我的，你就眼气吧。"

顺贵伸手一把接住，打开手掌一看是颗酸枣："你家虎子挣了钱，让他给你买点大红枣补补，还抢孩子们的小酸枣。"说着一抬手丢进嘴里。没嚼两口，呸的一声吐在地上，半边脸抽搐着变了形，骂道："怎么这么酸！"

"这你也敢吃！"连芬忙说，"这些年也不知道怎么了，枣一年比一年酸，摘下来喂猪都不吃了。"

"你们不懂，"小根说，"那是因为这些年车多了，听说过酸雨吗，就是这些车闹的。雨都酸了，那落在地里长出来的枣能不酸？"

"哎，那咱村的庄稼地不出粮食，是不是也是这酸雨闹的？"

"那其他村怎么没事？这雨不能总停在咱村脑袋顶上下吧。不过，肯定也起不了什么好作用。"

"这可咋办，下吧，酸的。不下吧，你看这天，浊气的很，就跟顺贵的那个烟缸子一样。都多长时间没见过蓝色的天了，真想爬到封龙山上，把这烟缸盖子一掀——嘿，一下子变清亮，那痛快劲儿。"

"呸，我这是水缸，你才用烟缸喝水呢，"顺贵嘴上不吃亏，"再说，封龙山你能爬上去，不觉得山长高了？都说天一凉就刮西北风，这些年你遇到过大风？都让山给挡住了，不是长高了是怎么的。"

村里人说的这股浊气是这些年才出现的，有人说是汽车尾气，有人说是工厂废气，但不管是什么都差不多，而且一直覆盖在这片土地上不肯散去。以往的秋高气爽再也不存在了，地里长出芽的冬小麦也自带了一层尘灰，就连翠巧的车摊上也加盖了一层玻璃罩，要不然一张饼半两土，实在是没法卖。

所有的人都在这团污浊空气里忙忙碌碌的，眼看入了冬。

虎子搬进了县城住着，每天跟杠子混在一块。大壮隔三岔五呼他一回，虎

子就叫嚷着出来吃饭。看样子虎子混得是越来越好，因为在吃完饭后，他都会主动提出来去KTV唱歌。一进门，门口的妈咪们都热情地迎上来叫他虎哥，说你干脆在我们店住下来算了，下午刚走晚上又来，刚才陪你的紫玲还醉在你包厢里的沙发上没起来呢。虎子一摆手，说去把她抬走，我要跟我兄弟唱歌，叫两个会唱的来。还嘱咐说，以后见到我兄弟要叫壮哥，他就是我，我就是他，花销都记在我的本上，我们用一个账。

大壮自然不会经常去，他只要知道虎子势头不错就行。在他那条路上，留给他自由发挥吧，不必去过多干扰，因为要想取得杠子的完全信任那是需要时间来慢慢喂养的。现在，还远没到他出手的时候。

哑巴在那次吃饭后不久就回村里去了。她拿着那张名单，挨家挨户进山里去看过一遍，的确家家都有大肚子女人，这才放心。回来跟鹂婶呜啦呜啦描述了一遍，推着车子非要带着她去走一趟，意思是先占住，以后生的时候就水到渠成不会便宜别人了。

进入冬至，天气阴冷污浊，明明是白天，可太阳就像个鸡蛋黄一样挂在天上，直盯盯地看着都不会辣眼睛。村里的几个婆子在土地庙前上了两炷香，磕了几个头，转身跟椿树下的人聊天。说今年阴气太重，上遮天下埋影，凡属阳者，莫出远门，莫劳身泄气，宜在家精心自养。凡归阴者，要忌口忌补，戒动气戒浮躁，阴气太旺把持不住也能自伤的。

说完指指太阳："看，太阳都能被遮住，这还了得。"然后又让人们看看自己的四周，说："你们能看见自己的影子吗，没有吧。什么东西才没有影子呢？"

四周人滋溜溜倒吸几口冷气。

"拉倒吧，"老蔫开始还认真地听，说到这反倒不信了，"咱们所有人能都成了鬼？你真……"

话还没说完，就被婆子们伸手止住："不是说你是鬼，是说人的阳气弱了，散了形，便照不出影子。你还敢乱说话，当心晚上睡觉时候，一个呼噜憋住，你就起不来了。"吓得老蔫赶紧跑到土地庙前面跪倒，咕咚咕咚连磕了好几个头。

在一边闲听话的连芬赶忙问："那俺家儿媳妇，自己是个女的，肚子里是个男的，这阴阳怎么算啊？"婆子赶紧嘘声，说更得照顾好，阴阳两旺，两头平那是最好的，一旦有个闪动，伤了哪一头对孩子来说都是灾啊，连芬赶紧点头称是。

老蔫站在土地庙前，抬头看着树上的哑巴，开玩笑说："哑巴，你不怕。你是阴阳两头都不占，说你是男的吧，你进女厕所。说你是女的吧，一天天风风火火比男的都猛。"气得哑巴掰下节树枝扔他。

"蔫子，你又欺负哑巴。"说话的是鸸婶，手里拿着烟锅子走过来。

"哟，鸸婶啊，可是有些日子没见了。听说你又出去给人接生去了？"

"是，进山不远那几个村里，有那么几个要生孩子的。前几天我跟哑巴刚去接了俩，哑巴年轻力壮，生完就回来了，我这老胳膊老腿的，干脆就住在了山里，昨天刚回来。歇一阵子，过些日子还得去。"

"那咱村这几个你不管了？"连芬问，"算上俺家里，咱村今年一共有三个。俺家的最早，人家看过了，是男孩，再有一个来月就生了。"说着不自禁笑出来。

"怎么能不管，"鸸婶回答，"我说过，外村的我还得挑选，咱自己村里的有几个算几个，都是我的本分。"她坐下来，吸了两口烟，继续说："不过，今年也不挑选了。人老了，心稳了，见了红润吉兆的，就多说两句讨个喜气。见了孩子面带苦难的，就少说两句。人家给点钱呢，就接着，不给呢，也就不要了，以后他家指不定得多大难呢。"

"哎，鸸婶，"顺贵说，"那几个婆子刚才还说，今年阴气重，女的要少出门……"

"什么女的少出门，"连芬急忙纠正，"是男的不能出门，不能累着了。"

"哦，反正都是这意思，阴气重，你要多当心，尤其进山里，山里阴气更重吧。"

鸸婶看着他们俩，笑笑说："咋办啊，那还真不出门不干活了，我不出去

操起这老本行，现在怕是连烟都吸不起咯。"说完连着啪嗒啪嗒嗫了两口，用烟锅柄在凳子沿上使劲敲了敲，一撮燃尽的烟灰掉出来。鸸婶把烟锅伸进袋子打算装些新的烟叶，手在里面搅了搅停了下来，说："不过还真是怪，今年到目前接了四个了，都是女孩，难道今年真是阴气重？"

"真的？"连芬本来就对这些玄虚的神明鬼怪、阴阳生克的说法吸引，现在鸸婶一说更加相信了。赶紧问："你说这'年'是按照阳历年算还是阴历年算？俺孙子可是在腊月生，算阴历的话仍在年内，阴气可还没散呢。"越说越紧张，生怕阴气冲了她家的孩子。

顺贵就生气："你这死婆子，瞎说什么。人家B超都给看过了，是男孩，你还在这里瞎操心啥。"

连芬想想嘿嘿地笑出来，对自己刚才说的不过脑的话也感到好笑："看我瞎说啥呢，嘿嘿，难道阴气重，天底下还不生男娃娃了？"说着抬屁股要走，"我得找另外两个大肚子去，给他们说说，嘿嘿嘿。"

每次到年根底下，有两种人最不好过，一是家里死人的，二是欠了钱财的。

按照当地风俗，在刚过去的一年之内，无论谁家少了丁口或是折了子女，只要户口本上删去一页的，往往一进腊月就会大门紧闭不再出门，不得已进出那也得躲避着他人，生怕打了照面。因为过年喜庆，农村的人更是守旧俗，跟童谣唱的一样"过了腊八就是年"，还差好几天呢，剥桃仁、嗑杏核、备江米，家家户户都是喜气洋洋的。而自家尚处哀期，万一见了面应该是哭丧脸还是陪笑脸，都不合适，索性关了街门不见人最是恰当。但门内也不能独造一片欢愉，歌舞娱乐自不必说，红纸红布都绝不可见，红馍红枣也属禁类，就连门口的对联，都得用白纸来写。那这一年，过得肯定异常憋闷。

欠钱的，也得分三种。

一种是欠大钱，往往是有权有势的主，身上背个几百上千万的窟窿，多掏个几万块钱过年花，于总的亏欠丝毫不起影响。况且债主还得亲自登门送福，预祝他来年风顺，打个翻身仗，也好把自己的钱还上。这种人过的潇洒自在。

另一种是欠小钱的，这些人往往过得也开心，差个百儿八十的竟一拖拖到年底。欠的钱本就不多，谁家也不至于还不起，那多是些皮厚赖账的人。手上攥着借条的债主往往也就为去个烦心买个阴德，待借主赖着脸皮上门呼兄唤弟地说年后一准还上，他们还往往踩着饭点，自是不客气地在桌前一坐打算伸手动筷的时候，债主大方地把纸条掏出来一撕，算了算了，钱不要了，你也回吧。与其再赔上一顿酒肉，不如就此了结的好。

最可怜的就要数这第三种了，欠的钱说大不大，不要命不死人；说小不小，心疼人惦记人。债主是绝对不肯丢了身份亲自上门催讨的，借主更是不敢冒着杨白劳卖闺女的风险去走狼窝进虎穴，他们只能躲着。借主越是躲，债主越是气，你欠了我的钱不还，连个笑脸也不给，那还能饶得了你！几顿闷酒一喝，多事的朋友再一拱火出主意，说哥们认识人，专门替人上门讨债，就是要破费些，反正你是要不回来了，不如花钱给他个教训，咱也买个心里痛快。

债主杯底酒一口闷完："干！"

于是，虎子的生意就来了。

杠子见虎子勇猛，没有心计，颇是器重，时日不多便把讨债的事情交给了他。平日里大家都叫他一声虎哥，其实也有顺嘴的人叫他一声"二哥"，意思是除了杠子就轮到了他，一帮兄弟几十口人，都可听他支配调遣。

都说好演员演啥像啥，那也只是相对来说。本就不是杀人不眨眼的魔王，非得装出一副穷凶极恶的样子，脸上的横肉能挤得出来，但眼底的那副正常人的善良是抹不灭的，看着总归是不够吓人。真正吓人的是心与面能够互通互现的主儿。比方说精神病，在他病发失智，认定你是个仇人，顷刻间就要施以报复的时候，在他狰狞的面孔上和眼睛里所展现的完全就是他内心的所想，绝不容你有点滴怀疑。除非你有强制手段，此时还是躲避为好，因为他那表里一致所展现出的强大气场是摄人心魄的。

虎子也是这样，他虽不是精神病患者，但也是一样的没城府少心计，如果认准了当前所做是该做之事，认准了欠债还钱收钱消灾，那他站在借主前面的那副凶神恶煞的模样也是发自内心的，让人不寒而栗，让人主动有钱掏钱没钱自认倒霉。钱是讨了好多回，有私家独户，有买卖商贩，也有地痞流氓，从来

都是他高高凌驾于上，敢于反抗的人不多，干得也算顺风顺水。

但是久行夜路必撞鬼，也有遇到走漏风声让人早有防备，反挨一刀。前些日子就走眼伤了皮肉，虽没有什么大碍，杠子还是让他躲回林庄家里休养过年去了。

可林庄，也不太平。

一日天色阴沉，零零星星下起雪来，雪越下越大，林庄的空地上早早就不见了人影，大家都躲到屋里找温暖。从村子北街向西望去，房顶上、树枝上、斜山坡上很快的铺了一层白色，干净的没有一个脚印，就像是筛箩下堆积的面粉一样，细细的嫩嫩的，让人看着赏心悦目。

这时从山路上急匆匆下来一个人，一步三滑进了村子，却是哑巴。她先来到空地上，看看没人，又转身回了家，跟他爹一块去找虎子，一脸很着急的样子，"啊巴啊巴"地一路叫着。

原来，是鹂婶在山里遭了难。

她今年过得不顺，早先死了丈夫，膝下又无儿无女，刚进腊月，心想与其把自己关在家里不见人不说话，还不如出去给人接生，甚至要求住在人家家里，反正见不到林庄人，也不必摆出一副死了家人的悲苦相，故作可怜惹人烦。

算至今日，鹂婶在山村里都待了好几天了，却不知为何惹恼了人家，孩子刚落地，母子虽是平安，但那户人非但不感谢，反倒把她俩撵出了家门。外面冰天雪地，全村子里家家户户也都紧闭着门不让进，没有办法，哑巴只能一路跑着赶回林庄叫帮手去接鹂婶回来。

虎子明白了个大概，知道鹂婶在外面受了委屈，遗传他爹的仗义性格，火爆脾气一窜三丈高，叫嚣着竟然有不开眼的敢欺负林庄人，非得给他们点教训不可。于是推门出去来到村委办公室，打了个电话去叫人来。

个把小时后，一辆越野车停在了虎子家门口，虎子一看里面满满当当挤了五个人，骂着从后排拽出来三个，让他们在家等着，自己跟哑巴钻进去，一关门就进山了。

人最终被救回来自不必说，但这事很快就在林庄炸开锅，雪一停村里人就都集中到空地上打听热闹去了。

进才问："老蔫，鹂婶到底在山里是不是被人打了？都是60岁的老人了，他们也下得去手。"

老蔫拿着保温杯，喝了口水说："不知道别瞎说啊，看鹂婶缓过来不骂你。"然后他解开羽绒服的扣子，露出里面虎子给他买的羊绒毛衣，说："真怪，雪一停天就暖和，浑身热得都出汗。"

"别装了，快系上扣子吧，看你那手冻得都红了，还说热。"小根儿在旁边挖苦他。

"你懂个屁，这是热红的。"老蔫还要继续还嘴，被顺贵止住，让他继续说鹂婶的事。

"鹂婶不是进山里给人接生吗，差不多五六个大肚皮，住在三个村子里，好在离得都不远。为了省脚力，鹂婶就住在了那些要生孩子的家里，开始人家也乐意，说生就生不用等啊。可生了三个，轮到第四户的时候，人家就不让她接了。"

"咋，哑巴吃得多，山里人穷人家养不起吧？"顺贵问。

哑巴站在树上就大声叫，连摇带晃的抖了人们一头雪沫子，人们都抬头看她，见哑巴一脸严肃地指着老蔫，意思是让他好好回答，不许胡说。

"我也是从虎子那里听来的，"老蔫冲哑巴说，"说的不对了你提醒我。"

连芬搬着凳子挪到了一边："我还是躲远点吧，你那张嘴也是不带把门的，再乱说惹急了哑巴，无非又是掉一脑袋雪。"

老蔫没理她，继续讲："不是因为哑巴，她脚力壮，每天山里村里来回跑，没她的事儿。今年啊，也不知道鹂婶着了什么邪，经她手生的孩子都是女孩，一个男孩也没有。"

"三个都是女的？"有人问。

"不止三个，"连芬离着老远说，"前面还有四个呢，鹂婶自己说的。"连芬来了兴趣，她搬出那一套阴阳理论："村里的几个婆子前几天还说，今年

阴气旺，阴盛阳衰。山沟沟里面一天到头也晒不了几个小时太阳，阴气就重了，多生几个女娃娃那是合情合理的，怪不得鹂婶吧。"

"怪就怪在这里了，"老蔫望着连芬说，"阴气重，那整个村整个山沟里面应该都重吧，可不经她手生下来的，就全是男孩，你说怪不怪。所以，村里人都传说那是鹂婶身上带的阴气太重，正巧那几日天冷，鹂婶还着了凉流鼻涕，第四户人家就说啥不让她接生了。鹂婶一点都不相信是她的问题，就跟那家人说：'我不碰产妇，就在屋里看着，有事情需要我帮忙了，我才上手。'尽管人家还是不太乐意，但最后也同意了。"

"结果呢？"连芬也顾不得哑巴抖落雪，往前走了几步问。

"结果还是女娃娃，"老蔫说，"就气得那家婆婆破口大骂，说她们这都第二胎了，第一胎就是个女孩，第二胎再是个女孩，以后就没机会要孙子了。让你走你不走，非要留在屋里，一定是你身上的阴气散到肚子里，才又生的女娃。"说完就赶出家门。村里人知道了也都不敢收留，都说鹂婶阴邪附体，收留的话怕传染了魔怔，这才有后来哑巴冒雪回来找人的事情。"

连芬听完一脸的心急相，揉搓着双手自言自语："这可怎么是好，眼看没几天俺家儿媳妇也要生了，要不要让鹂婶接呢？"

旁边的另一个妇女就说："你就别着急了，你家的早先不是让医生给看过吗，说是男孩，你还担心啥。俺家那个当时说看不清，到现在也不知道男女，俺们才为难呢。"

连芬听了稍微心宽，但还是犹豫："谁知道那一次看得准不准，会不会变啊。"

顺贵早就皱起眉头，冲他媳妇大声喊叫："别瞎说，人家医生说得那么肯定，说小鸡鸡清楚得很，咋还能缩回去？你这死婆子再瞎说，看我不打你，给我回家去。"说完，自己拎着那口茶缸，背着手愤愤地走了。

其实连芬能看得出，顺贵当时也是心中敲鼓，说重话也是给自己安慰罢了。

在那之后，他们俩在家里还认真讨论过这个事情，到底要不要请鹂婶来接生。两个人心里都没有准主意，说不出实实在在的理由，但连芬总觉得不让鹂婶接为好。顺贵就问她，不让鹂婶来，你送她去县医院啊？连芬说那就让虎子叫辆车送过去。顺贵就怪女人没头脑，说那车又不是虎子自己的，能说送就送？再说，看样子他家儿媳妇是要生在年根底下了，如果是大晚上的，谁愿意半夜往医院跑，想想都晦气？

那就请别村的接生婆来？人家有没有空先不说，顺贵自己都过不了心理的这一关。因为这都几十年了，林庄人生娃娃，还从没有请过外村人来接生呢。如果让他先破了这个规矩，还在今年鹂婶死了丈夫、在外面刚被人欺负的时当，全都是落井下石的感觉。

韩顺贵，作为林庄南街东头这一支脉的"顺"字辈，推算跟鹂婶韩玉鹂可是不出五代的姑侄关系，因为在血缘上没有鹂婶的丈夫近，平日也都随着大家叫一声"婶子"。现如今鹂婶背运，他虽没本事做到雪中送炭，但雪上加霜的事情他也是干不出的，因为会招村里人骂。

就在他们俩苦闷的时候，鹂婶却自己来了。

鹂婶在家里躺了几天，也就是风寒病，哑巴伺候着喝了点姜糖水，休息了几日就好得差不多了。她躲在屋里不用出门，也知道自己的事情早已传遍整个林庄，心想着本村三个孕妇现在怕是也在为难。与其龟缩着不露面服输，不如坦荡荡去找他们交谈，哪里摔倒的哪里爬起来，才是鹂婶的性格。于是就让哑巴搀着来到顺贵的家里，因为他家儿媳妇是最早生的。

连芬先看见，急忙招呼："哟，鹂婶来了，快进屋坐。"

顺贵也迎上来："鹂婶病好了？天冷，可得注意啊。"

鹂婶进屋坐定，摆摆手说："不用操心，一时半会死不了。我也不跟你们兜圈子，我今天是为你家儿媳妇接生的事来的。他们山里的人都说我阴气重，方得他们都生女娃娃，你相信吗？"

"怎么会？"顺贵连忙否定，"他们山里闭塞，人也迷信，生男生女那都是自己肚子决定的，还能怨得了别人？咱村的人可不信。"

"不用哄我，"鹂婶说，"我知道咱村也有相信的，但我不信！我都活

了大半辈子，黄土盖住脚面的人了，啥没见过！从泥土地里长的到人肚子里生的，五个仁的长果，两条腿的黄瓜，六个指头的女娃娃，脚趾连成蹼的男娃娃，甚至还有两副胎盘的双生，我都见过，都惊不到我。不过，这次可是真有点奇怪，连着七八胎都是女孩，我还是从没想过……"说着语气渐弱，鸥婶稍停了停，音调又坚硬起来，"但是，这不是没有可能，可能性小，并不说明它就绝不会发生。"

"是，是，"顺贵点头应承着，连芬在身后偷偷拽他的衣角。

"你们家的不是早就让B超看过吗，是男孩不会错吧？"

"错不了，是男孩。"顺贵回答。

"那就好，你们家的还由我来接生，生一个白白净净的大胖小子，我看他们还怎么说！"

"可是，"连芬上前插话，"鸥婶你还生着病，身体弱，把你累垮了我们可担不起。不就是生个孩子吗，叫谁接不是接啊。猪啊狗啊的，一生就是一窝，也没见谁给它们帮忙，人就是生个娃娃，一样的道理，能难到哪里去。要不您还是在家多休息休息，生下来我给你送碗胖饺子去……"

顺贵止住连芬，因为他看出鸥婶面色不悦，急忙说："都说了鸥婶没问题，你就少说两句吧，今年，还是鸥婶接生，就这么定了！"

鸥婶走后，连芬一直埋怨顺贵答应得太过随意，顺贵把眼睛一瞪，说那还能咋样！就知道瞎喊大叫，什么办法也想不出，说完气哼哼地也摔门出去了。

顺贵背着手，皱着眉头来到落忠的家里，进门就说："你们院里好敞亮，撤了猪圈一下子大了不少，几只大白鸡在院子里跑着，看着都怪带劲的。"

落忠在县城没回来，二胖从门里探出头，他放寒假刚回来没几天，招呼道："顺贵叔啊，快进来。"

顺贵撩开门帘进了屋，看见祖奶和白娟都在家，便问安："祖奶好啊，精气神足，比一般小伙子都硬朗，过年都小八十了吧。"

祖奶笑他嘴甜，肯定是有事求帮忙来了。白娟就说："让我猜猜，准是你看中俺们家的老母鸡了，一进门就喊，是不是要了去给你家儿媳妇坐月子吃补食的？"

顺贵嘿嘿一笑："说对了一半，我是来要鸡的，但不是母鸡，是那只白公鸡。"

自十年前，祖奶做主埋了大壮后，白娟就建议说以后不养猪了，猪圈又脏又占地方，不如填平了多喂几只鸡好。可没过几年，那只花公鸡石榴因为岁数太大，也死了。白娟一直记得落忠说的公鸡属纯阳之物，能剋阴辟邪，于是就续买回来两只阳性更纯的白公鸡在家里喂养。这一养又是七八年，如今祖奶年事虽高，但耳聪目明一点不显衰老，便使人深信了公鸡看家护院壮阳气的这一说法。村里人也都争相效仿，顺贵家也曾养过，但同时他家还种着木耳，这群鸡们吃瓢虫捉壁虎，赶走了家里所有益虫，结果闹得木耳犯了螨灾，损失惨重，自那以后他们就不再养了。

今天顺贵来到白娟家，正是为了那两只白公鸡。

"我就是接过去在俺们家喂几天，等生了孩子就还回来，你看行不？"

"行，拿去吧，"祖奶一眼看穿顺贵的用意，"生男生女跟谁接生没有关系，你们仍然相信玉鹇，把这事情交给她，这样很好。即便还是不放心，这也能理解，若是两只公鸡能给你们壮些胆量，就拿去。"

顺贵大拇指一伸，感谢祖奶英明通情理，带着两只公鸡高高兴兴回家了。

医生说的一点没错，顺贵的儿媳妇就是在大年三十那晚生，连芬是可以抱着孙子过年的。开始连芬还是相当期待，可现在不这么想了，她总是跟媳妇说，再忍忍再忍忍，等过了半夜十二点就好。到了新的一年，积阴消散，阴阳转换，再加上外面两只公鸡护驾，即使鹇婶身上阴气再重，那也是无妨的。

可怕什么来什么，年夜的饺子还没包好，羊水就破了，连芬赶紧让媳妇到里屋上床躺着，屁股底下高高的垫着三个枕头，希望她能多拖一会。儿媳妇疼得在里屋大声地喊叫，顺贵在外屋气得大骂连芬糊涂。最后，还是他儿子看着难过，悄悄出门去叫鹇婶了。

鹇婶和哑巴急匆匆赶来，把连芬一把从床上拉下，说你这是要害命啊。羊水破了，还不赶紧准备接生，要等羊水流光了，里面的孩子也就憋死了。说着

把连芬赶出了里屋门，让人赶紧去把白娟喊来帮忙。

这是头胎，生产没有那么顺利，连芬在外面不停地跪地祈祷，保佑时间快点过，等跨了年再生娃，一切安好的话，她一定出钱把大椿树下的土地庙好好修整一番，恭恭敬敬地烧上三日高香以感谢神灵赐福之恩，保佑保佑，阿弥陀佛。连芬一边磕头一边看时间，还差半小时，心中暗喜。

可不知谁家邪风肝火性子急，跨年的福炮竟然提早响了，一个响处处响，惊得那两只白公鸡大半夜就出来喔喔喔地叫，连芬还高兴地喊："好，叫得好，大声叫，把这些阴气赶跑，我给你们捉虫吃。"连芬竟近似疯狂，冬天哪里来的虫子，她却也要胡乱答应。

外面是炮响鸡鸣连芬叫，屋里是瓜熟蒂落婴儿啼，竟然这时生了。

孩子的啼哭声清脆嘹亮，满村嘈杂的鞭炮声也掩盖不住，连芬闻声便明白，高兴地双手一拍，从地上爬起来就冲进里屋。看见白娟站在床边抱着用小被子包裹着的婴儿，冲上去一把揽过来，她第一件事情就是解开裹被，露出皮肤仍然赤红褶皱的两条小腿，到底要看看腿中间是否真有那么一丢丢的肉。

连芬抱着孩子，张着嘴，表情夸张，看不出是高兴还是失望，极喜极悲是无法区分的。等到半分钟后，才从她嘴里连着发出哈哈哈几声大笑，喊道："是个小子，是个小子，我有孙子了。"

她裹住孙子的双腿，走过去看望儿媳妇，儿媳妇瘫软在床上无力回应。她去拉扯白娟，白娟一脸僵滞勉强能挤出点配合的笑容。她又去找鸸婶，要感谢她帮忙得了个孙子，鸸婶摇摇头扶着桌子没有理她。

兴奋中的连芬无处发泄内心的激动，再宽敞的屋子也安置不下她极度膨胀的幸福感，于是她抱着孩子就冲到外屋，对着顺贵和儿子说："看，是男的，是孙子。"

顺贵早就听到她在里屋大叫，都等不及赶紧抱过来查看，嘴里也不停地念着："是孙子，太好了，是孙子。"可当他无意中掀开包裹孙子脑袋的一个被角后，兴奋的表情才戛然而止。因为他看得分明，孙子的脑壳竟深深塌陷了一大片——是个无脑儿。

连芬感觉不对也过来细看，她的世界在糟乱声中仿佛一下子变得寂静，咚咚咚的心跳像擂鼓似的破膛欲出。半天，才从她喉咙里绝望地发出一声凄惨的长啸。那一声悲啸压制着满天的霹雳火炮，穿过了层层的高瓦矮墙，大椿树上的败叶残雪瞬间被击毁落尽，村外电线杆上的乌鸦也被全数惊起在黑夜中长久盘旋哀嚎。

连芬在外屋，双腿一软，跪倒在地上。

鹂婶在里屋，双眼一黑，也不省人事。

这一刻，刚好1998年初一零时整。

第三十二章
殡仪馆

鸥婶自从那晚被抬回家里，便不能再起床，过了正月初五，就被虎子送到了县医院里。

她一直想不明白，白白胖胖的小子为何竟是个残疾，原本是铁板钉钉的事情，稳妥妥地可以用来驱散村里的污气浊流，却为何最后钉子却被这股浊流锈蚀了。隔着病房窗户看见外面的阳光灿烂，一声哀怨，自己也许就正如他们说的是阴邪之身吧，以后怕是再也不能见这太阳了。连芬这些日子的叫骂就随她骂吧，骂死了我落个干净，而她却有一辈子的傻孙子要养，全怨得我。

鸥婶双眼一闭，几滴眼泪顺着眼角流下，双手松软地垂下，竟然真的死了。

按照规定，在医院里死了，病人是不允许把尸体运回村里土葬的，火化是唯一的选择，骨灰入坛再回乡下葬已逐渐被人们所接受，鸥婶也得如此。

大壮虽是心中怨恨鸥婶，但还是表现得很积极，这几天请了事假，专门医院、派出所、民政局、火葬场来回跑着做安排。村支书老全特意告诉大壮，鸥婶家里已经没人了，钱早就在医院里面花光了，办理后事的钱还是村里人出钱凑的，让他省着点花，得简就简。

几个地方跑下来，的确也没花多少钱，开死亡证明3元，销户免费，医院太平间冰柜按天收，一天150元，运尸车120元起步费，然后再买上一些炮竹烧纸，大壮盘算一千元钱已是足够，还心中暗讽鹂婶死的太便宜了，扒房卖地那才痛快。

前面的手续都已妥当，一切都如大壮想象的一样顺利。直到他抬腿迈进殡仪馆的大门，才发现原来这个世界竟是如此超乎想象，人死也能绚烂精彩。就像是拿着相机去拍摄大熊猫，开始还心疼浪费了彩色胶卷，可洗出照片却发现熊猫坐在蓝天白云下面拿着翠绿的竹子，还伸着红舌头冲你做鬼脸，这太出乎他的意料了。

殡仪馆内是大理石的装潢，像个酒店大堂，一圈的柜台前面站着笑容可掬的服务小姐，热情的给你介绍各种打折促销的活动，热闹的像是走进了婚庆公司。

大壮转了一圈，有办法事的、有卖丧衣的、有量身定做死者衣裤的、有化妆的、有做心理辅导的、有摄影摄像的、有代写追悼词的……还有就是卖各种骨灰盒的。大大小小的骨灰盒按照价格等级排列了满满一个面墙，从碎木板的到金丝楠木的，从钉铁钉的到镶金边的，无所不有。在一个单独的玻璃橱柜里，竟然还有一个用射灯照亮的金镶玉的宝盒，前面的价签上面大大地写了一个二和五个零。

大壮猫着腰看得目瞪口呆，旁边忽然响起一声甜美的介绍："先生，这款骨灰盒是纯手工制作，用料上乘，嵌金镶玉，帝王之作。而且，您看到前面的那片空白了吗，我们是可以请国家某著名书法家给您亲自书写题词，再篆刻上去的。"

大壮闭上眼睛摇晃了一下脑袋，先让思路清醒一下，说："我想买个最便宜的。"

"哦，最便宜的四百八，吉利，死了都要发。"

鹂婶，在林庄叱咤风云了一辈子，接生了近百个孩子。最终，却落脚于这个价值480元的盒子里，入土了。

二胖的寒假结束，返校需要经过县城，兄弟三人凑到一块，临走前喝了顿送行酒。

虎子问二胖："在咱们哥仨里面，你是最有学问的了，学什么的啊？"

二胖回答："学土地勘探的。"虎子没听明白。

"就是挖地找宝贝的。"

"盗墓啊？"

二胖被逗得大笑，虎子说完也觉得自己好笑："不管你干啥，反正都是动脑子做科学的事儿，我跟你不同，我就是凭胆量卖力气。"

"干什么，基本上都是上辈子就定下来的事儿，"二胖对虎子说，"你爹胆大力壮，结果你现在也吃力气饭。我爹做地质研究，结果我也走的这条路，他也没劝过我逼过我，就是因为小时候听他无意中说起过，咱们这片土地下一定埋着个大宝藏，我一直忘不了，最后也才选择这一行的。"

虎子看着大壮，问道："你呢大壮，你爹原先是个酒鬼？你咋酿起酒来了？"

"不知道，我没见过我爹，我也没问过。"大壮喝了一口酒，"不过，我想我也该换换工作了。"

"不管干什么，"二胖子把酒杯一举，"再过四年，等我研究生毕业了，我要回来大干一番，到时候你们俩一定要帮我。"

"好！"

"干！"

大壮在喝酒时候说的换工作的事情，不是胡乱讲的，他真有这个想法。

平时他都不太留意，这些年电视报纸上到处宣讲国家要大力推动机构改革，把一批政府下属机构企业剥离出去，承包给个人经营。王科长年前还跟他说过，县白酒厂虽是肥缺，但怕是也不得不动了。虽然酒厂承包出去并不会影响大壮在运管科的工作，但是那次去过殡仪馆后，大壮就有非常强烈的想法，他认为——机会来了。

于是他到处打听殡仪馆在政府剥离程序的进展计划、承包手续、条件要求，在一切消息打探妥当后，他就打算去找找民政局的周局长。

周局长把大壮热情地迎进门，边让他坐边责怪为何这么久不来看他。大壮拿出一小盒子，说："每次来前都特别犯愁，周局长啥没见过啥没尝过，空着手来那是做学生的不懂礼仪，拿着您不稀罕的又怕您笑话。"说着递上这个盒子："这是我娘做的，别看平时这东西不稀奇，但是在当下季节，怕是除此一盒再也难找了。"

周局长打开盒子，一股清香的香椿芽味道扑鼻而来，也不知翠巧用的什么神奇方法，过了大半年竟仍旧会味香浓厚。惹得周局长兴奋地说："香椿芽！你怎么知道我好这口？春雷还没响，就能吃到香椿，谁有这等福气。"

"周局长喜欢？"

"喜欢！可惜就这么一盒，舍不得吃啊。"他说完，又急忙解释，"不是怪你拿的少，已经很珍贵了，我是真的舍不得啊。"

"周局长如果想吃，也不是没有可能，我让我娘以后腌的都给您留着就是。"

"哎，不行。你娘就是做这个生意的，都给了我，她的生意怎么办。"

"其实啊，我早就不想让我娘干了，每天起早贪黑，站在路边喝风吃土的，做儿子的那里忍心。但是，我又没大出息……"说着叹口气。

周局长何等人物，早听出大壮话后面藏着内容，便把小盒子一放："小子，给我说话还拐弯抹角？说吧，找我有什么事情。"

于是大壮便把想要承包殡仪馆的事情跟周局长说了一遍，周局长心中顿时敞亮，因为他也正在为此事发愁。

了解内情的人知道，殡仪馆别看说着犯讳，人人避之，其实是个谁都逃不脱的厚油肥水的行当，以前是周局长亲手管理着，自己小金库的钱多半亦是从此处而来，没人过问，逍遥自在。可年前市里就已经传达下来命令，让把这一块尽快承包出去，民政局只需按章监管即可，经营细节不必插手，这是政府改革的措施之一，不得有违。周局长哪里舍得轻易把一块肥肉转手他人，但说又不能明说，拖又不能久拖，正着急没有知根底的人假手托盘的时候，大壮来了，能不让他豁然开朗吗。

但是周局长毕竟是看人识才的一副老手，还装作一脸为难的样子，说：

"健壮啊，你可让我为难了。你要知道，这可是个人人要的香饽饽啊，你年纪轻轻，又没背景又没经验，毕竟是国家的资产，我要为国家、为人民负责，选不对人我要受谴责的，我要及时收回来弥补过失的。现在你要给我个理由，让我相信你是正确的人选。"

大壮也深知周局长是何等货色，现在拿腔拿调地说着套话，无非是想让大壮知道他的重要性，这么大的好处可不是一盒香椿叶、一幅裱字画就能换取得了的。即使以后此事得成，那他也是手操生杀大权的，相较于一时的金银所得，长久稳妥的供奉来源才更为重要。

便说："我年纪虽轻，不涉世事，但愿意听周局长您教诲啊。若是您给了那些有背景有经验的，怕是他们出了您的门，也就不再攀您的枝。您出手稍加提醒，遇到涉足官商两界的老油子，牵扯太多束您手脚；遇到头脑尖钻善算计的，拿出红字条文诉纸诉状跟您闹官司争舆论，又降低您身份；或是碰到蛮横搏命不讲理的，杀了他也会溅您一身膜，处处为难。我是一个无名之辈，受了您的提携，稍有收获都是没齿难忘的，深知良田百顷莫忘甘泉的道理。知恩图报想必您是不看重，我也不以为然，好似一次回报就能抵上千万恩情，以后再无瓜葛一样，未免太没人情味。如果周局长您不嫌弃，我愿拜您为义父。知道您膝下只有两个姐姐并无男儿，收我为子，我怀感恩行孝道，所得无论多少必先高敬于您，危急无论大小必将挺身于前。先您后我，先我后您，都将为您是听。"说着，双膝跪倒，一个响头磕在地上。

周局长先是惊讶万分，后又激动异常，颤颤巍巍扶他起来："好，好，好说。"

第三十三章
四年后

2002年。

"天开四时，地展四方，人生四味，喜怒哀伤。生一场，死一场，总见人老花白发，不闻村西读书郎。"

这是老全最近一段时间常常念叨的话，他总说这辈子不知究竟是"生而逢时"还是"生不逢时"。明眼望去，国家经历了200多年的积贫羸弱，终于迎来国力的大发展大进步，腰板本应是越挺越直的，但为何低头四顾，小小林庄却是每况愈下衰老朽迈，一片枯木难逢春的景象。

村东的那片地，真的是让人绝望，一片一片的绝收，淌再多的汗，出再大的力，也于事无补，将将也就够村里人自食罢了，一点多余的可卖钱的剩粮都没有。硬生生逼的村里人纷纷外出打工，近的去县城，远的进省城，早些时候过年过节还赶回家里团圆，如今时日久了，在外置业的、倒赘外嫁的一户户多起来，都纷纷把孩子老人接出去生活，村里越发冷清了。

尤其是林庄小学，现在全村孩子凑到一块挤不满一个班，新上任的村支书落成跟乡里领导一商量，干脆关门闭舍，把孩子们全都送到两公里远的邻村康庄小学就读，村里出钱，请康庄一户有面包车的人家每天集体接送，倒也省心。孩子们走了，顺贵家一下子清净了，但没了烦心的吵闹声，顺贵却心里不踏实了，就像这个村子一下子走空了人，只剩下他们一户一样，晚上睡觉都睡不安生。早晨就起得更早，去椿树底下坐着，直到看见了有人经过，张嘴打了

招呼，这才放心。

虎子也曾把他爹他娘接到县城里去住过，可没几天，老蔫跟姗子又拉着箱子回来了，一问才说，城里人平时都关着房门，门一关满世界就只剩下俺们俩了，一说话都带回音的。房子的确又大又好，还种着花草，但再大能大过咱林庄，再好能长出600年的老椿树？再说虎子也不说娶媳妇生孙子，他俩一合计，就又搬回来了。

进入四月，大椿树的枝头又恣意地发着嫩芽，一切又如往年，只是少了孩子们的喧闹。顺贵和老蔫坐在树下有一搭没一搭地说着闲话。老蔫一摸口袋，发现没了烟，便大声冲小卖部喊："进才，进才，给我拿一盒云烟，要精装的。"

顺贵也附和着："顺便拎壶水来，水喝完了。"

半晌，进才眯缝着眼，一脸刚睡醒的样子走了过来，把水壶放在地上，打个哈欠又要回去补觉。

顺贵就说："都快到中午了，还没睡够？"

进才转身看着他："谁像你，一天能喝两井的茶水，你当然不困。"

"别回你那小破屋了，"老蔫也说，"那破房子一进去全都是一股子霉臭。"说着点着烟抽了一口："连烟味都不对了。"

"瞎说，给我一根尝尝。"进才伸手要。

老蔫呵呵笑着一人发了一根："要说当初，那间房可是咱村最好的——卧砖，顶别人家一间半的砖量，你再看现在，除了倒掉半间的鸸婶家的旧房子外，就属它破了，你也不翻盖一下。"

"翻盖？村里人越来越少，小卖部根本不赚钱，要不是照顾你们几个吃喝抽烟，我早关门不干了，干嘛还要花钱翻盖？"

"是啊，你看这几年，村里都没人盖新房了。有点钱都进城买商品房，谁还在这里花钱。"

"也是被逼的，"顺贵说，"前些年谁家都想生男孩，要是女的就偷偷流掉了，闹得现在是男的多女的少，娶个媳妇还得跟别人拼彩礼，钱少了不嫁，县里没房不嫁。我看过不了几年，那都得要小汽车了。"

"都去县城，那咱们这批人死绝了，林庄不就没了？"老蔫问。

"可不就是这样，"进才很赞成，"你看鹂婶都死了多少年了，她家的那片宅基地谁也不要，这放在过去，还不抢破头？"

"那咱村的地谁种？"老蔫仍是不相信。

"你不看电视啊？你看人家美国人，开着大的小的拖拉机，一个人能种几百亩地。"顺贵端起他的大茶缸，灌了一大口，"再说，咱村这片破地，都快种不出东西了，谁要？"

"哎，可不是，"老蔫摇头，"过年的时候，二胖回来说过，咱村的地不一般，里面说不定埋着什么宝贝呢，他回学校的时候还带走了一瓶子土，说去分析一下。我陪着他去装的土，就在翠巧那片地里挖的……"

正说着，进才拍拍他肩膀止住了他，站起来冲他身后大声说："哦，祖奶怎么今天有空出来走走啊。"

老蔫和顺贵也回头看，见白娟扶着祖奶慢慢走过来，也都站起身来打招呼。

祖奶一脸的平静，说："刚才落成捎话给我，说老森快不行了。他比我还小几岁呢，我们都到了这个年纪，也没几年了，我去看看他，也顺路多看看这个村，看看你们，谁知道还能再看几眼啊。"

"看你说的，祖奶硬朗，且得活着呢。"

"就是，就是。"

他们仨嘴里虽是这么说着，但都知道，生老病死谁能逃得掉呢？就算活一百岁，到那时村子都没了，活着还有什么意思呢？

而作为林庄的老村柱子，老森的生死牵动着每一个人，老蔫、进才还有顺贵收拾了一下自己的东西，跟在祖奶的后面，一块去到老森家里。

老森是在三天后死的，他走的时候平静的很，躺在屋子中间的一张木板上，屋里没有过多的摆设，家里人穿着白衣素缟跪于身前，红着眼睛送亲人最后一程。村里人也都默默地守在旁边，看着一展干净的白布盖在老森的身上，还有一张白丝绸轻轻地遮住他的脸。没有一个人发出声响，只能听见老森用尽

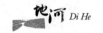

最后的力量吞吐着残余的气息，白丝绸随着呼吸一起一落，越来越慢，越来越低，等到再也不起来的那一刻，他的家人以头抵地放声大哭，其他的人也都默默地淌着眼泪。那种看着生命渐渐走远、又无力挽留的感觉，真是让人肝肠寸断。

按照老森生前的遗愿，他要被火化，不要土葬。因为村子里的地如今是太珍贵了，占用了谁家的都不好，少了一片地就是少了一袋粮，与其让人家关起门来埋怨，不如一把灰装在罐子里让自己心安，毕竟是守了一辈子的村子，不想在本就千疮百孔的土地上面再挖一个坑了。人人因此也都敬佩他的气量。

落成亲自去县里找大壮商量老森的后事，大壮一口答应："叔你放心，你只要定好时间，我到时候派车去，那一天我安排清场，让老森爷走得舒舒服服的。"

落成激动地拉着大壮的手，连说了好几声："好，好。"

翠巧在大壮做了殡仪馆经理后从没去过他那里，因为老森的死，她这还是第一次来。她坐在大壮的车上从后门进的院子，在门口就看见一群人推推搡搡，像是起了什么冲突，脚下还躺着一条狗。大壮按了按车喇叭，几个人扭头冲他打个招呼，忙去开门把车让进院内。翠巧很担心，问大壮是怎么回事，如果是他的员工跟火葬家属起了冲突，就多少让着人家，毕竟家里死了人，即使做出些不讲理的事情，也要体谅一下他们的心情。再说等会接老森爷的车就来了，如果让大家看见不好。

翠巧嘟嘟囔囔个没完，大壮把她接下车后，便劝她先进休息室等着，他亲自去处理一下。

原来，起冲突的并不是火葬家属，而是火葬场旁边住着的一个闲汉。这个人大概四五十岁年纪，衣着邋遢，性格古怪，不多与人交流，更是无妻无子无友，唯独喜好酗酒。平日则以回收旧货为生，但有所得，全助酒资，天天浑噩度日，就在旁边住着，一墙之隔。

原先这一片是住了很多户人家的，火葬场当初定址在此，也遭到了本地

204

人的强烈反对，但毕竟蝼蚁虽众，岂可撼树，终是建成了。多年下来，人们都忌讳这个天天哭丧声不断的地方，有能力的人都陆陆续续搬离他处，再也不回来了。这也正合了大壮的心思，他是有心要把周围这片地方都买下来的，眼看走得差不多了，就差一纸合同便可尽归己有。可独独出现了这么一个异类，不仅不走，反而占下了房前屋后，把院墙推倒分门别类归置他的一堆破烂，却眼看越做越大了。更甚，为了看管他的宝贝，还养了几条恶狗护院。

大壮于是从手下挑出几个相貌凶悍的员工前去谈判，连哄带吓，甚至多给些钱想把他撵走，均不成功。这都半年多了，那个闲汉不仅油盐不进，好赖话不听，今天更是大胆放出狗来咬伤了其中一个兄弟。几个人平日本就是不吃亏的主，哪里受得了这样的欺负，结果恼怒中不知轻重竟打死了恶狗，狗的主人不依不饶，追到门口要拉膀子干架，正巧大壮路过才被他看到。

大壮不想今日多生事端，给钱了了此事，命人把死狗抬入后炉放好，赶紧来到休息室等着林庄的人。

他派出去一辆灵车和两辆中巴，满满当当接来了30多位老人，老人们对老森的感情深，都争着要来，却坐不下，最后由老全出面劝阻才悻悻而回。这两车人们一路走一路说，都夸奖大壮如今出息，说派车就派车，还能在火葬场办个专场。还说以后他们死了，干脆也去火化，炉子下火苗一窜，房顶烟囱里冒一股青烟就上了天，跟抽管子旱烟似的，不知道比埋在那块破地里强多少倍。其他人就随口附合，大家闹哄哄的就到了县城。

大壮提早安排了作法事的和尚，十几个僧人身着袈裟，手执法器，围着老森的木棺踱着慢步，口中诵咏着超度的经文，每念几句，就有后面的执金者用小锤子敲一下振铃，再响三声木鱼，声音在偌大的追悼堂里回响，配合着几炷大香燃起的烟气缭绕，让在场的所有老人都瞪目看着，好不羡慕。

人们也不知道和尚们念了些什么，转了几圈，只见领头的那个最后来到空火盆前站定，从旁边木匣子里取出一个布折的莲蓬，手握莲茎伸手到油灯上引燃，让它在火盆里面慢慢地燃烧，一边烧一边捻动布莲蓬，布片就像荷叶瓣一样飘落在盆里。待到烧完，里面露出一个白色的小石芯，石芯光滑似鹅卵，上

面刻着老森的名字。和尚轻轻取下，擦净灰烬，放入棺木，然后示意人们回盖闭棺，这才算超度完成。接下来就可以进入焚烧室了，僧人们最后向死者鞠躬致敬，进了侧门便不再露面。

大壮让几个工作人员带着大家去焚烧室，待人们都走了，他转身也进了侧门。在门内，大壮双掌合十，说道："感谢几位大师今日超度我村支书辈，我代替家属以及村里人向大师们表示感谢。我准备了一些香火钱和日用品，都已放在车上，等各位休息妥当，随时可以出发。并请代问元辉主持好，今日匆忙，日后定去看望他。"

和尚们道了谢回了礼，说当今仍能如此对待长辈的，实属不多，更何况又非挚亲，这是积大善行大德的事情，日后定当有余庆福报，善业加身可消灾避难。大壮听罢心中宽慰，双眉间放松，眼神中露出解脱神色，再次合掌作别，推门出到屋外。门锁刚一碰合，却又恢复了冷峻的面目。

在焚烧室里，老森躺在运送车上，接受着所有人最后的送行目光。大家内心此时已是很平静，默默地谁都不说话，老全上前碰碰老森儿子的胳膊，四目相视，都点点头。就这样吧，该走的总归要走。便招手让工作人员把他父亲推入炉内，关闭炉门，只听得里面"嘡"的一声火起，全都归了烟尘。

老全随口念到："尘归尘，土归土，老森一路走好。"

在后炉，大壮示意把炉台上的骨灰赶快打扫干净，用小簸箕一搓尽数倒入角落里的大铁桶里，然后让一个小个子司炉搬来那只死狗，示意他扔进炉子又烧起来。十几分钟时间，重新打开炉门，里面已是一片白色的灰烬，几根没烧断的大骨头仍旧勾勒出狗躺在炉台上的样子，那颗完整的头骨滚落在一旁，龇出满嘴的尖牙。

小个子司炉用一把锤子，在几根大骨头上猛敲几下，砸地粉碎，拢了拢盛进一个骨灰盒递给大壮，说："韩经理，这样行吗？"

大壮狠狠地瞪了他一眼，从兜里掏出那个刻有老森名字的鹅卵石，放进盒中再盖上盖子。他闭上眼睛深吸一口气，镇定了一下情绪，拿着骨灰盒缓步出得门来。

　　大壮把骨灰盒交到老森家人手里的时候，老森儿子感激地握着他的手，一遍遍地道谢，说让他爹最后能走得如此风光，他是无论如何不会忘记这个恩情的。大壮回敬着换他上了车，目送所有人离开院子，脸上微微一笑，说："不是问题，不打紧的。"

　　这句话车上的人是听不到了，但他娘在旁边轻轻地责备了一句："这孩子，为何不当面回人家？车都走远了。"

　　大壮笑着看看他娘，说："说给自己听的。"

第三十四章
盐矿

大壮自从离开县白酒厂就很少再去那个书法沙龙了，相同的时间，与其浪费在王科长那里，不如多去看看他的干爹。每次去，他都大大小小带些东西，也许不名贵，但都切中他干爹和干娘的喜好，惹的一家人高兴。现在正是香椿芽茂盛的时候，自然少不了摘一些带去，况且，他这次真的有事情需要他干爹帮忙。

刚进周局长家的大门，大壮故意把香椿叶的盒子开个缝隙，一股椿叶的香气瞬时间弥漫了整个院子。五月的气温恰是冷暖适度，最合适开了门窗通气，微微细风一吹，香味也就飘进了屋内，周局长放下报纸嗅着鼻子往屋门外张望，一眼看见大壮，便乐呵呵打招呼："大壮啊，我就知道你这几天得来，香椿发芽的季节，你一定忘不了我。"

"干爹，这可是我刚从家里树上摘的，最嫩的芽都在这里了。"

"太好了，今天不走了，这就让你干娘下锅，咱爷俩中午就着香椿芽喝点。"

周局长的两个女儿都已出嫁，各有自己的房子，平日基本上就是他们老俩在家，日子过得悠闲却也孤单，能有大壮时常过来看望，又这么孝顺，怎么不叫他们喜欢。

两个人一箸菜一杯酒，一会儿工夫喝掉半瓶，加上大壮善于揣摩人的心理，说话很会迎合两个人的喜好，把周局长和周夫人哄得高兴得很，真恨不得让他以后把称呼前面那个"干"字去掉得了。

大壮见周局长耳根子发红，酒精刺激的情绪很是激动，便把椅子转了方向，正面对着他，说："干爹，我亲爹死得早，我从小不知道有爹的感觉，现在遇到了您……"说到这又转头朝向周夫人："还有干娘您，这几年真是我过得最开心的几年。有爹的儿子，有俩娘的儿子，最是幸福。而且儿子还能在事业上得到干爹的庇佑，这让我无论怎样孝敬您俩都不觉得过。"

说着举起酒杯依次敬了他们俩，放下杯子，附身凑近周局长的耳朵小声说："儿子刚给您卡上存了十万块，钱不算多，您先花着。"

周局长笑得更开心了，连声说了几个"好"，又斟满一杯一饮而尽，瞧着这个干儿子越看越喜欢。便问道："大壮啊，你现在的工作势头是不错，但毕竟不方便大声说，别人都忌讳嘛。难道你不想发展一下别的业务？"

"不瞒干爹您，我最近正有这样的打算。"大壮逐渐进入正题，这也是他今天来的目的，"殡仪馆周围的房子现在基本上都搬空了，没人要，我想用不了多少钱就能买下来。"

"要他干什么？殡仪馆的那个院子还不够大？"

"不是，干爹，"大壮耐心解释，"殡仪馆的那片地方，当初选址的时候可是偏远得很，但这些年县城发展得这么快，眼看着过不了多久城区就拓展到跟前了。我想趁着现在四周地价便宜把它都买下来，之后再把殡仪馆迁到更远的地方去。干爹您不是跟城建局的李叔交情好嘛，您跟李叔说说，让他把这片地圈到环城路里面，那地价还不翻着番地往上涨？"

"行啊！"周局长一拍桌子，大声赞叹这是好主意。让大壮抓紧时间把地皮搞定，李叔那里自有他去交涉。

大壮三言两语便达成目的，但顺水行舟到了这一步，自然让他想起心中疑惑已久的一个问题，便又装出一副为难的样子，说："还有个问题，那里的房子基本都能搞定，只除了一户死活不走软硬不吃的，给多少钱都不要，很是不好办啊。"

"他是什么背景？"

"没背景，一个收旧货的。"

"哪有什么难，我去找强子，你也不用管了。"

"强子是谁啊？"

"哦，一个认识的人罢了，不用多问，来喝酒。"

　　从周局长家出来，大壮立马给虎子打了个电话，问他最近在哪里。虎子说一直在县城跟着杠子哥，哪里也没去啊，有事？大壮便放心，随便找了个理由说曾打过几个电话一直不通，以为他出了远门，也没啥事情，便挂了。

　　大壮跟了周局长四年，叫了他四年干爹，处的时间越长，就越发让他感觉到，周局长的城府极深，表面上对他爱护有加，但心中仍是有所保留的。就像一个三四进的大宅院，他平日能看到的，仅仅是影壁墙后面人人去得的会客厅罢了，至于庭院深处，三进之后的周家正房究竟如何，他就不得全视了，需要等待机会慢慢探索。大壮天生就有这等本事，在机会出现的时候，绝不错过，更无需大动干戈，哪怕只是四两拨千斤，譬如一壶原酒、一张名单、一句貌似无关轻重的话，都能使人伤骨损命露了原形。

　　大壮心中的疑惑，是他总认为周局长和杠子之间有种神秘的关联，产生互动。而杠子是只听命于躲在他身后，那个公安系统的老板——"强哥"的。难道周局长会与强哥私下甚熟，莫非他口中的"强子"正是那个强哥？他要做次验证。

　　因此，大壮才急匆匆打电话问虎子的去向，确保他跟杠子待在一块，如果过几日虎子果真带着人马来帮他拔走那颗钉子户，也便印证了他猜测的正确性。

　　他现在需要做的，就是静待虎子的出现。

　　二胖在省里的地矿大学学习地质勘探专业，念到今年都要研究生毕业了。他的毕业论文，正是围绕着林庄的土地异变，来探讨其地下埋藏着某种矿物的可能性这一话题。因为导师给的经费和资源都有限，只允许二胖在过年的时候挖了一瓶子土壤标本带回去研究，可研究的结果让他大吃一惊，因为土里容含了大量的钠钾元素。也就是说，其地表之下，很有可能埋藏着一个钠钾盐矿，这个结论让二胖非常兴奋，因为他选学此专业的初衷正是坚信他父亲的那句话："咱村这片土地下一定埋着个大宝藏。"虽说埋藏的不是金银，但若是一个含量丰富且品质上乘的盐矿，可以制造食盐、化肥和各种工业化学元素，其经济效益一点不比淘金差，确确实实的一个大宝藏。

论文答辩在五月份举行，二胖把土壤的成分解析报告，结合林庄所处地理环境、周边已查明矿区矿点分布，还有林庄水质特点以及这两年的土壤变化等一一作了关联分析，甚至还搬出来传说中的溶洞、地河、滴水潭等信息加以佐证，让听辩老师们大加赞赏。他的导师还说，虽不能凭借一篇分析论文得出地下一定埋藏着盐矿的结论，但这样的论证方式是非常可行的，如果能够实地钻井探测一下，那就更加充分了。甚至可以把探测的结论，作为重要研究成果汇报给当地政府部门，加以开采利用。在这一点上，他的导师可以以学校特派指导的身份，帮助二胖与县政府相关部门联系，并取得技术及勘探设备上的帮助，以便他能真正开展实地探测。

二胖兴奋地立马告诉了他爹，还打电话联系他的两个兄弟，说还记得四年前说过的话吗，现在终于轮到他大施拳脚，一展胸中抱负了，兄弟们一定要帮他。虎子在电话那头听了个糊里糊涂，以为二胖得罪了哪里的仇家，被报复了拳脚，便一拍胸脯说："兄弟回来吧，这里是咱的天下，大壮有钱我有人，谁也不敢再惹你，谁再欺负我兄弟，我烧了他。"

二胖笑骂虎子不懂还说大话，可他的确不知，虎子说的竟是真的，他真的烧死个人。不是他人，正是殡仪馆边上的那个闲汉。

大壮果然猜测不错，从周局长家出来的两天后，虎子便带着一票人马来到了殡仪馆，他说来办点事，就在旁边，怕影响了殡仪馆日常营运，特意前来跟大壮打声招呼。大壮让他们坐下，好酒好喝地招待着，说你先别急，那个人现在不在，等到傍晚殡仪馆也下班了，他也回来了，你们再动手，两不耽误。现在，你们只管吃喝等着，都算他的。

虎子一听在理，让兄弟们谢过壮哥，便吃喝起来。待到日西渐晚，闲汉院子里狗叫的时候，虎子知道那人回来了，于是摇摇晃晃带着兄弟们冲过去。本来是屁大的小事儿，几个人本想着吓唬一番，让他知难而退了事。可天色黯

淡，闲汉竟误以为还是隔壁殡仪馆的人，便使出几日前放狗伤人的胆量与虎子对峙起来。一边是烈胆配烈酒见火即着，一边是瞎子骑瞎马临池挥鞭，没有三两句话就动起手来，这个闲汉哪里是虎子的对手，加上酒气灌脑，手脚无轻重，几棍子下去竟把他打死了。

虎子顿时酒醒了多半，急忙回去找大壮想办法，虽说他平日里打打杀杀惯了，但这次芝麻碎事却闹出人命，还是出乎他的预料。虎子求大壮想个不留痕迹的万全主意，大壮寻思半天，说也不难，于是抬手指指身后的炉子，趁着天黑没人，干脆一烧了之，化成灰便再也寻不到了。

事情处理的干净利索，一股青烟之后虎子才情绪稍定。大壮故意打问他，与那人有何仇恨，竟至于要了性命。虎子便后悔，说我哪里认识他，都是前日杠子带他去见强哥，强哥顺嘴交代的一桩小事，没想到最后办成了这样。

"哟，那个强哥都直接委派事情给你做了？你岂不是与杠子不相上下了。"大壮问。

"哪里，我跟强哥说不上话，只是在门口等着而已。"

"那杠子不地道，每次都是功劳他占，风险你抗，要不是你命大遇到我，岂不是担上人命官司？"

"是啊，悔死我了，以后得小心着点。"虎子说着轻拍着胸口压惊，心中不禁起了小埋怨，对杠子多少有些成见。

大壮低头小声问虎子："干嘛不取代了他？"

"取代？"

"呵呵，随便一说，不用当真。"大壮故意收住话题，点到为止。

二胖的学校省地质大学和他爹在县里的单位地矿局分队是隶属于同一个系统的，有学校出面写的介绍信，再由系里老师和他爹落忠陪同着，二胖在队里的勘探部门顺利地借到了探测设备，而且还抽调了专业人员全程配合，前期准备工作进行的相当顺利。

大壮和虎子在县城接待了二胖，详细了解了他的计划，都表示支持。大壮甚至还说，他正在想着做些什么投资，如果盐矿开采可行，他真的想要入伙同干。

二胖、导师、落忠还有地矿局里的两人，从六月开始便一直在林庄吃住了两个多月，天天在村周围的农田和山坡上打洞挖土做研究。村里人都说二胖子有大学问，能帮助他们弄明白为何这些年土地变得贫瘠，还说一定能找出解决方法，改善人们的生活。所以村里人都积极配合，轮流着每天送午饭，陪着他们一边吃一边打听情况，听不明白是正常的，但只要牢牢记住，然后回到村里学说给大伙听，再七嘴八舌地胡乱讨论一番，自会有收获。

这天中午，一帮人围坐在大椿树下抽着烟喝着茶，等送饭的小根儿媳妇回来。进才伸手朝老蔫要烟抽，老蔫白他一眼说："自己就是卖烟的，不抽自己的，总朝我要。这本来是盒新的，给你们几个一圈圈发下来，现在只剩下半包了。"

小根儿见状也来伸手，老蔫就气他："哎，你媳妇怎么还不回来？原先就是因为你，经常输烟叶，现在换成你媳妇了，害我丢烟卷。要是再不回来，你给我买盒新的去。"说完气呼呼扔给他一根。

小根儿就笑话他小气，一嘴顶一嘴正吵得热闹的时候，小根儿媳妇从北街一拐弯回来了。她快步来到树下面，对大家说："知道了，知道了，咱村地底下的盐啊，是从翠巧家那片地里冒出来的。"

"啥意思，你说这个盐罐子被翠巧种地挖漏了？别瞎说，这都多少年了，她那片地一直荒着没人动，难道盐还会自己往上拱？"顺贵不相信。

"不是挖的，种地根本挖不着，还真是自己拱出来的。"小根儿媳妇说："他们讲这些盐罐子埋在地下都很深，至少十几丈。但是咱村的地很松软，而且地下还有条河，这些盐就吸了地河的水藏在松土里面。到了春天，天干地燥，日头又烈，太阳把地皮晒干了，那地下的盐水就会自己往上走，年数久了自然就到了地面上。再加上这些年她那片地没人种，太阳晒得就更厉害，冒得就更快，盐水最后到了土地表面，水一干，结果就只剩下白花花的盐。"

"哦，"老蔫恍然大悟，"怪不得从十几年前开始，她家的棒子就少结子，我还去看过，地里也没有虫，还以为是肥力不够，原来是块盐地。"

"那咱村的井水，外人喝了总是拉肚子，就是因为里面有盐的原因吧？"有人问。

"你傻啊，"老蔫回他，"盐是咸的，咱村的井水又不咸。"

"人家科学家可不是这么说的，"小根儿媳妇说的是二胖导师，"他说盐有好多种，不都是咸的，也有苦的，还有有毒不能吃的，都掺和在一块。这个盐罐罐主要是埋在村西山那边，埋得很深，而咱村的井水也是从山里来，地河比盐埋得要浅，它在盐罐子上面流，虽是不挨着，但多多少少带着些什么矿物质在里面。含量不多，所以对人没害，但不适应的人喝了就会闹肚子。"

"那地河流到村东边，盐矿变浅了，所以才会被河水带到地面上的？"

"好像是这么回事。"

"那咋整？以后都搬去村西种庄稼？"

"种什么？都是碎石头，啥也种不了啊。"

"那咱村岂不是还得穷着？"

"别瞎猜了，听人家二胖子的结论吧。"

经过两个多月的探测，现在二胖他们可以非常肯定地作出结论，林庄的地下确实埋藏着一个优质盐矿，盐矿的可开采量虽不是很多，但埋藏不深，开采难度并不大。综合各方面因素考虑，还是非常具有开采价值的，建议县政府认真考虑，尽快实施。

二胖子的报告，是基于技术层面，并且向利好于改善林庄现状而做考虑的。他们建议把盐矿厂开在林庄西面的一个山坳里，距离林庄不远，不会占用现有耕地，而且货运的道路从村中经过，还可以带动村里发展零售、餐饮以及娱乐、住宿等服务，提升营收。

本是个互惠双赢的项目，可县领导们听完却甩出一句冷冰冰的话——"事关重大，我们研究一下"，就打发了回来。二胖他们丝毫不知道哪里出了问题，信心满满地去，垂头丧气地回，一等一个多月没有丝毫回音。

二胖去找兄弟俩喝酒发牢骚，大壮听完呵呵一笑，说你经历的多了，自然就会知道，社会上可不同你们学校。学校老师出的题目都是有确定答案的，只要结果正确，不管乘法、除法尽可自由发挥，越是天马行空不拒框架，越是受到推崇。而在这里，丝丝扣扣的利益牵扯众多，结果就不再那么重要了，只要不是偏差太大都可接受，这时反而项目归属、执行途径、涉及部门等附属问题却变得至关紧要了。

说白了，就是开采盐矿这个项目，谁能拿到利益？谁敢拿这个利益？这些问题不解决，他们不会动手建厂的。就好比你是好心想烙张饼给他们，可他们却想"吃不着会急死，吃独食怕撑死"，与其被一张饼搅得心不安宁，那还不如没饼吃的好。所以，在这张饼被妥善分完之前，他们甚至不会让你动手和面，再等等吧。

大壮绝不是危言耸听，他从认识王科长开始，到后来进入低调奢华的三层小楼认识了周局长，以及与周局长有关联的李叔、强子等人，让他非常清楚地认识到一张看不见的利益关系网的存在，就像林庄的地河一样，深埋在暗处，却又无时无刻不在影响着你，哪里能摆脱得开。当初他还想参与到二胖的项目中去，现在看来，这张饼实在是太诱人，虎狼们都紧盯着，怕是已经轮不到他下嘴了。这让他很是失望，却不甘心，想在最后放弃前再做一次努力，死马当作活马医，也许能捡个仨瓜俩枣的呢。

他于是找个机会，又去了趟周局长家，这样的事情，还得从他那里入手才行。

大壮问："干爹最近可有去过城郊的小楼？可又在那里留过墨宝？"

周局长说："也有去过，但多是跟其他人说话、喝酒，写字就不多了。又没人像你一样有心给裱起来，每次写完都是被他们随便收起来丢掉，不写也罢。"

"那是因为您每次都写得随意，他们多是不懂字，看不出字的好坏，几张叠放在一起更是分不清出自谁手，时间一长准就被忘在一边没人要了。但如果您有了这个……"说着从口袋里拿出一个精致的小盒子，绒面插扣的设计，显得古朴端庄。小盒子打开，露出一枚半嵌在凹槽里的黄色石头，大壮扫了一眼

周局长，见他已被石头牢牢吸引住，便继续说："以后，如果您每次都配上落款，再盖上这个印，怕是就没人敢再慢待您的作品了。"说完，他小心地取出印章，递到周局长眼前。

周局长原本是瘫坐在沙发里的，他赶紧调整姿势重新端坐好，接过来细细观察这款印章。只见它六七厘米长短，不规则形状，上部圆钝，下部挺拔，就像个伸直了的拇指一般。印石分为两色，半白半黄，过渡自然，白似冻脂，黄若凝膏，温润生津，剔透玲珑，不正是一枚寿山田黄石！虽算不得精品，但也是珍奇无疑。周局长两眼顿时冒光，摘掉老花镜再度打量，见印章四周浅刻着松树童子，细致生动，再翻看底部，则是带边栏的阳刻凸文，他哈口气在手背上使劲印下一戳，提手细看，隐隐正是白底红文自己的名字。高兴得他拿着印石哈哈地痴笑，竟不知道说什么好了。

大壮看得出周局长的兴奋溢于言表，炉火烧得正红，是时间捶打几下了，便张嘴说："这是儿子前些日子从一个收藏家手里换来的，他一共有两块，另一块是纯色的田黄冻石，看着就跟凝结的蜂蜜一般，细腻急了，那可是极品。只可惜儿子财力不足，人家不肯出手，不过您放心，我知道您喜欢，日后等我赚了钱，一定买来送给干爹您。"

"冻石，那得不少钱吧？"

"很贵。不过前些日子有个投资项目，本来是有机会赚笔大钱的，但是现在怕要黄了。"

"哦，是吗，说来听听。"

"您应该听说过，就是前些日子在我们村发现一个盐矿的事情，那个主导人就是我的一个兄弟，他是一心想开发盐矿，但空有一肚子的学问却没有资本，想拉我合伙。我也认为是个好项目，为村里、为个人都是有益的，但不知为何被县里搁置了。"

"哦，那个盐矿，我知道。你们想的太简单了，盐矿是国家资源，哪里允许个人开发，你们搞不定的。"

"那就算政府牵头，也不见他们有什么行动啊？"

"这就牵扯到好几个部门的利益了，按理说盐厂最好建在矿井边上的，但那里离县城太远，交通局说道路条件不配套，电力局又说现有高压线功率不足，还有人力部门说那里不好招工，公安局也说那里太远，聚集一大批人，出些什么事情，根本来不及反应。听起来都很有道理，其实就是在争取利益。"

"那么，盐厂还会不会建？"大壮问。

"应该会，不过有可能会建在县城边上。"

"可是县城又没有盐矿。"

"他们是想把这个厂拆分成两部分，前期的开采和晾晒等投入少难度低的工作放在林庄，而后期的深度加工则放在县城。"

"我们能不能投资林庄的开采厂？"

"委托开采应该可行吧，你想干？"

"想干，我那个兄弟学的就是这个专业，后期的提炼加工反倒不在行了。与其跟那么多人分吃县城这块饼，不如咱们独占了林庄的盐田开采，他们担心鞭长莫及，但这正是咱们希望的啊，地是自己的地，人是自己的人，就差天时了……"

周局长耐心听着，静心想着，其实他从最开始也关注过林庄盐矿这桩事情，因为实在是太有玩头了。之所以这么多人都有兴趣，正是因为它不大不小正合适。大了，惊动了省里部里的领导亲自过问，莫敢再耍什么花招；小了，利润太少失了动力，而现在这个刚好。所谓水至清则无鱼，鱼至幼则无钩。周局长也并不是不想插一脚进来的，只是这桩事情离他实在太远，找不到任何借口。今天大壮这么一提醒，让他换个角度思考，渐渐清晰起来，认为曲线包抄也是可以做一做的。

周局长说："恩，让我想想，回头给你电话。"

大壮再次接到周局长电话的时候是在周六晚上，他让大壮周日一早开车来接他，他要去趟小楼，听语气，并不像平日参加沙龙聊天的轻松样子。因为电话里他并没有让大壮一块参加，反而只是让他开车接送而已，说这事情不宜让更多人知道，包括他的司机。

大壮起初并没多想，轻车熟路地往城郊的小楼开，只是在要拐进小路的时

候，周局长往前一指，说进下一个路口，搞得大壮有些莫名其妙。两个路口相距很近，也是细细窄窄的一条胡同，从外面看极普通不过。大壮钻进胡同，慢慢来到一栋也是三层的小楼前面，一样的灰色墙砖，一样的满壁爬山虎，一样的木质格窗，这分明就是小楼的反面嘛。只是这里多了个小院子，高墙铁网，大门紧闭，一股森然的样子。

大门上的小窗户推开，露出半个脑袋瞧了瞧，窗户再次关闭，紧接着大门才徐徐打开。大壮开进院子停稳，周局长让他在车里等着，自己整理了一下衣服，带了个帽子下车了。

大壮趴在方向盘上，探头远远地看着周局长进了一个侧门。门缝敞开，出乎意料的是，从里面丝毫没有露出他以为的富丽堂皇景象，也没有像在小楼另一侧的门内那种金黄色的灯光透过千百水晶吊坠的折射，所散发出的犹如置身皇家宫殿般富贵盈身的感觉。反之，里面只露出一个狭窄空间，地板和墙壁上贴满了白色瓷砖，没有一点摆设，只是一道楼梯斜斜的通向上面。

大壮顿时醒悟，怪不得他从来没去过二楼，原来二楼的入口在另一面，有意避开一楼的闲人杂物，也避开了一楼的庸俗奢侈。显然，这里进出的人们更加高层，也更加神秘。

大壮看小院子内的其他车辆，大概六七台，不算高档但干净无尘，显然是有人经常照顾的，而且车窗玻璃为单透式，从外面丝毫看不见车内的情况。他正观察着，大门再次打开，又进来一辆车，就停在他旁边，后车门打开，从里面下来一个中年男人。大壮看他五十多岁模样，短发净面，相貌俊朗，隔着层薄衣仍能够看出身材健硕，走起路来腰板挺直，虎虎生风，三两步便来到侧门进去了。大壮回眼去看那车的司机，不禁心中一惊，此人不正是杠子吗。

他没有跟杠子打过交道，但他从虎子的照片中见到过，精瘦的模样他记得很牢。大壮赶紧戴上墨镜，把脸低下来装作闭目养神的样子，但脑中却飞快地旋转——他为何会在这里？

难道，刚才进门的那个人是——强哥？

二楼的会议过去两周后，二胖和大壮就得到了不同方面的回复。县里对二胖说他们认真研究过了，决定组建县盐业公司，正式开发林庄盐矿。其细节与周局长告诉大壮的基本一致：分为两个工厂，一个在林庄，一个在县城。他们可以作为合同乙方被委托负责盐矿的钻井、制卤、晾晒等工作，而晾晒之后的结晶盐会被甲方派车运往县城工厂做后期处理，进一步加工成食用盐、肥料和各种化学元素。

周局长还强调，作为他们勘探并且发现优质盐矿的回报，甲方可以给予乙方部分前期资金及技术支持，而不会介入日常的运作管理。他冲大壮微微一笑，说这可是他争取来的，以后可要好好干啊。大壮举杯感谢，满怀期待，真是暗自庆幸最后做的那次尝试。

大壮长舒一口气，看来有惊无险，一切又重新回到了预想的轨道。

第三十五章
小吉村

对于林庄人，2003年绝对是具有非凡意义的一年。整个村子发生了翻天覆地的变化，不仅仅是村里的街道、房屋，而且包括从村里人的言谈举止、笑语寒暄中所透露出的精神状态，都有很大的改观。再也不是前些年那个死气沉沉、破旧衰败的山边小村，转而一变竟成了一个处处散发着蓬勃朝气，成了一个人人脸上带着美好憧憬的希望之村。

首先，是村里的两条街道都翻新了，还加装了明亮的路灯，路边紧靠房屋的地方，各家各户还种了不同花草蔬果。尤其到了春夏，在红色墙砖的衬托下，路边两排油绿的多叶植物，上面零散开着小花，小花掉落继而长出不同的果子，有黄瓜、西红柿、丝瓜等，各种颜色奔放鲜艳，好看极了。而且，围绕着村子，在外圈还新修了更宽敞的马路，那是专门走过路车的。如果说大城市里修个一环、二环已不再新鲜，但围绕着一个百户小村也能见到宽敞的环村之路，就实属稀罕了。

这且不算完，就连村里的空地如今也被重新修整了一番，添加了石桌椅，安装了篮球架，摆放了健身器，这里变得更加热闹了。村支书落成经常端着饭碗，蹲在石凳子上一边吃一边跟大家聊天，哑巴就蹲在旁边学他。

"落成，"老蔫靠在篮球架子上大声说，"你大小也是个村支书，咋就整天一副没款的样子，那凳子是用来放屁股的，你非放脚。你看哑巴也学你，好不容易这几年从树上下来，又被你引逗得上了凳子。"

落成脾气好，知道老蔫在故意说笑话，也不生气，笑呵呵落脚下地："习惯了，不蹲着吃不香。"

"不是吃不香，是不蹲着吃不饱。"落忠这时候从后街慢悠悠走过来。

"哟，落忠啊，你倒稀罕吗，"顺贵说，"来，吸烟。"顺手递出去一颗。

落忠接过烟点着，嘬了两口接着说："我看过一篇文章，专门分析为什么农村人喜欢蹲着吃饭的。说是过去太穷……"

"穷的没椅子？"老蔫没等他说完，就接话茬。

"也有这个因素，"落忠没有直接反对，但话头一转，"不过更主要的是因为蹲着的时候，胃是被挤压着的，这样稍微吃点东西就有饱腹感，可以少吃一点。"

老蔫觉得有道理，对落成说："所以啊，落成，以后你再蹲着吃，也得把双腿并拢，分开蹲着没效果，还容易掉屎条。"

一群人乱笑，但落成却一本正经地说："当然得省着点吃啊，修路占了咱村不少地，本来就种不出多少粮食，这下更紧张了。"然后问落忠："那口盐井什么时候才能打通，大家都等着干活挣钱呢。你看咱村，好些个年轻人过年回来听说他们哥仨开了盐矿厂，就不走了，说家里有活干，谁还去外面打工。现在眼看半年快过去了，怎么还没动静？"

"这是个大工程，光是我们打好井，建好了晾晒场，那也不够啊。还有县里的加工厂，两厂之间的公路，有一个没修好都开不了工。"

"县里的工厂盖得快不？"顺贵问。

"那个厂很复杂，要完全盖好需要好几年。"周围人听说一片哗然，落忠赶忙解释："不过一期工程今年就能完成，它一上马，我们就能开工。"

"那也不一定，"进才插进话来，"我前几天去县城进货，可看见在小吉村又堵起来了，像是比几年前闹得还凶。"

进才说的一点不假，小吉村的那些人的确又跟修路的施工队干起来了。这次修路不同上次，上次是土路变水泥路，顺便填平两边的路沟铺成双车道。路沟实属国家，小吉村的人闹事不占理，想学别人坐地起价骗补偿款，结果碰了

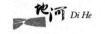

钉子被大壮他们狠狠教训了一回收了声。但村里的几个浑人丝毫不知悔改，仍是憋了一肚子怨气伺机报复。这次又让他们找着了一个时机。

四年时间既过，这条道路状况依然良好，本是不用再修整的，可是考虑到即将开始运营的盐厂，许多宽大的后八轮货车在这样的车道上来回穿插，就显得拥挤。再有，村里的人们散漫惯了，平时走路、骑行、开摩托多半不守规矩，为了减少事故，县里还是决定在现有基础之上，把这条道路再次拓宽改为双向四车道。这多出来的两车道，可就得实打实地从小吉村人的手里要了。

县里做事也并非不讲规矩，按照条例量尺画地计价补偿，但这次村里人存心找矛盾，那可就不是多加钱所能解决的了，几次交涉无果，上百号人又一次挤上道路不让过了。

大壮这些日子也在担心此事，因为道路的工期直接关系到盐矿的开工计划。他认为杠子一定被牵扯其中，因此打算进城去找虎子问问情况。

虎子见到大壮，带他去了一家饭店边吃边聊，还提起了哑巴。

虎子说："虽说这个矿厂是咱们哥仨的，但二胖出技术算干股，你出钱还干着管理算实股，我呢虽是出了点钱，但那是小头，我知道是兄弟们照顾我的，天天不在厂里还拿钱，这手拿得软。"

"咱们兄弟何必讲这些，再说等厂子开起来，还打算让你负责厂里的秩序和内外安全呢，我跟二胖在这方面可没你能耐。"

"保安队长？"

"不对，是公司副总经理兼安全部部长。"

"嘿嘿，那不就是保安队队长，"虎子一笑，说，"可是我回不去，在县里还有一群弟兄呢，让我扔下他们不管可不行。"

"那你就扔下我们不管？"

"不不，你看这样，我把我的股转给哑巴，让哑巴给你做这个保安队长，行不？"

"这么大方，不少钱呢。"

"哎，不论钱多少。从小咱们就跟着哑巴玩，长大了她又跟着我到处走，挖过土扛过砖还打过架，但到头来啥也没得着，现在又闲在村子里，总觉得对不起她。不如把我那份股就让给她吧，再给她个官儿当当，干活拿钱，顺情合理。"

大壮笑笑，他也的确不想让虎子因此断了跟杠子和强哥的关系，就爽快地答应，说你想得通那便没问题。

俩人喝得正开心，谈及小吉村，虎子貌似并不知道多少，刚说我回头帮你留意着点，这时电话铃响，却是杠子打来的。杠子正在找他，像是有什么急事，问到饭店地址便说要过来。大壮见是躲不开了，索性会一会。

杠子来到饭店，与大壮握手寒暄几句，说了些"后生可畏、常听虎子提起你"之类的客套话，便落了座。虎子问他有何急事，杠子三言两语挡开，提杯要跟俩人喝酒，显然是不想让大壮听到。虎子是真糊涂，看不透其中缘由，还在三番五次地追问，而大壮则是装糊涂，也不点破其中尴尬，反倒多加了几个菜，很从容地延长了饭局，他要更多地了解一下杠子。

大壮说："我知道这家饭店有盘特色菜，你们尝尝。"

他叫来服务员吩咐几句，过不多时，一盘油炸蚕蛹便端上桌来。虎子从不挑剔，对没吃过的、尤其是肉类更是充满了尝试欲望，伸筷子就去夹。可急忙中没有夹稳，蚕蛹脱落掉回盘中，像是孩子们玩的橡胶球一样在盘子里弹跳了好几下。蚕蛹肉质肥厚，被炸得韧劲十足，这正是这家店的特色，故而蚕蛹落下一碰一撞，一盘子蛹就像是活了一样翻动起来。还有一个掉出盘子，咕噜噜滚到杠子前面，竟惊吓到了他。

大壮看的分明，问："杠子哥，没吃过？"

"没有，没吃过。"

虎子又夹了一颗放进嘴里，嚼了两下，高兴地说道："嗯嗯，好吃，你尝尝，就跟我们小时候吃的烤蚂蚱差不多。"

杠子一听更是没胃口了，把筷子放在桌上："我是不挑食的，酸的苦的炸的煮的连皮的带骨的我都吃，但唯独不能吃这些。"说着指指盘子里的东西。

"虫子？"大壮问。

"对，有阴影，不敢吃。说起来还跟你们林庄有关系……"说到这里，杠

子若有所思，"看起来，好像你们林庄人都挺能吃虫的，我见过的就有两个，都是你们村的。"

"当然了，你当然见过，那就是我啊。"虎子张嘴回答，因为他想起了小时候自己吃青虫的那码事。但杠子没有在意，还以为他在说当前吃的这盘蚕蛹。

见虎子很兴奋，还要继续说，大壮偷偷碰了碰他的脚让他闭嘴，问杠子："是吗？我们都没听说过，你给我们说说呗。"然后摆出一副好奇的神情。

"一个啊，是你们村的老蔫。"

说到这虎子一怔，显然他爹他娘从没跟他说起过，大壮轻轻在桌子下面拍了拍他的大腿，示意他镇定，继续听。

"另一个啊，叫什么根，还是什么栓，记不清了。"

这回轮到大壮一怔，他怎么也没想到能从对面这个跟自己八竿子打不着的人口中听到他爹的名字。他觉得很是好奇，如果想让杠子继续说下去，那就决不能透露他们的关系，于是说："你说的是，小根儿吧，俺们叫他根叔。"

"对，是有个根叔。"虎子也接话，他是当真的，因为他更加不知道大壮爹的名字。

杠子说到这里，警惕地问："你们那个根叔，还活着？"

"好着呢，"虎子抢着回答，"天天在村里大树底下跟俺爹斗嘴，斗了好几十年了，也没听他说起过啊。"

杠子一下子放了心，轻轻地长出了一口气往后一靠，舒服地倚在椅背上。他对于当年根栓疯疯癫癫地朝着断桥跑去，担心是否真的会糊里糊涂摔下桥这一事情，仍是心中有顾虑的。虽说现在他经历的多了，对于他人生死早已不再那么过心，但于二十几年前还是一个不经事的莽撞年轻人的时候，根栓的死活的确让他牵挂了好几年，并渐渐成了他的一块不大不小的心病。现在无意中得知此人没事儿，一块长期挂在心头的石头便落了地，轻松之情溢于言表，在一叹一靠之间流露出的那股精神久缚之后幸得解脱的快意，也立马被大壮捕获到了。大壮顿时觉得这里面一定有更多的故事，他要继续假装下去，探得究竟。

于是，他端起一杯酒，说："杠子哥，喝杯酒，你慢慢说。"

"呵呵，那都是二十多年前的事情了……"于是杠子便把他怎么遇到根栓，怎么逼根栓吃虫子的事情简略地说了一遍，他自然是没有提起根栓最后变得痴傻，跑去断桥的细节，取代的是说最后便放他回家去了。

虎子听得哈哈大笑，说竟然有这样的事情，回头一定到村里找小根儿取笑一番。而大壮表面陪笑，实则是在不露声色间慢慢起了杀人之心。杠子没有提起具体时间，故而大壮也没有直接把他爹的失踪跟眼前这个人联系起来，但他爹确实被他们侮辱戏弄之事已勿庸置疑。

他又一次微笑着端起酒杯，嘴上说的是敬意，但眼底却是看不见的火焰，杯里是闻不出的毒酒，笑容中还藏着两把复仇的弯刀。

酒散后的当日下午，虎子打电话给大壮，说杠子通知他，小吉村果然又有人闹事儿，强哥让他们明天带些人过去处理一下，嘱咐不必在意后果，但求快速解决，出事他自会摆平。

大壮心中暗叫一声好，问道："虎子，你觉得杠子怎么样？"

虎子被问得突然，不知怎么回答："怎么样？他是我大哥……"

"你觉得他怎么样？"又问一遍。

"他把很多事情都交给我……"

"虎子！我问的是，你觉得杠子这个人，怎么样？如实回答。"大壮语气严肃。

"嗯，不能算好……但有些事情……也不能算坏……不知道，当大哥的都这样吧……"

"那好，"大壮打断他，"我问你个问题，以前曾经问过，但那次你没回答，现在你可以好好想一想：你可想取代他？"

"……"

虎子在那边默不作声。

大壮等了片刻，他已经非常明白虎子的心理了。虎子此时就像是个蹒跚走路的小孩，望着门外的风景有心走出去，鼓足了勇气抬腿，却不想一脚踏在了门坎上，假如不去管他，腿一软也许就摔回屋内，倘若此时有人推他一把，多半一鼓作气也就迈过去了。

　　而大壮决定要做那个推他一把的人，他在电话里语气果断且坚定地告诉虎子："仔细听好，明天你们出发去小吉村的时候，你务必坐到最后一辆车上，并且黄毛不许与你同车。只要做到这两点，其他事情交给我就好，记住了？"说完便放下了电话。

　　那日自从酒散，大壮离开了杠子，他就一直在设想该如何解决掉他。当前的小吉村是难得的机会，一群莽夫有勇无谋，在他看来与一群提绳木偶无异，稍加鼓噪便可假手于他们代为除之。所有的细节都已在他脑中演练了多遍，直到虎子来了电话，大壮才暗自开心，说服了虎子作为"里应"后，便驱车赶到下理村安排他的"外合"去了。

　　大壮先是找到他的中学同学，再经介绍认识了上次修路纠纷中死者的家属，他略加修饰地把此中缘由和经过以及背后那些不为他们所知的真相，非常具有煽动性地讲述了一遍。那家人听罢勾起了痛苦回忆，痛骂自己糊涂，竟然遭人算计还不自知。亲人惨死，补偿拿了九牛一毛不算，还竟然一直错把仇人当恩人，一副咬牙切齿的样子，恨不能把那些贼人捉来立马撕碎吃了。大壮也配合着大声哭诉好人死得太冤，咒骂官商勾结鱼肉百姓，并暗中怂恿说此仇不报天不容，一语惊醒了这家人。他们收声止泣，这家母亲让他的儿子赶紧去找当家长辈来，他们要商量个办法了结此仇，讨回公道。

　　不多时，屋里便挤满了人，有家族长辈，有村中好友，有好事者，有嫉恶如仇者，有善打抱不平者，有生活不顺并积愤多年且无处发泄者……一股脑都聚集到了他的家里。

　　长者毕竟为长者，心中沉稳，思虑清晰，并没有被满屋的啼哭谩骂乱了头脑，对大壮说道："在六年前的那场事件中，如果真如你所说的他们勾结在一块，把我们当垫脚石，不惜以害死我村人的性命为代价，就为骗取政府补偿金的话，我想在座的所有人，甚至全村的父老乡亲都是共同的受害者，我们是齐心合力的，是坚决要找他们讨回公道的。但是，你又怎么能证明你说的就是真的呢？不要怪我多疑，事关重大，不得不谨慎。"

　　大壮回复说："那好办，有谁还记得上次替你们村人说话的那个黄头发小伙子？谁还记得当时站在推土机上讲话的那个施工方代表呢？"

人群中自是有举手说记得的。

"果真记得模样？看见能认得出？"

那人点头，说忘不了，当时他就站在最里圈，看得最真。

"那好，你们明天都跟我走，去小吉村一看便知……"

第二天，大壮问好虎子的出发时间，提早出了县城，来到一条人不多但是必经之路上，躲在路边的树后面等着。时间不长，从县城方向快速开过来三辆白色面包车，没有警笛和公安标志却时不时发出低沉的喇叭声。大壮便知道是他们来了，他戴上手套，从背包里掏出一把三角钉藏于身后。第一辆车"嗖"地开过，大壮蹲下来准备好，第二辆也接着"嗖"得开过，他快速地一扬手，一把铁钉洒到了路面上，接着就是第三辆疾驰而来，他能看到虎子一脸紧张的模样坐在副驾驶位子上从他面前开过，车轮妥妥地轧过了几根铁钉。

大壮知道事情已妥，待他们走远，上前收好路面残余的钉子，开着车也赶往小吉村去了。

开走没多远，大壮果然看到了虎子的车停在路边，一群黑衣人忙乱地围着没气的轮胎又叫又骂，而虎子则独自坐在车上低头抽烟。大壮没有停车，一踩油门就开过去了。

在路上，大壮接连收到几个下理村民打来的电话，他没有接，掐掉电话坐在车内慢慢地接近出事地点。不出他所料，当他赶到的时候，那里已经打成一团了。显然是下理村的人和小吉村的人提前沟通过，他们结为联盟一致对抗杠子他们。两村人凑在一起至少200人往上，虽说行动起来仍是没有组织和指挥的散兵游勇，但数量上远远超出那两车人，再加上被欺骗的下理村人发现了真相，在觉醒后异常凶猛的复仇之心驱使下，杠子他们被打得丝毫没有还手之力。

最惨的就要数杠子和黄毛了。小吉村人稍有收敛，但下理村民则是急红了眼，棍子和石头齐声招呼，待那两个人被打趴在地上不再动弹的时候，小吉村人及时拉开了他们，伸手于鼻前轻探呼吸声，竟然悄无声息，死了。两村的人于是"轰"的四散，片刻间已是不见人影。

第三十六章
判决书

死人总归是一件大事情。在死之前，无论是多么的微不足道或者遭人痛恨，一旦没了，就立马变得重要起来。

下理村的村民死了，尽管生前被人叫嚣着灭之如蝼蚁，而一旦真死了，政府却赔出一大笔钱；谋财害命的杠子和黄毛也死了，尽管生前被村民们叫嚣着寝皮啖肉，而一旦真的横尸眼前，却都躲得远远的做回良民去了。别再说堵路，就连口风都变了味道，警察来的时候，村里人人都说自己是支持修路的，最看不惯那些不怀好意惹是生非的人了。参与打架？当然没有，我从小怕血，连腿上的蚊子都不敢拍，哪里敢去做那吓人的事情，不信你问俺媳妇。

强哥最初是在公安局长面前一再强调要追查到底的，但毕竟杠子身后牵扯众多，当他得知下理村的人竟也涉及其中的时候，也就不再多声。就这样，一个简单明了的群殴致死事件，到最后竟变成了一个人人心知肚明却都在装糊涂的悬疑案。

数来算去，这里面的最大赢家唯有大壮。他不仅消除了道路工程延误的风险，还把虎子一举推成大哥，替代杠子走到强哥面前，而且他的火葬场里还多收了两笔焚尸钱，收获颇丰。而成本仅仅是一把铁钉，可谓一本万利。

火葬场的炉子一旦着了，似乎就没有停熄的时候。今年，看样子很有可能会再添两具林庄人的尸体。

一个是顺贵，另一个是祖奶。

祖奶今年82岁，整整比顺贵大了两轮，可他们俩却是同一天住进的医院。

那是在十月份，天气转凉，祖奶像往常一样让白娟陪着每天在村里地里到处走动，白娟的意思是活动一下筋骨有益身心，而祖奶却自嘲地说是人老贪生，怕哪天真就看不见了让人后悔。村里人就赶紧替她去敲椿树，不吉利的话可不敢乱说，好日子刚开始哪能不多看看呢。

可人毕竟是老了，祖奶那日出门忘记系围巾被村外的冷风吹进了领口，回来就感冒了。这一病竟卧床不起，且每况愈下。一日早晨，白娟急匆匆跑出门，到街上去找人，她来到空地，只看见顺贵坐在那里喝粥，便说祖奶不行了，二胖这些日子一直住在盐矿工地，家里人手不够，因此喊他帮忙送祖奶去县城。

就这样，顺贵一块进了医院，他让白娟陪着祖奶，他与落忠楼上楼下的跑着办各种手续。待得一切妥当，祖奶安躺在了病床上，他的肚子咕噜一叫才想起来那碗粥还没喝完，早已肚饿。白娟表示抱歉，赶紧下楼打包了盒饭，顺贵不好意思推脱，接了杯热水放在旁边，一口饭一口水吃起来。

白娟心细，看他每一口咀嚼都过于多次，还得喝水帮助下咽，就问顺贵是不是不合口味。顺贵摆摆手，不好意思地说，在家的时候多是吃汤水饭，不是粥就是面，这都很多年了，每次干吃总是咽不下。才说着竟剧烈咳嗽起来，白娟去拍他的背，没想到越拍越厉害，一股嗝气上来，顺贵竟然吐了一地，把旁边的医生吓了一跳。

医生过来看顺贵，敲了敲胸骨摸了摸肝脏，然后劝他去门诊做个检查，说反正都到了医院，多查一项也不枉赶这么远的路。白娟本来就觉得亏欠了顺贵人情，日后不知如何偿还，这下正好劝他听话，说费用她出。顺贵乐呵呵地出了门，嘴里还假模假式地说哪有这个必要，吃难受了吐出来岂不是再正常不过，他那傻孙子都会打嗝呕吐更何况他。可谁知顺贵一去大半天，再回来时竟是瘫坐在了轮椅上，直接推到了隔壁房间的病床上。

顺贵被查出了食道癌——晚期。

医生是这样解释的：顺贵常年喜欢吃烫食，尤其是熬煮的稀粥，每次饭锅

刚离灶，他不让搅拌，用锅勺走边溜沿先把最上面的那层滚烫粥油舀给自己，他称之为"头勺"。热粥入碗，碗沿都还烫得没法碰的时候，他就用两根手指头掐着碗边滋遛滋遛开始喝了。连芬开始还劝他慢点，说当心烫穿了肠子，时日一久见他非但不改而且还越喝越快，当他最后一口粥下肚，嘴慢的人甚至才端起碗来吹气降温。顺贵把碗往桌子上一撂，满意地打个饱嗝，无论多热的天也能嗝出一口蒸汽来。连芬顺嘴往里看，见他的舌头也是红彤彤的，就笑话说以后不用再给配菜，让顺贵把自己的舌头嚼一嚼当猪口条吃下算了。可没想到的是，舌头没事儿，食道却被烫坏了。

这两件事情传回村子里，可是急坏了满村的人们。

一是因为祖奶受人敬重，通情理明是非，别看年纪大了身材瘦弱，皮肤还略显松垮，但是仍旧留着一头茂密的银发，根根洁白不掺一点杂色，再加上白娟经常帮忙打扮梳理，一身素衣简洁而干净，每口早上迎着晨阳缓步走在街上，远远看去仿佛是自带佛光的。

用老蔫的话说："林庄的事儿，过不下了找村柱子，想不开了找祖奶奶。"也不用祖奶开口，只要笑嘻嘻地听着你说完那些烦心苦闷的事儿，心结慢慢地自然就化开了。人们既然把她当凡仙看待，那怎么能生病呢？

还有，就是村里颇有几个人跟顺贵一样喜欢喝烫粥，这下拉了警报，做饭的女人们早晨都要提早半个钟头起身生火，以确保到了饭点粥已经半凉才算放心。此事本为小众，有则改之，无则自警，应是不会对生活产生多大影响，可就是有些爱煽风点火和一听就信的老婆子们把事情做得矫枉过正，到处传闲话说蒸出来的馒头和炒出来的菜也需要放上半个小时才能吃，在夏天也许不打紧，但在十月吃凉菜的结果就是村里拉肚子的人一下子多起来，就连进才店里的厕纸都卖断了货。

现在顺贵住了院，老蔫在大椿树下坐在他的躺椅上，看着肚子疼的进才说话："该！让你财迷，明明自己也拉肚子，还把最后一卷手纸卖出去，擦了几天硬纸片子，里面外面一块疼了吧。"

进才捂着肚子不理他，一会儿感觉不对，起身便往茅厕跑。老蔫于是又张嘴笑他："看你那样，跑起茅子来怎么和根栓一样？"

　　说完他自己也觉得奇怪，二十几年没提过的人名怎么今天会脱口而出。说完呆呆地怔了一会儿，陈年往事如烟而过，不禁轻叹了口气。

　　小根儿在旁边看出他的心思："根栓都没了快小三十年了吧，死在哪都不知道……哎，谁还没个死呢？前几年郦婶和老森爷走了，今年怕是祖奶和顺贵也过不去了，谁知道过几年就能轮到我们几个哦……"

　　小根儿媳妇听他说话带有哀怨味，便说："看你还是个老爷们，说到生死就哀声叹气的，你们不都留了种在世上，有啥好怨的。你看大壮，他爹当年是窝囊，但这脸面都被他儿子挣回来了，现在管着这么大个盐矿，眼看就要开张了，还能养活一村子的人……"

　　说到这里，她想起了算命的事情，便问："还记得当年村里来了个河南人，给大壮怎么算的命来着？好像是说他能干成大事儿，事情从地下而起，对不？"

　　"好像是这样，我记得他还说，看不清他干的事儿是好是坏，但能影响整村的人。"老蔫补充道："你看现在都说准了，大壮当了盐矿总经理，矿井往地下一挖上百米，挖出来的盐能养活一村子的人。我看啊，就是件大好事儿。"

　　"是啊，当年要不是祖奶拦着，没准现在就没大壮了呢，咱们一村人守着那片种不出东西的破地，喝西北风啊。要我说，还是祖奶有慧眼，她才是咱村真正的顶梁柱呢。"

　　"那可不！"进才的肚子是来劲快卸货也快，一脸轻松样走过来，接着话说："当年四根村柱子，加一块都得听祖奶的，更何况现在只剩下老全叔和庚叔。全叔如今也老了，管不动了，庚叔更是十几年来一直闷在家里修家谱，其他事也不过问。结果矬子里拔将军选出个落成做村支书，可谁听他的？要不然，这次村里能让这群发神经的老娘们因为一碗破粥搅和成这样？"说完皱了皱眉头，感觉肚子又不对劲了。

　　"哎，你们听说了没，庚叔的家谱好像修的有眉目了。"

　　村子里根本就没有秘密可谈，人们也不是有意传播，只是你一句我一句

说着说着就人皆而知了。新修的家谱，虽说没几个人见过，但传的话却是没错的。

庚叔，自从上次让大壮和虎子毁了家谱，深感自责，他正如自己所说，之后便把自己关在家里开始修编整理。当着全村人的面立下的誓言，他是无论如何都要完成的，恢复林庄韩式宗谱俨然成了他此后余生的唯一任务。人们能看见的，是当某家某户的血亲生卒信息需要印证和询问的时候，他才出来走动走动，找人说上几句话。人们看不见的，是他之后又重新回到那个堆满了碎布条和笔记的屋里，埋头苦干，夜以继日。到如今整整17年，是何等的毅力支撑着他日益衰老的身体，又是怎样的耐性维持着他始终孤独的心理，恐怕连他自己也是说不清楚的。

先不论其结果如何，单就这一份"坚持"就足以让老庚自我宽慰和让别人敬佩的了。更何况当他把整修好的草稿拿给老全的时候，老全翻看着几百页密密麻麻且布满了涂改痕迹的纸稿，半天无声无息，已是一脸老泪纵横。

完全恢复是不可能的，但如庚叔现在完成的这样，把前500年将近一半的内容，以及近100年几乎所有的内容都复刻出来，也可说是奇迹一件。而且他还增加了详细地对600年间林庄历史以及过往变迁的梳理和记载，包括村中韩姓几大支脉的传承特点，包括村中南北两街以及中间空地的形成过程，还有在这数百年中大椿树的生长状况。最重要的，他详尽记录了此次家谱被毁的因由经过和整理恢复中的缺失遗憾。洋洋洒洒，蔚为大观，怎能不为之感动。再看着庚叔几近花白的眉发，和常年伏案端坐所引发的关节变形和劳损，不得不理解老全的激动之情了。

他拉着老庚的双手，颤抖地说："老庚，我知道你还未最后完成，这只是初稿，但绝不影响它所能带给村里人的震撼和安慰。我想恳请你，能否拿到医院给我的姐姐一看？不求能产生什么奇迹，但在她走之前得知你竟能完成如此了不得的事情，她也会心宽的。"

"好，我也是这么想的。"

在县医院里，二胖一直陪在奶奶身边，他把盐矿的事情全部交给了大壮管理，自己则每日在医院与奶奶说话聊天。小飞定居外地，此时也赶回来与家里人团聚，愿尽最后一点孝道。奶奶说，人命不可与天违，时间到了，自然是要走的。人生若短，七情杂味未能体会，必然留有遗憾，但如她一般若能明明白白活到八十而终，喜怒哀乐变得清晰明了而不再纠缠多变的时候，一切又似乎回到了简简单单的物始人初，也就不再那么害怕和留恋了，又何必难过。

在最后时刻，祖奶看到庚叔手里拿着的家谱纸稿，听着大家发出的赞叹，还有一些来宽慰她的话，祖奶仍旧一声不吭，微微地笑，静静地听，静静地看，然后慢慢地闭上眼，慢慢地——走了。

庚叔掩面擦泪，拿出笔在家谱上祖奶的姓氏旁小字填上一句：二零零三年秋，卒。

要说全村的人，唯一让大壮敬重的，就是祖奶了。当年他10岁，那天发生的事情、郦婶讲的话、老全唱的祭文他都听不太懂，也记不清。但长大了细细琢磨，他慢慢明白祖奶一定是帮了他和虎子的，减轻了村柱子们商定出的惩罚，少了些皮肉之苦，算是恩情，值得敬重。但他不明白的是为何祖奶会要求他改换了名字，而且是一只猪的名字。大壮自小敏感多猜忌，他以此为极大耻辱，认为是丢尽颜面的严重伤害，这让他对祖奶的感恩有了些折扣，但总的来说还是尊重的。

因此，承办祖奶的葬礼大壮仍是出了不少力，按照喜葬的样式呈高规格安排。棺木用的是上好的金丝楠，漆成通体的亮黑色，远观如同钢琴木一般沉稳而厚重。棺头一边稍大，侧观向上倾起，正面雕刻一个大大的"寿"字，再填以金粉装饰。棺板两侧也有金色雕纹，鹤鹿同春、青松旺柏的图案简洁而清晰。棺室内部铺着厚厚一层绵软而洁白的绸布，内壁挂着一圈黄丝织就的镂空裙边，显得纯净素雅又不失高贵。祖奶就闭目静躺其中，身穿深红底色的桑蚕丝寿衣，腰间轻搭一条金色凤凰纹腰带，安详的就像在自家床上睡熟了一般。

这里，将成为祖奶此后永久的家，正如斜靠在旁边棺盖上的三个金笔大字所描述的一样——安乐宫。

祖奶和二胖

送殡的队伍从医院出发，小飞和二胖拿着遗像走在最前面，他俩头上带的是大红色的布袋孝帽，后缀麻丝，以示逝者寿终正寝且后继有人。落忠和白娟走在其后，麻衣白帽，缓步领着身后挂着黄花的灵车和一队身穿袈裟手执法器的和尚。再后面则是林庄的送葬队伍，青壮老幼上百人哩哩啦啦排出去三四十米。整个队伍没有哭喊，没有喧闹，只能听见和尚们一路不停地诵经声。队伍遇到路口，则冲天放上两只红皮炮竹警示开道，人们见了赶紧避让，都说这准是哪个大户之家死了人，竟是这等风光。

到了大壮的殡仪馆，棺柩被放置在追悼堂的台前，棺柩上方是一副祖奶的遗像，前面是一个"奠"字的花圈，周围则摆放了许多莲花缸和佛油灯。落忠领着家人跪在一侧，听着和尚们晃动着法器，低声颂咏着超度经文。

超度的经过冗长而繁杂，待和尚们的法事做完，一位年长的僧人缓步走到落忠跟前，柔声宽慰道："人既已逝，往生极乐，生前积善，逝而解脱，施主节哀，可以盖棺了。"落忠点头称是，老僧又回到和尚们的中间带着大家盘腿而坐，敲着木鱼继续齐声诵读，并抬手示意可以行动了。

于是四个人从旁边走出来，刚要准备抬起棺材盖板的时候，白娟却忽然大声叫了一声"停"，人们都是一怔，不知发生了什么事情。

只见白娟从一个大牛皮信封里抽出一张发黄的纸，看样子有些年头了。因为这张纸上有几道折痕，并且沿着折痕裂开好几条口子，拿在手里已没有了形状，散乱成破树叶一般。白娟小心翼翼地把它收折起来，重新按照折痕叠成烟盒大小后带到棺柩前。

在她经过大壮的时候，大壮不仅浑身一震，顿时让他从昏昏欲睡的诵经声中清醒过来，双目注视着白娟来到棺木前。只见白娟俯身对着祖奶说："早些年您说烧掉了，其实一直留着，我前几天整理东西时又发现了它，但再也没了用处，还是还给您吧。"

说完把这张纸片轻轻放入棺内，退后几步，看着棺盖被四个人顺着滑槽用力一推，"嘎达"一声终于闭上了。

在土葬或者火葬前，在棺木里放些死者生前常用的器物，常读的书籍或者寄以后辈哀思的书信都是常有的事情，故而白娟的行为并没有引起大家太多的

议论，以为是她临时发现遗漏的随葬物品罢了。

别人不经意，大壮却走心，他肯定那绝不是什么普通之物。因为刚才白娟经过时，他赫然看见小纸片上的四个红手印，虽然时间已久，但红丹丹的油迹仍然清晰可见，那不正是当年被祖奶收起来的判决书吗？那四个红手印——让他印象极深的红手印竟然再次出现，一直以来心中那个谜团的答案应该就在这里，让他怎么能放过。

等到棺木准备妥当，被推入焚烧室的时候，大壮趁人不注意一闪身，出了侧门离开了。他绕到后炉，让小个子司炉赶紧停止焚烧，拉出棺木，灭掉残火。此时棺木外面已被烧焦，但整体结构损坏不大，棺内仍然是完整的。大壮在祖奶的棺木前跪倒磕了一个头，说绝不是有意得罪，还请祖奶原谅。之后找工具撬开棺盖，伸手从里面小心地取出那张纸片。

他把纸打开捧在手里，努力辨析上面的字迹，的确就是当年的判决书无误。前面几行简单说明了做此决定的原因经过，然后就是对他们四人不同判罚内容的一一描述。

此时，燥乱的心情已无法再让大壮逐字读完，他的目光不禁跳过前面所有文字直接把目光落在最后一行上。

大壮记得相当清楚，当年祖奶笑嘻嘻地讲了一大堆，说大壮的惩罚与二胖相同，又是跪坟又是抄书，还让翠巧在祭祖的时候准备一头活猪……这样的内容，无论语言再怎么编排，也都是数十字的大段落。

然而，事实上，在他手中，在最后一行里，醒目的却只写着五个字。

"韩建爽，活埋。"

第三十七章
庚叔

　　待人们都走后，大壮独自一人留在了追悼堂。他怔怔地坐在祖奶的遗像前一动不动，两眼目光散乱，无神无力像是内心被掏空了一样。这是长时间的心情紧张和焦灼过后，精神被过度消耗的状态。大壮的身体是无力的，内心是疲惫的，但是他的思路却是清晰无比的。

　　他终于知道了，为何祖奶会让他改名。那是一种杀生与救生之间的妥协，是维护权利还是维护尊严之间的平衡，对于原本的大壮是灾难，对于新生的大壮是复活，那是生命的转移，也是死亡的嫁接。真正的大壮代替爽子去承受惩罚，而爽子代替大壮去继续生活。

　　就因为这样，在离开追悼堂之前，他跪在祖奶的遗像前，用力磕了三个响头说："祖奶，谢谢您救了我，你的恩情我不会忘，您的家人我会照顾。但是，对其他人的仇恨我也不会忘，他们的命我迟早要拿回来，好人都死了，恶人为什么要活着！"

　　二胖自从送走了奶奶，就一直待在家里很少再去矿上，他对奶奶的感情极好，受到的打击也是极大，失去了所有工作的动力。其实，这里面还有另一个原因，那就是他的专业是矿物的发现与勘探，前期找矿、挖井这些事情正是他的情趣与专业所在，做起来干劲十足，但越到了后来，越是与他的预想相去甚远，尤其到了一切硬件条件准备齐全，马上要开张的时候，就全是一些与人打

交道的事情了，例如对矿场员工的管理，与客户县城盐业公司的交往，还有与政府大小官员的关系维护，这些都不是他所熟悉的，也不是他能处理得了的，因此基于这个由头，他选择待在家里也就不奇怪了。

故而现在，虽说盐厂的股东仍是兄弟三人，但真正管事儿的也就大壮一个。

一天，大壮在办公室里正在头疼晒盐废渣的处理问题，这时响起了电话铃，看屏幕显示竟是王科长，他们可有段时间没有联系过了。王科长告诉大壮，说他已离开酒厂，现通过关系进入了即将开业的县盐业公司，仍然在运管部，但头衔升级变成了部长。运管部的业务对口单位之一正是大壮的盐厂，故而挂个电话跟熟人打声招呼，也好方便以后开展工作。大壮在电话里赶紧改口称王部长，说近来太忙，疏忽了老领导，有调职升迁的好事那一定是要找时间登门道喜的。王部长赶紧称惭愧，说周局长前日还特意嘱咐他要积极配合韩总的工作，既然韩总忙得脱不了身，那过几日他会亲自登门拜访。

继续寒暄几句之后，大壮放下电话，心中暗自高兴。王部长管理酒厂运输部多年，酒厂的酿造废料他们是如何处理、运往哪里处理一定很清楚，虽说与晒盐废渣的处理方法有不同，但多少可以得些经验，受些启发，因此心中略有期待。

可稍再细想，大壮又不禁暗自惊叹起来，之前他所意识到的那张关系网，真的是无处不在，无所不能。盐业公司表面看是一家政府控股的企业，却明显被牢牢地掌控在那栋三层小楼里了。从前期的立项、选址到如今的日常运作，还有重要部门的人事安排竟都能安置了他们自己的人。这个王科长原以为他本事通天，现在看来无非是走卒一枚，就像是被他们放出去的一条狗，帮着主人看守一片肥水，莫要流入他人的田里罢了。

大壮静心回神，万分庆幸当初决定承包这个被他们看不起眼的盐矿，从而摆脱那张大网的把控是多么的正确，心中正美着，却被一阵突如其来的锣声打断，隔着双层的玻璃也扰得心烦——他知道那是哑巴。

按照虎子的要求，大壮把哑巴安排进了厂里负责安全工作，哑巴心智不成熟，做保安队长是不行的，而把她放在厂门口做门卫兼鸣钟员她却是十分满意,第二天就高高兴兴带着锣上班了。锣被她挂在门卫室外面的屋檐下,紧挨着一面大的石英钟,到了上班点、下班点和午饭点,锣声就会准时响起。别看厂区大、噪音重,可仍旧挡不住响锣深远的穿透力,声声入耳,锤锤惊魂,无论谁想继续多干一会儿都不行,当然也包括离大门不远总经理办公室里的大壮了。

大壮抬手看了一下手表,离中午饭还差得远,这时候哑巴把锣敲得热闹,那就说明一定是发生了什么状况,就跟锣声响在林庄里一样,片刻就会聚满了人。大壮也是如此,他披衣出门去看看究竟。

在大门口,一群人围成一团,里面吵吵闹闹地传来进才的叫骂声。大壮扒开人群来到里面,看见进才推着自行车要出厂门,但后车座却被哑巴死命拽住动弹不得,气得进才大声喊骂,但哑巴也不吃亏,"啊巴啊巴"的一嘴一嘴还给他。

哑巴看见大壮,赶紧打个招呼,叫到身边,用手指了指掉在进才车旁边的一个编织袋子,又指了指他,意思是进才竟然偷东西被哑巴逮个正着,现在正好交由大壮处理。

大壮让哑巴松开手,进才才能得空喘口气,说:"哑巴是吃什么长大的?可累死我了。"说着蹲在地上休息,"大壮,你听我说,我可不是偷厂里的东西,我就是拿回去用用,用完了还拿回来。"

大壮掀开袋子,看见里面装着一节碗口大小的铁管子,有半米多长。他问:"进才伯伯,人家哑巴可没错,这是井里输水用的管子,你要来做什么?不是拿出去卖吧?"

"咦——,看你说的,我是那爱占小便宜的人吗?"

"不是,"旁边看热闹的有人大声帮腔,"进才你从来就是占大便宜的,小便宜你看不上。这节铁管子,至少能卖几十块吧。"

"你再瞎说!"进才急了,"为了几十块钱,我丢了上千块的工作,你当我傻啊?"

"傻不傻,那得看你有没有去找部门领导批条子?"

"去!"进才尴尬地瞪了那人一眼,回头跟大壮满脸堆笑地说,"建刚那

小子是我侄子，哪有长辈求着晚辈批条子的，是吧？这就是一节用剩下的铁管子，一时半会也没人要，我就拿去用用，完了就还回来，又不会影响工作。"

"你要它干什么？"大壮问。

"可不是为我自己啊！前几天落成不是通知大家集资放村火吗，我这是为村火准备的。"进才装出一脸正经，说出了原因。

村火的事情大壮是知道一些的，前些日子落成说今年村里发生了两件大好事值得庆贺：一是庚叔的家谱基本完成，正在做最后的整理誊写；另一件事是大壮的盐厂年后开张，林庄人也就能正式上岗工作。一个是村里的精神建设，一个是物质建设，精神物质双丰收，全村齐心奔小康，当然值得庆贺。所以村委会决定今年集资放一次村火，都中断十几年了，这些年是岁岁不景气，年年没改善，眼看人气散得快成半个空村了，却迎来利好局面，趁热打铁热闹一次，一定能够鼓舞全村人民心的。

大壮虽然仍是林庄人，但长时间不在村里住，而且开矿办厂主要就是大壮出的钱，落成哪好意思再朝他要，所以从没跟他正面提起过。故而大壮虽是略有耳闻，却也并不了解详情。

而进才，村里小卖部的生意多年不赚钱，生活过的拮据，于是面对全村人的集资，他又开始想歪主意。他私下里问落成，如果他能够提供放礼花的炮筒子，是否可以免了他的份子钱。落成想想可行便答应了，因此才有了今天进才被哑巴当贼抓的情况发生。

"这么说，你是想拿铁管子回去当礼花弹的炮筒子用？"

"是啊，铁筒子厚重还结实，咱自己有，为啥还要花冤枉钱买，你说是不？"

"落成伯今年下的决心挺大啊，还有礼花弹。你们每户出多少钱？"

"150元。"

"这样啊，你回去跟落成伯说一声，就说今年的炮钱我包了，谁都不用掏。"

"哟，"进才一下子高兴起来，"你看，大老板就是有魄力。那这个炮筒？"

"有用，你就拿回去用吧。"

王部长第二天就到了盐矿场，三两句话过后大壮就从抽屉里拿出一枚印章，说："王部长位高任重，每天需要批示的条子自是少不了，这枚印章配您和您这个位子，是再合适不过的了，还请笑纳。"说着递上。

王部长急忙说客气，接过来细细查看，他是见过周局长那寿山田黄石的，这枚虽说没有那枚金贵，但也绝对属于上品玉石，乳白色的石料中掺杂着一丝丝的鸡胆绿，脆生生的好看，惹得他合不拢嘴。

本来王部长就没什么顾虑要隐瞒着大壮，现在有了这枚玉石做铺垫，他更是无话不说了。待大壮问起废渣料处理问题的时候，他甩口说道："这有啥难办，找地方埋了就是。"

"不行，在酒厂的时候，酿酒的原料可都是一些粮食，埋起来当然没有问题，本来就是土里种出来的东西嘛。可这矿里挖出来的就不一样了，我那兄弟说里面除了盐还有一些有害物质，总含量不多，但要是把水晒干把盐淘净，那剩下的废渣可就不得了了，埋到土里岂不是毒了那片地？"

"埋深点啊，"王部长仍然一口轻松语气，"你不是也说土里的东西再回到土里去是没问题的吗，既然你从上百米的井里把它挖出来，那你就再挖个上百米深的井把它埋下去，物归原处，总归可以的吧。"

"环境局的张科长曾来过，他对这个好像挺重视的……"

"小张啊，"王部长呵呵一笑，"该做的工作总是要做的，该说的话还是要说的嘛。我想他应该是没说过要你提交处理方案，通不过不许营业之类的话吧？"

王部长看他仍是不放心，便冲大壮使了个眼色："自己人，我回头给他打个招呼，你自管做你的就是了。就算是被人发现了，举报了，甚至出来闹事了，咱们不还有治安大队的耿队长呢……"

说到这，王部长住了口，他突然意识到自己说的太多了，于是转移话题起身来到窗边，看着对面的大山，说："这个地方多好啊，又没有人住，往里面走走，找个土软的地方一个洞钻下去，谁会发现？可比我当年派车走出去几十

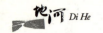

公里要容易多了。"

大壮装作仍然揪心于废物的处理问题，丝毫没有把关于耿队长的话题放在心上，一伸手握住王部长拿着印章的手，说道："那，还要恳请王部长多费心了。"

"没问题，没问题。"王部长相视一笑，心领神会。

他笑的，是一枚玉石，而大壮所笑的，则是那个"耿队长"的信息。

冬天就像一把磨刀石。平日里非常柔软的东西，在这个季节都能变得异常坚硬，甚至锋利。就像进才递给大壮的那份打印报告一样，大壮在翻看的时候竟然不小心割破了手指，他生气地把几张纸仍在地上，大声嚷嚷道："什么！这都半个月了，他们才钻了三十几米？还坏了一个钻头！"

"大壮，"进才说，"这也不能怨他们，现在是冬天，土结冻的厉害，要不咱们缓一缓，等到开春了再挖？"

"你回去跟他们说，如果想让盐厂在年后直接开工，想尽早挣钱拿工资，那就让他们早点把洞给我打好。要不，咱们谁都别想好好过这个年。"

按照王部长的建议，大壮在盐厂西面，往山里再走个几百米的地方，就在封龙山脚跟下打算再打上一眼井。他是知道冬天天寒地冻进展缓慢的，但是为了赶工只能硬着头皮打，不巧的是这几天心情不好，让进才给赶上了。

原来落成来找过大壮，感谢他出钱办村火，还特意邀请他那天晚上去点第一炮，大壮象征性地推脱一下，说自己是个晚辈，哪有这等荣耀。落成却也坦实，说点头炮的也不只他一人，还有庚叔。这就让大壮很是恼火，他现在视庚叔和老全为仇家，恨不能把他们推进盐井里摔死，哪里还愿意跟他们同台并列。可恼火归恼火，大壮还得忍在心里，最后答应了落成。但此后的几天他始终心情烦躁，像个礼花弹一样一窜就起，一起就炸。今天看到了这个打井的报告，于是无遮拦地发泄了出来。

大壮把这个报告狠狠地摔在地上，压着手腕止血，可他因为这几天气血燥热，鲜血一股一股地往外涌，止也止不住，加上厂里还没有医务室，他胡乱找了个布条裹住，几天之后伤口竟然发炎了。整个厂的责任压在他一人身上，又

242

适逢开张前的紧要关头，大壮是没有时间去看医生的，他让人给他带来了一瓶紫药水和消炎药，打算自己处理一下，不是什么大伤，料也无妨。

紫药水在农村是常见的药，小孩子们顽皮中常有磕碰，出血化脓之后都是涂抹一些，过不几日就会痊愈，便宜又有效。但是也有个缺点，就是它极难清洗，无论滴到哪里，纸张上、布料上、木头上、石面上，没有及时清理的话日后怕就再也洗不下来了。因此大壮每次使用都是小心翼翼，生怕撒到外面。

可是人要是倒起霉来拦都拦不住，放个屁都能扭到腰，大壮怕有人来打扰他，还特意把办公室的门关上，自己趴在桌子上一点一点地擦药水。忽听得外面"腾腾腾"有人疾走，他还心想是哑巴在巡视厂区，可那脚步声来到他的门前就停住了，然后屋门被人猛地推开，一下子撞到墙上发出"砰"的一声巨响，把正在聚精会神中的大壮吓得手一抖，三两滴紫药水正甩在袖口上，他哎呀一声去拿纸来擦，却不想急忙中碰翻了药水瓶，结果紫药水倒在桌上，再滚到地上，染了一大片。

进来的人见闯了祸也赶紧用纸擦，结果越擦越脏，就像是画油彩画一样，挤上去的是一小点，结果抹成了一大片，气得大壮恨不能踹他两脚。

"行啦！你住手吧，越搞越乱。"大壮说，"找我干嘛，有事说事，没事赶紧走！"

那人见大壮生气，更不敢说了，半天结结巴巴冒出几个字："钻……钻头……钻头掉到井里去了。"

原来，又是那眼井出了问题。

上次大壮发了脾气，几个干活的人便变得乖巧，每日老老实实地卖力打井，不敢有丝毫偷懒，而且更是不敢再提更换钻头之类的要求，硬着头皮往下打。钻头由于连续的过度使用且维护不当，与钻杆连接的地方出现疲劳损伤，产生了裂纹。刚才，就在进展缓慢的时候，钻井机像是从满载运转忽然切换到了空挡一样，一下子失去了所有负荷，声音都变得轻飘起来。进才发现不正常，于是赶紧停掉机器拉出钻杆，却看见连接部位已经断裂，整个钻头早就掉到井里出不来了。进才心中叫苦，深怕被骂，这才打发了人去找大壮。

　　大壮也顾不得满地的紫药水，赶紧来到井边，人们告诉他下面最多40米，如果钻头卡在里面，那无论如何是不能再继续的了。还好不是很深，现在换个地方从新来过，也不算太冤枉，只是失去个钻头罢了。

　　大壮趴在地上往里看，黑洞洞什么也看不见。侧耳听，呼呼的仿佛是风从里面吹出来的声音，但也像是水流的声音。他捡起块石头丢下去，原本设想清脆的金属撞击声没有听到，却隐约像是石子掉入水中的声音——"噗通"。

　　没有办法，大壮只能自认倒霉，叫停了这里的钻井作业，让他们另找地方重新开始。

　　年关将至。

　　这一年对于大壮来说真的像个关。原来就一堆处理不完的事情，再加上村火和打井的诸事闹心，让他非常烦闷。大壮平日住在厂里，这晚他索性把门一关，去村里找两个兄弟喝酒去了。

　　酒肉三五两，入肚话渐稠，三个人干了几杯之后，大壮发现还有比自己更犯愁的人，竟是二胖。二胖自从奶奶走后一直待在家里没事做，别人都说他有本事，今后不用干活也能吃香喝辣。但二胖却总会冒出一股读书人的浓酸劲儿，说没了自我，找不到人生目标了。

　　虎子是听不懂的，问："什么目标，找媳妇吗？"

　　二胖一脸严肃："我想回去，想回学校继续读书。在这里我发现自己什么也不会，地不会种，活不会干，与人打交道也不知道怎么打。"

　　"打交道有什么难，我都会。"虎子说。

　　"你说的那种见面喝酒，称兄论弟，然后开荤段子进歌厅的交道我接受不了。为什么大家不能干干净净的来往，清清楚楚的办事，总要扯上权力、面子还有钱。只要跟这三样东西一沾边，味道就全变了，不是我想要的。"

　　"一个人一个属性，你跟我们不一样，"大壮说，"就跟地里的玉米一样，有叶有果有根有茎。二胖你就是玉米果，是长在最上面干干净净晒太阳的；而我们是根，是被埋在土里，天天臭烘烘的跟泥粪打交道的。你别嫌根脏，没泥没粪玉米根本就长不熟。我们也不羡慕你好命，等玉米摘下来，哪一个不是扒皮去肉连烹带炸的，最后还得变成大粪被埋进土里。所以啊，你属于哪一部分就安心地去哪过你的日子，强求是不行的。回学校去也不错，晒你的太阳读你的书，对你是最好的。"

二胖喝了酒头脑变得昏昏沉沉，他闭着眼睛点点头，赞同大壮说的话，然后又补充道："这人真有意思，相同的经历，却有不同的结果。你看咱仨，同年的，都属龙，一块长大一块玩耍。而到最后，我却不属于这里了。"

大壮见二胖显醉，不去争辩，继续听他讲。

"也对了，我走了后，正好符合了我奶奶说的两条龙的说法。她说咱们这里有一条干龙、一条之龙，一条在山里一条在水里，谁也离不开谁，保着咱们林庄平安。"

二胖子看着大壮和虎子，说："就是你们俩。"

虎子听了很是高兴，对大壮说："咱俩是龙，一条干的，一条湿的，嘿嘿。"

"不是干湿，是干之。"

"都一样，"虎子不去计较，"我知道那条干的在山里，但那条湿的龙在哪啊？断桥下面的那条小河？"

"不对，比那条大多了，就在咱村的地下，是条地河。我奶奶说，地河的水来自封龙山，先在地下汇成一个滴水潭，再流到咱们村的。咱村的井里打出来的水，就是滴水潭的水。"

大壮一怔，二胖的这句话惊醒了他，他想到了那口封龙山下的井，莫非进才他们真的打通了滴水潭？他扔下去的石头没有砸中断掉的钻头，难道是因为钻头其实是掉到了水里的缘故？

大壮赶紧问虎子："哑巴呢，她在哪里？"

"在家啊，干什么。"

"我有点事儿，得回一趟厂里。"说完起身急匆匆地走了。

在回厂里之前，大壮顺路去接了哑巴，他知道哑巴的耳朵灵，半夜里安静，他让哑巴趴在井口仔细听，还扔了石头听回音。哑巴也说是水声，是石头掉进水里的声音。

这进一步坚定了他的猜测，他得再想个办法加以验证。

林庄的村火是方圆几十里内的一大盛事，逢年正月十五晚上举行。这个传统由来已久，原本是由村里的人自己制作各种火炮，各家有所长，年年有不同，最后再汇总到一起集体燃放。据说村里曾有老人颇是制炮高手，筛土做泥成模填药全部自己完成，有的从年前就开始准备，除夕晚上都舍不得放，因为里面有自己琢磨的新配方，定是要到十五的晚上才能拿出来一鸣惊人的。

喷射的花瓶向来是开场的主角，急促的火焰从大肚细口的泥瓶子里喷涌而出能有两丈来高，不知掺杂了何种金粉，那火焰竟能变化各种色彩。待燃至将尽，瓶口裂开，从里面砰的一声喷出一朵闪亮的火球，带着呼哨冲到十几米高，啪的一声散开，出现一个小的降落伞，下面坠着一个小布包，惹得孩子们追逐争抢，打开来是一句吉祥话，孩子们虽是看不懂却也高兴非常。

还有就是旋转类、升天类、吐珠类、礼花类等焰火，以及各种各样的爆竹。燃放的时候集中在村西水坑旁的那一片晒场上，地阔树少没有阻挡，而且万一出现火患还可以就近取水救急，是放村火的绝佳之地，以前都在那里举行，今年也不例外。只是，随着村里能人一代代老去，现在早就没了会制作焰火的人，都是由村民集资出钱购买。买回来的单品烟花比较大众化并不显稀奇，而林庄人却动了脑筋，他们不是简单的摆列好了一一引燃，那样就没了特色，他们琢磨出了一个新颖的燃放方式——串烧。

所谓串烧，就是设置一个起点，通常是用升空的大型起火改制而成，去掉多余的木杆，绑上两个铁环，再悬挂在一根长长的铁丝上面。这里只要引燃，起火便能顺着铁丝飞窜出去，再加上一个风哨，"咻"的一声引人注目。而铁丝则像篱笆一样被固定在地面的木桩上，绕着晒场一圈圈旋至中心，那里便是终点。起火燃起，每到一个节点，喷射出的火苗就会把那里事先准备好的烟花引燃，待烟花燃放完毕，也会顺势点燃下一个起火，以此步进，直至晒场中心。

晒场中心通常放置的是大型的礼花弹，叫做启幕。因为绕着村子还有好几处礼花点，启幕弹一响，所有的礼花就会同时点燃，一朵朵灿烂的烟花在天空开放，把整个村庄都能照亮，无论你站在何处，都像是被烟花团团包裹住一般，漂亮至极，震撼至极，这也是村火的高潮和尾声。据说，不仅仅是林庄，就连周围的几个村子也能听得见，纷纷爬上屋顶观看。

可见，启幕弹是至关重要的，是画龙腾云而起前的一笔点睛，是武生策马时的一个抖身亮相，它飞得高，象征今年蒸蒸日上，它炸得响，说明开春鸣雷润雨充足，一年皆是太平吉祥。

而进才从盐厂拿来铁管子所做的礼花炮筒，也就是用于这里的。外面的普通炮筒多为塑料卷制，硬度重量都不高，而礼花弹的烈度大，万一发射时就把炮筒撕裂，不仅礼花弹飞不高，而且落在人群或村子里还会引起伤亡，所以进才的想法也不是没有道理，关键的地方多些谨慎总是没错的。

炮筒已交由进才负责，而启幕弹的购买则被大壮亲自承担起来。落成一个劲儿地感谢大壮，说钱你都出了，这些跑腿的活就让别人去做吧。大壮一摆手，说我正好这几天去省城，那里品种多，我选一个最好的回来就是，何必这么客气。

当几天后大壮带着礼花弹回到村子把它交给落成的时候，还专门解释说，这个可不一般，叫做"花开富贵"，在天上绽开就像是饱满的牡丹花一样，富贵吉祥。落成接过沉甸甸的礼花弹，激动地问，这是不是就是电视里面经常放的，天安门城楼上开的那种大礼花，一个得不少钱吧？大壮又一摆手，哎，启幕弹不就这一个吗，再贵也值得。

落成于是变的一副不知所措的样子，总觉得自己抱着的是个金疙瘩，左右走来走去不知道该收藏在哪里。一会儿说屋内不行，怕干燥走火，一会儿又说屋外也不行，怕结霜受潮。看他左右为难，大壮笑笑，告诉他不打紧的，放在哪里都无妨。

大壮说完开车走了，剩下落成仍然独自犯愁。

而他却不知道，大壮最后说的确确实实是句大实话，启幕弹放到哪里的确无所谓。因为，落成手里的那个根本就是个哑炮。而大壮车里，还有一个看起来一模一样的，那个才是真正的"花开富贵"。

  这个年过的，忙碌中带着喜庆，计划中藏着改变。人们都期待着变化，又同时惧怕着变化，但变化却自始至终从未中断过，每天都在悄无声息中发生，甚至让每日忙忙碌碌的人们丝毫不能发觉。而只有当喝醉了酒时，也不知是高度酒精腐蚀了哪一节脑路，让早就尘蒙旧事的那段回忆错搭到了眼前，竟能全都想起来了。有了旧时今日的对比，才发现世界已变得如此不同，就连平日没心肺的虎子也觉得感慨。

  他端着酒杯闻了闻，对俩兄弟说："现在咱喝的这瓶精酿，是不是比小时候咱爹咱爷他们藏起来的那些白玻璃瓶子的酒好喝多了？可是，总觉得不如那个时候偷着喝的味道好，你们知道是为什么吗？"

  大壮和二胖子不去理会，自管让他说去。

  "告诉你们，是水不一样了。咱们小时候，那井水是可以打出来就咕咚咕咚对嘴喝的，现在呢，别说外乡，就是咱自村的人，不煮开了再喝都能闹肚子。"

  "虎子今天怎么了？"二胖问，大壮笑笑不说话，让他继续听。

  "其实啊，不仅是水，这天还有这地也都不一样了。"虎子说着用手指指上面："就咱脑袋顶上这一块，我都不好意思叫他是'天'，天应该是蓝色的，是有白云彩的。你看现在到处灰蒙蒙一片，不使劲看你都找不到西边的封龙山。还有，记得以前过年，那次不得下两三场雪？年十五放村火，哪次不是一片雪白？白白的地上铺着厚厚一层红颜色的爆竹纸，那叫一个好看。你再看现在，一年比一年雪少，今年更是一片雪花也没有，满地的尘土和垃圾，风一吹塑料袋子满天飞，跟风筝似的。"

  "看你说的，好像世界末日，地球要崩了一样。"二胖笑他。

  "就是这样，你不觉得哪哪都是人，再这么下去地球迟早要崩掉？"大壮说着夹起一块红烧肉，"假如地球就是这块红烧肉，那人就是上面的细菌，太多了那就得消消毒才能吃。就跟过去的恐龙一样，那些个大家伙也是哪哪都是，还嚣张得很，结果被老天爷一把火烧光了。"

  大壮见虎子越说越离谱，看来是喝多了，便转移话题："好了，今天就到这吧，咱们也该走了，放村火的时间快到了。"

"有什么好看的，又干又冷还刮着风，我不去。"虎子说着往沙发上一倒，闭上眼睛要睡觉："放村火有什么好看，什么时候天上下天火你再叫我，我要看着老天爷怎么消毒。"说完呼噜呼噜睡去了。

大壮看他这个样子，哄着说："好，你先睡吧，一会儿下了天火我来叫你。"然后跟二胖一块哈哈笑着走了。

刚出村口，一阵风吹过来，真如虎子说的一样，又干又冷。晒场就在村东的路旁，那里风更大，很多人都躲在村头的墙角避风，一个个畏缩着又搓手又跺脚。进才见大壮走过来，揣着手袖对他说："大壮你看，我说用那节铁管子做炮筒没错吧，今天这么大的风，一般的炮管子早就吹倒了。"大壮看得出进才讲话的时候是用足了力气的，但声音传到他耳朵里还是变得断断续续，勉强能听明白。他回应着笑了笑，径直走过来到晒场旁。

只见晒场的四个角落竖起四根高高的木杆，每根木杆上面都挂着一个大瓦数的灯泡，灯泡照在地上影影绰绰，被风一刮左右摇摆，那投下的影子就更加飘忽不定。在靠近村口的那根木杆下面还设有主席台，村支书落成就等在那里。

说是主席台，其实就是一张桌子，桌子后面是一块背板，上面贴着一副大字："齐心协力奔小康 林庄村火表演。"底下还有小字注明："热烈庆祝林庄韩式宗谱修补工作即将完成 及预祝林庄盐矿厂顺利开张。"字是书写于红纸再贴到背板上的，背板兜风，有些黏贴不牢的纸角被吹起，上下翻飞着哗哗作响。在桌子旁边，庚叔、落成还有哑巴就站在那里，招呼着大壮过去。

落成看主要人员已到齐，时间也将近，就冲哑巴点点头，让她往路口走出几米，咣咣咣地猛敲那面破锣。这是开场的信号，首先是躲在街角的人们都转身瞩目，纷纷走出来围绕着整个晒场散开。而且，今天的风向是自东而西，锣声随着冷风被送出去很远，那些依然拖沓在家误了时间的人们闻声醒悟，也都赶紧放下手上的闲碎事物跑出村口。待到锣声收止，晒场四周已经密密匝匝围了一圈，林庄人几乎都在这里了。

风势时急时缓，趁着一阵疾风过后的片刻宁静，落成赶紧来到桌前，拿起上面放着的扩音喇叭，举到嘴边开始讲话："今天，是2004年农历正月十五，是过年的最后一天。从明天开始，该上班的上班，该上学的上学，但是不管干什么，我相信咱们林庄人在这一年都是充满干劲的。因为，有两件喜事就摆在我们面前……"说到这里，疾风又起，喇叭里的声音顿时变得断断续续。

"……韩式家谱……十几年……庚叔……坚持不懈的努力，……即将完成……表示感谢……还有……韩建壮……矿厂……上班……改善生活……"

距离主席台近的一些人，看样子是能听得清的，因为他们时不时配合着落成举手鼓掌。但是在那些上风口的人们，就明眼瞎子似的不知道做什么好了。老莺在对面看得着急，大声喊："落成，你别说了，说的又不好听，我们也听不见，你下去，赶紧开始吧。"旁边几个年轻人也跟着起哄："开始，开始。"

站在上风口的人就是有这样好处，几句话不需多大声音，就被风清清楚楚地送到了主席台上，落成听了略显尴尬，说："好了好了，嫌我啰嗦我就不说了，咱们请庚叔和建壮上台，给咱们点村火。"

大壮于是搀着老庚走近桌前，因为村火的起点就在这里。待老庚站定，大壮从桌上拿起一根火木，在一盏玻璃罩住的油灯芯火里引燃，交给了他。这个时候全场四个角落的电灯熄灭，四下里变得一片漆黑，除了天上的月亮，就只有老庚手里的那根火木在风里闪着亮光。

片刻，只见老庚前面嗤地冒出一根长长的火苗，那是第一根起火，像是一把利剑响着风哨飞窜出去，沿着深埋在黑暗中的铁丝线直直地飞到第一个焰火点。焰火被顺利引燃，瞬时间燃起巨大的火焰，在火光的照耀下整个晒场又变得明亮起来。四周的人群里也同时响起一片欢呼声，人们的脸上洋溢着新奇的喜悦，眼睛里映射着烟花喷射出的各色火苗，幸福极了。

不同种类的焰火被铁丝串联着一个个燃放起来，待起火走了一圈又回到主席台附近的时候，大壮俯身贴在老庚的耳边，说："庚爷，我先走了，您保重。"

老庚先是一愣，奇怪大壮为何用这么郑重的词语，"保重"不都是在久别之前的告辞语吗，难道大壮要出远门？老庚不解其意，回头去找，却是一片漆黑，大壮早就走进深夜里不见身影了。

　　大壮吹着口哨走在空无一人的村子里，远处的火焰把他身后的一片天空映得绚烂多彩，他却绝无兴趣回头观看，因为接下来他会亲自点燃一个更加壮丽的，那才是他的重点。大壮今天特意把车停在了老庚家门前的那条胡同口，他先是打开车厢盖拿出那颗礼花弹，轻轻地托在手里来到老庚家的院门前。他拍动门环，就像是来做客一样，侧耳细听里面没任何声响才推门进去。老庚家的院子很大但房间不多，他常年只跟老伴儿一起生活想也无需多少地方，稍微动些脑筋便能看出，北屋那个门前垂着厚帘子的想必就是他平日生活起居的地方了，同时也应该是他这十几年笔耕不辍修补家谱的地方所在。

　　大壮点燃一根香烟，站在院子中央静静地等待。房顶上的风依然猛烈，其中夹杂着晒场传来"噼噼啪啪"的火花声无比清晰，一阵嘈杂过后声响渐息，大壮敏锐地提高了警觉度，只听一声巨大的闷响——"砰"。他很确定那是启幕弹在炮管里爆燃升空所发出来的声音，这声音顿时让大壮变得敏捷，他扔掉香烟，用火机引燃手中礼花弹的导火索，把它轻轻地往北屋门口一滚，快速离开了。

　　在晒场上的人们，都在期盼地仰望着天空，等待着漆黑宁静的夜空中突然爆发出一朵绚烂的巨大火花所带给大家的惊喜感。时间以秒计算，先是一片安静，安静中酝酿着激动，激动之情在人们的胸膛积攒，随时都能爆破而出。但是几秒钟后，天上竟无任何声息，心急的人们不禁气泄，叽叽喳喳议论。落成更是不安，一切都是这么顺利，难道到了最后竟会出现差错？他绝不相信天安门城楼上检验过的那种礼花，到了林庄会变成了哑炮。他甚至怀疑礼花弹是否被真的打到了天上，还是进才的那个破炮管出了问题。

　　就在落成胡思乱想的时候，在村子里，忽然亮起巨大的红光，一个红艳艳的火球，像是半块太阳倒扣着掉到了地上一样，映透了半边天。紧接着传来更为剧烈的爆炸声，震耳欲聋，地动山摇。大家看得分明，那不正是本应该出现在人们头顶上的"花开富贵"吗？

　　准备在村子周围的那些礼花发射台此时也都同时响起，整个村子的上空被

绽开的烟花照得通亮。随着礼花尽开，地上的火光渐渐暗淡下来，有些心大的人便宽慰大家说那一定是启幕弹被大风吹到了村外，不打紧的，反正所有的礼花都已升空，还是看烟火要紧。

可是渐渐地，刚才黯淡下去的火光又重新燃烧起来，人们相觑而视，纷纷拥到北街路口去看个究竟。眼亮的人好像看见有个人影急匆匆地从村子里跑出来，一边跑一边大喊："来人啊，着火了，庚爷家的院子着火了！"

那人却是虎子。

大壮点燃了礼花弹，立即开车离开了林庄来到盐厂。他径直把车开到封龙山脚跟下的那口深井旁，他的时间不多，这是他难得的验证井水流向的机会。他再次打开后车厢从里面取出整整一大盒的紫药水，这是前些日子他被割破手指时得到的启发，紫药水既可溶于水又有极强的染色力，真是随手拈来的惊喜。他打开药水瓶，趴在井边一瓶瓶全部丢入井中，然后满意地起身拍拍土，又拉了一车事先准备好的输水软管回了林庄。

一切都如大壮事先所料的样子，巨大的爆炸声震醒了酒醉中的虎子，虎子睁眼瞥了一眼窗外，发现竟是漫天的火光，他还以为身在梦中，真是如前所愿见到了天火降临，老天爷来清理世间恶毒来了。他翻了个身屈膝而睡，但越想越觉得不对，一个激灵从沙发上坐起来，使劲给了自己一巴掌，才清醒地意识到外面真的出现了意外。他忍着头疼来到街上，跌跌撞撞向火光走过去，一边走一边叫喊，可空荡荡的村子似乎只有虎子自己，让他越走越害怕。当他认清着火的是老庚的院子，看着火苗借着风势烧得极猛，面对一房多高的大火他是无能为力，只能又跌跌撞撞回到街上去找救援，一边走一边绝望地喊："来人啊，着火了，庚爷家的院子着火了！"

村东口的人们快速迎上去拦住虎子，确认真的是村子走了火，便纷纷回家接水施救。但风助火力根本无法近身，一盆盆的水泼洒出去就如杯水车薪一般无济于事，眼看着火苗从北屋烧到西屋，再不扑灭就会穿过胡同烧到邻家的时候，有人大声喊道："开抽水机，从井里抽水灭火。"

说话的正是大壮，手里拿着一卷水管。

火被彻底扑灭的时候已经是后半夜，人们湿了一身的冰水，都纷纷回家换衣睡觉，只剩下老庚呆呆地站在院子门口不愿离开，他跟着了魔怔一般嘴里碎念着："火，火，又是火。"三番五次想要冲进屋里，被老全和落成使劲拦住才算未果。落成在旁边毫无营养地劝导说吉人吉相，人没事就是最大的好，其他都是身外物，没了可重来。可老庚像耳聋一般面无表情，也惹得老全心烦摆摆手让落成离开。因为他不能理解老庚，老庚担心的是他屋里的家谱，那是他十几年的时光，是他的承诺，是他赎的罪，是因火而失又倾全身心所注，眼看失而复得却又丧生于火，终难覆命的彻底绝望。那绝不是别人三两句宽慰的话就能安抚得了的，老全能做的也仅仅是陪伴。

公鸡报晓，东方天际泛起淡白色，老庚坐在他家门口好像一动也没有动过，待到天色渐明，能看清眼前败象的时候，他却莫名舒缓了一口气，伸手朝老全要烟抽，问道："老全，你信命吗？"

老全不知道怎么回答，便从口袋里掏出一盒烟都给了他。

老庚点上烟，继续说："我想起玉鹂曾经说过的一句话，她说人的命都是明明白白摆在那里的，是福是祸老天都会给征兆的，你接不了福，你躲不过祸，那也怨不得别人，那是你没把征兆当回事儿啊。这下，我信了。'保重'，原来是说给我听的。"

"什么保重？"

"这不重要了，我要去走走，在这里待了十几年，也该出去走走了。"老庚站起身，顺手按住老全的肩膀："你不用跟着我，我没事儿。"

老全没有起身，默默地看着老庚出了北街往村西走去。他收回目光，眼前是一片残垣狼藉，烧焦的梁檩椽散落一地，还有些未被井水浇灭的暗火冒着缕缕青烟。很显然，这里面是不再可能寻找到任何有用的东西了，更别说是几页纸。

老全扶着膝盖勉强站起来也准备回家，他稍怔了怔，借着刚刚升起的朝阳去看这片仍然湿哒哒的破房断墙，总觉得泛着淡淡的紫色，注目去看却又不见。他以为自己一夜未眠，两眼过于疲劳，叹口气慢慢地走了。

老全回到家倒头便睡，睡前特意嘱咐家人说午饭不必叫他，实在是太累了。看样子他是能一直睡到后半晌的，可下午一点刚过，还是被一阵急促的叫喊声给吵醒了。他本想发火，看见进门的是落成，落成做事不果断，不太受老全待见，但老全知道他绝对是个有眼力价的人，让他莽莽撞撞地冲进屋里打扰了他休息，一定是出了大事。便问："什么事？"

"庚叔，不见了！"

原来，清早老庚离开胡同，沿着北街西拐出了村子，街上没几个人，看见的也都低头快步走过，因为都不知道说什么好。就像是小学生看见老师流泪，一定是呆呆地看着不知所措，他们平日被老师安抚惯了，竟不知道老师也会伤心难过。而那时的老庚，背对着朝阳，抬头目视远处被照亮的山顶，眼皮轻眨，几滴泪珠从眼角挤出来，沿着皮肤上的褶皱下淌，在沾满灰烬的脸上冲刷出两道清晰的泪痕来。

等到中午，街上人渐渐多了，人们纷纷议论昨天的大火，这才发现怎么不见了老庚。于是满村的人到处寻找，有人说他出村向西去了，以为去了祖坟地，当初不敢多问，现在却再寻不见。落成实在是没办法了，才进来叫醒了老全，老全是陪他到最后的人，也许知道去向。

老全坐在床沿上闭着眼睛听落成讲述经过，他眼睛突然睁开，大喊一声："快走，去断桥。"

老庚果然是去了断桥，他又一次遵守了他的承诺，就像当初坚定地修补家谱一样，这次他毅然决然地从断桥上跳了下去。人们赶到的时候并没有看到他，而是看见桥边留下的满地烟头。

第三十八章
复仇

　　林庄人这个元宵节过得真是悲喜急转，祸事连连。一场大火还没处理干净，老庚又死了。等到老庚的尸体被绳索吊着拉上来的时候，已经是第二天下午。

　　人们在桥边搭了架子坠下锁链，派了个身体轻健的年轻人下去寻找。那人下去后不多时便上来，说庚叔的确死在下面，送下去块帆布便可裹了上来，没什么困难。但奇怪的是，那人在河的对岸，竟也看到一具尸体。这个时间河水不急，他踩着石头特意去看了看，那具尸体只剩下骨骼，七零八落，多半埋在土里，看样子已经死了很多年，早已认不出模样甚至男女。而且在不远处还半埋着一个水壶，虽是锈的厉害，但想是与死人有关，他就拿了上来。

　　说着，年轻人一甩手把那个水壶扔在地上，发出"当啷"一声清脆的金属声。

　　大壮陪着他娘当时也是等在桥边的，翠巧今年特意回来看村火，没想到发生这样的事情，这些年她住在县城本来就跟村里人少了往来，现在出了事自己再拍拍屁股走人，就越发显得感情淡漠。她和大壮毕竟还是林庄的人，日后死了，她还是想葬回村子里的，因此坚持留了下来，以示与大家共承苦难。

　　大壮在旁边搀着他娘看着，当水壶在地上滚落的时候，他觉得他娘身体轻轻颤抖了一下。大壮以为他娘站立时间太久体力不支，于是把胳膊搀得更紧了些，却没想到他娘用另一只手推开了他的手臂，猫着腰眯着眼往那个水壶走近了几步。

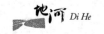

那个年轻人看见，便问："婶子，你认识？"

翠巧没说话，拾起水壶翻前翻后仔细查看。水壶惦着很轻，铝材制成，白色的表皮上覆盖着大片大片的深灰色锈迹。铝锈并不像铁锈一样疏松，氧气仍能穿过铁锈锈层持续地腐蚀着铁皮，时间一长便全部毁损破败。而铝锈表层密致，一旦结锈反倒是保护了里面的铝材，所以尽管这个水壶时日已久但仍然坚固，看得出形状。

它呈大肚细口，口表一圈螺纹，拧着一个塑料盖子，盖子上应该是绑着条绳带固定于壶套，壶套早已腐败不见，但痕迹仍然清晰地印在壶胆上。而且，翠巧还发现，水壶胆拿在手中，在四个手指攥握的地方有很多突起，每个突起都对应每节指肚。

这时她已相当确定，这就是当年那个会算命的河南人的水壶。翠巧拿着水壶渐渐浑身发抖，双腿一软昏倒在地上。

待她再次醒过来的时候，发现已经是躺在自己的床上，大壮坐在旁边照看着她。翠巧恢复了意识，便呜呜地哭起来，大壮奇怪地上前盘问，翠巧才激动地告诉他："桥底下的那个人，就是你爹。当年找了那么长时间，没想到竟摔死在这里。"就这样，翠巧顺着话题把那些陈年往事向大壮详细说了一遍。

原来当年根栓一去多日不见踪影，家里人都觉得不安，于是让翠巧去换马店打听，但那里人人见问都摆手不谈，不愿多说一句。一圈转下来翠巧仍然毫无头绪，但终是有这善帮好施的人抬手指了指乡委会，让她进去找耿副乡长打听。翠巧进去，没见到副乡长却遇到他的儿子，说明来由，却被他儿子大声轰赶出来，说早就见他回家去了，死也是死在路上，与换马店无关，以后不要再问。

翠巧于是在这一条山路上来来回回找了好几遍，不见任何线索，她猜测凶多吉少。翠巧爹娘也有自己的盘算，他们劝翠巧不要再找，即使找到尸首那也无非是户口本上销户，翠巧坐实成为寡妇而已，于实无任何帮助还有可能被村里按实际人头削减了分地，得不偿失。不如就像现在这样按照失踪人口对待为好，起码耕地不变年年能多吃些粮食。

翠巧当时年轻，少不经事，没有自己的主意，被爹娘一劝就答应了，以至于后来心寡身轻还与老蒿做出了那些荒唐事。如今上了岁数，她也是越发觉得对不起良心，尤其看到大壮从小没爹，逐渐长成了冷漠、孤僻、敷衍的性子，甚至还带着些伪善，让人捉摸不透的性格，更加加重了她的内心不安。这些事情藏在翠巧心里多年，一直深埋着，如果没有今天这档子事，也许将来被她带入棺材就再也无人知晓了。可天造事端，平静中无故再起波澜，让她于二十几年后又见到了当年根栓带走的水壶，于是满腔的愧疚、委屈、悔恨甚至仇怨全都涌到心头，跟大壮说了个明明白白。

大壮的自尊心极强，从小被人欺负笑他没爹，都是默默忍着。他那时每次红着眼睛回到家里，本盼望着他娘能及时发觉他的委屈，一把揽到怀里主动说些他爹的事情来宽慰他。可恨的是大壮总是高估他娘的敏锐度，三两句说不到点上就被扔下不管了。于是大壮一股气憋在心里，独自替自己委屈，觉得整个世界都在对抗着他和他爹。慢慢地，他爹竟成了他心中的苦难同伴，成了他的依靠，是唯一一个真正懂得他和保护他的人，其他的自然都被他放在了对立面，成了仇家。

现在大壮听完翠巧给他讲述的当年经过，他心中渐渐涌现出一个念头——复仇。一个是把他爹推下桥去的主凶，另一个是当初怂恿让他爹去找人的帮凶，有一个算一个，绝不放过。

"娘，我问你，"大壮说，"当年你们开大会，是谁说的让我爹去找人的？"

"是你老全爷提议……"当翠巧脱口说出后，便有些后悔，因为他觉得大壮语气平静，但眼神中充满了杀机，这让她觉得有些害怕，随又改口："也不是，其实大家都觉得应该你爹去的，毕竟这件事情跟你爹有关系，怨不得老全爷一个人。"

"我知道了，那就都算上。"大壮接着问："还有，我爹过去经常去换马店吗？"

"怎么可能，那么远的路，他又怕见生人。除了你爹死的那次，断了桥后就再也没去过了。"

"这么说，"大壮心中盘算："那一定就是杠子他们逼死的我爹！杠子已死，强子怎能让他活！"

想通了此事，大壮掩面哭泣。

精神层面的失落终究干不过物质方面的满足，在老庚死后不久，林庄人的短暂悲伤很快就被盐矿厂开张带来的喜悦所覆盖，人人憧憬着有酒有肉不再看天吃饭的富足生活从此开始，如果也能像大壮一样住着小洋楼开着小汽车，那么家谱如何祖宗叫啥，就不再重要了。你看人家大壮，小时候还没来得及登上家谱就被换了名号，甚至于至今都不知道那上面到底有没有写过他的名字。

但有什么关系，人家如今当了总经理，不比所有人风光？

大壮也一改年前满面压力的臭面孔，内心掩盖着对所有人的仇恨，每天看着进工厂上班的林庄人也会装着寒暄说笑。进才说这叫人逢喜事精神爽，盐矿准备了一年多终于可以运转了，能不高兴吗。你以为从盐井里抽出来的是卤水吗？错，那在人家大壮眼里可都是钱啊。

大壮听了嘿嘿一笑，心中暗骂一群傻瓜，死到临头还顾得贫嘴。那是钱吗？那是送你们的上路酒，是断头饭。活该你们二十几年前害了我爹性命，竟留你们多活这么多年，如今也该做个了断了。

于是大壮把进才叫到办公室，说："进才伯，那口山脚下的新井打得怎么样了？"

"刚开始没几天，进度虽然比前一口快点，但天还没有完全解冻，恐怕还得需要些日子。"

"这样吧，你让大家撤了吧，不打了。"

"不打？"

"对，我想了想，就用那口已经打好的吧，填埋些废渣而已，能用就行，何必那么麻烦。"

"对嘛，"进才听了很是赞同，"我们大家早就这么想了，只是一直没敢说，我这就叫他们停了去。"说完高高兴兴走了。

自此，所有生产产生的矿物废渣，就被顺情合理地运到封龙山脚下的井里

258

倒进去了。

就这样，盐井里的矿物每天被不停地溶成卤水抽出地面，经过蒸晒后结晶出的卤盐被盐业公司的货车运往县城，而留下的含有大量有毒物质的废渣则被全部倾倒入了地面下的滴水潭，滴水潭里的水再源源不断地注入地河一直流到林庄，最后被林庄人从井中打出喝进了肚子。人的身体就像是个精细的筛箩，毒素穿肠过肚后都被留在了身体里积累起来了，这个过程虽然缓慢，但进行地悄无声息，只有大壮在观察着他们的变化。

二胖在过完年后，带着一家人去了省城。按照当初面对祖奶遗像做的承诺，大壮给了二胖一大笔钱，说是买断他的股份，足够他们一家在省城过上体面的生活。

大壮说二胖本不属于农村，长大了是要各奔东西的，只是兄弟一场，切莫忘记。二胖挥手作别，车渐行渐远，但他不知道，那竟是他们的最后一次见面。

第三十九章
尾声

　　这个故事到这里，对于二胖来说已经结束了。他没有再回过林庄，甚至不愿意再提起。直到他有了孩子，一天孩子生病带他去医院，填写病历卡时，孩子问他卡上的"籍贯"是何意，他才回忆着说："籍贯，就是爸爸出生的地方。"

　　"叫什么名字？"

　　"林庄。"

　　"在哪里？"

　　"很远，一座大山脚下。"

　　"现在还在吗？"

　　"不在了。"

　　"为什么？"

　　"人都死了。"

　　"打仗了吗？"

　　"不是，是生病。"

　　"什么病，跟我一样是牙疼吗？"

　　"呵呵，不是，那是很严重的病，叫'癌'。"

　　"我知道，肚子里痛。"

　　"差不多，但疼的是食道，叫食道癌。"

　　"那为什么不看医生？"

"因为他们认为不严重，以为是吃的饭太烫造成的。"

"那实际上呢？"

"实际上啊，是喝的水不干净。"

"有人放毒药了吗？"

"是的。"

"他自己也被毒死了吗？"

"没有。"

"他还活着？"

"他也死了。"

"怎么死的？"

"他去找一个杀他父亲的人报仇。"

"他输了？"

"他赢了，他杀了仇人。"

"他还活着？"

"也死了，自杀了。"

"他害死了这么多人，是个大坏人吧。"

"他是爸爸的兄弟。"

"你讨厌他吗？"

"不知道。"

"为什么不知道，他做了这么多坏事。"

"他也做过好事啊。"

"什么好事？"

"他死之前写了封信，给好警察讲了一个大秘密，把所有的坏人都抓起来了。"

"好警察？难道还有坏警察？"

"有啊，他的仇人就是个坏警察，很坏很坏的警察。如果没有那个坏警察，他也不会杀这么多人。"

"还做过什么好事？"

"救了我，救了爷爷奶奶，还有你。"

"我想去看看。"

"林庄？"

"对。"

"那里什么也没有了，除了一棵大椿树。"

"大椿树，我知道，奶奶说它是树王。"

"哦，奶奶一定给你讲王莽赶刘秀的故事了，是吗？"

"是，大椿树救了皇帝。"

"但实际上，救皇帝的不是那棵椿树，树王是冒牌的。"

"冒牌的树王？"

"对，假的总归是假的，永远变不成真树王。"

"那棵树现在怎么样了？"

"也死了。好了，别问了，轮到你拔牙了，坏的牙齿拔掉，就再也不疼了。"

精品书快讯

《道德战争——现代中国在价值观上的挑战》

作　者：张东才
出版时间：2014 年 6 月
定　价：38.00 元

这是一本从宏观上探索和思考价值观的书。作者曾被邓小平接见过（见 1979 年 5 月的《华侨日报》）。他写的《美籍华裔教授张（东）才对我国人事体制的建议》（1988 年 8 月 19 日）被《经济日报》作为内参报送中央领导并得到当时中央领导胡启立、温家宝和宋健等人的高度赞扬。这本书于凤凰卫视"开卷 8 分钟"栏目（2014 年 9 月 30 日）被隆重推介。

《国祚密码——16 张图演绎中国历史周期律》

作　者：姬轩亦
出版时间：2014 年 12 月
定　价：38.00 元

本书以详实的数据和严密的逻辑推理再现了公元前 841~1949 年的华夏民族兴亡史；从国际关系学和社会学的角度深入分析了我们民族历史上那些至关重要的命运转折点背后的强大动力；用现代语言诠释中国 4000 多年的政治伦理和政治实践；透彻地解剖了华夏民族的编年史"如何打破华夏民族分久必合、合久必分的历史宿命"……告诉你支配这种规律的竟然是一个周期率。

《缶庐拾遗及其他——献给吴昌硕诞辰 170 周年（插图本）》

作　者：吴民先
出版时间：2015 年 1 月
定　价：48.00 元

吴昌硕是近代杰出书画家兼篆刻家，这本集子是其后人搜集吴各种轶闻和资料编撰而成，给热爱书法艺术的人以启示。

《湖南长乐古镇文化（插图本）》

作　者：周明剑　余耀宗　刘泽龙
出版时间：2013 年 6 月
定　价：32.00 元

长乐，乐其天乐其道乐其人也。这本书为长乐古镇的建制沿革、族源、宗教、建筑、语言、艺文、民俗、传说等做了近乎百科全书式的展示。既有"田野调查"式的大规模采风实录（如歌谣部分等），又有颇具知识含量的高精度治学解疑（如方言部分等）。此书真实生动地呈现了湘北农村历史人文画面，令人不忍释卷。

 **精品书快讯**

《民主不是万能的》

作　　者：王千马
出版时间：2011 年 12 月
定　　价：35.00 元

这是一本优秀的对话集，作者通过与 10 位意见领袖的对话激励我们找到属于自己的心声。本书上了宜兴教育局"关于印发《全市社会教育机构读书活动实施方案》的通知"中的红头文件，文件特别推荐本书并指定"各类教育（培训）机构教师必读其中（3 本）的任何一本；《小康》杂志特邀中央党校教授、经济学者等联合开出了"推荐官员阅读 50 本书"书单，本书位居其列。

《创造力——推开潜能世界的大门》

作　　者：[加拿大] Judan
出版时间：2012 年 6 月
定　　价：48.00 元

这是一位犹太人结合中西方读书和工作经验的理论研究和实战经验的总结，是关于学习系统建设和学习理念及其方法的实战手册。从平凡也能到卓越，这不仅仅是一本关于创造力的书，而是一本蕴藏无穷智慧的佳作。

《华尔街局中局》

作　　者：宾　融
出版时间：2011 年 6 月
定　　价：35.00 元

全书以 37 个图表从专家角度把华尔街投机客手中精美包装的垃圾一一深入剖析，再现华尔街各大传奇公司上演的倒闭潮和跌宕剧，让人深思资本市场中的道德缺陷和金融体系的弊端；5 类针对信评机构的监管法则锁定海内外资本市场如何防范资本金风险，其对"变局、残局、对局"的深入剖析，贯穿了博弈论的思想，作者从资产证券化和金融产品创新的角度，挖掘出危机背后一系列深层次的、错综复杂的、美国的政治体制与经济政策方面的内生性根源和风险点。

《7 天学会古琴（插图本）》

作　　者：杨　青
出版时间：2015 年 7 月
定　　价：48.00 元

杨青老师录制古琴专辑《琴·歌》获 2011 年度十大发烧唱片奖；曾受邀担任 2009 年度及 2012 年度 CCTV 民族器乐大赛古琴组决赛评委；这本古琴艺术教学作品（配光盘）一书已被今年的非遗大会会务组内定为会务指定阅读书。长年的教学经验使杨青先生总结出一套独特、高效的古琴教学方法，这本书是一本古琴艺术短平快的作品，可让大众很快吸收古典文化艺术的熏陶。

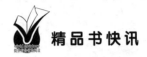

《纸牌大厦：卢瑟经济学之 21 世纪金融危机》

作　　者：安　生
出版时间：2015 年 4 月
定　　价：48.00 元

本书出版最大的贡献之一，不仅在于揭示问题的实质，更在于印证了一点：在当今条件下，即便是卢瑟，逆袭成功也是有可能的，可以让卢瑟们在复杂的市场经济中学会顺势而为。本书以精邃之洞见抽丝剥茧，将大国宏观经济博弈的张张底牌，清晰地展现于我们眼前。

《卢瑟经济学》

作　　者：安　生
出版时间：2014 年 4 月
定　　价：35.00 元

此书以马克思思想为基础，并参考了西方主流经济学等人的观点，提出资本主义运行方式存在固有的内在不稳定性。本书还探寻了权利与繁荣的秘密联系，并帮你构建与当前社会结构相适应的个人策略体系。

《授之以渔我收网——销售组织齐心协力之道》

作　　者：谷荣欣
出版时间：2014 年 6 月
定　　价：35.00 元

这是一本关于销售、管理和组织齐心协力之道的书，重在系统全面的协助组织提升销售生产力，建立组织内部信息对称。更难得的是作者运用心理学、营销管理学和人力资源学并结合自身一线在四川和重庆硬是打败了在国内其他地区无败绩的国外知名软件大品牌，首创国内品牌完胜国际品牌且在两地市场占有量豪取 70% 份额的傲人业绩，书中大量的案例来源于此。

《儒商管理学》

作　　者：周北辰
出版时间：2014 年 6 月
定　　价：35.00 元

本书展示了中国儒商文明与中国式管理的七大要素和现代企业文化与管理制度的八大要素。作者将儒家经典和管理案例奇妙结合在一起，以期帮助中国企业家建立有中国特色的企业文化与管理制度，建立儒家传统的管理之道，提升中国企业领导人的人文与哲学素养。本书还阐述了两个重大问题：儒商精神与儒商管理模式。儒商精神的培育与儒商管理模式的建立，标志着中华文明由传统"农耕文明"型态向现代"商业文明"型态正式转型的开启。

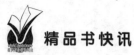

精品书快讯

《驾行中东17国（插图本）》

　　作　　者：刘　武
　　出版时间：2011年6月
　　定　　价：35.00元
　　本书记载了央视资深记者刘武驾车走过17个国家的的探险录，从中东地理涉及到人文和风俗人情等，配有大量图片及速写（为南开大学东方艺术系主任赵均教授画）……本书得到了伊朗和叙利亚等中东大使馆的大力赞扬，张建伟和卢跃刚作序。

《大山·远方：张志君的山水世界和他的画家师友们》

　　作　　者：蹇　丰
　　出版时间：2016年11月
　　定　　价：58.00元
　　这是一位拥有过人洞察力的艺术家的作品集。张志君是一位在国画上取得一定成就的非职业画家，被许多艺术评论家称为当前艺术环境下的一种"现象"。作者试图从张志君的绘画和生活经历的讲述来解开这一谜题，为人们了解非职业画家的创作生态提供一个生动的参考。发现惟有一位真正热爱生活的渊博之士，才可游刃有余地画出这壮丽山水。

《久违的芬芳》

　　作　　者：李晞海
　　出版时间：2016年7月
　　定　　价：35.00元
　　我们通常喜欢悲剧的小说，觉得这样造成的遗憾难免会有一丝涟漪值得久久回味，但本书不认可只有悲剧结束的故事才算得上经典完美。本书讲述的是18世纪欧洲西部一个偏僻的部落庄园几十年间发生的三代人之间的爱情故事。

《白纸黑字》

　　主　　编：悦殊
　　出版时间：2016年10月
　　定　　价：38.00元
　　这是一个历史系女生的纯私人写作，没有任何现实目的，只是出于对白纸黑字的热爱，一笔一划，一字一句，寸寸本心。更庆幸我们生命里有着许多至今仍将白纸黑字视为图腾的同道者。

《医院绩效变革》

　　主　　编：秦永方
　　出版时间：2016年5月
　　定　　价：88.00元
　　作者在医院和医院管理技术研究院第一线研究了30年，自2009年新医改以来，他深入各级各类医院调查访谈医院管理者及医务人员近2千人，从实践中汲取管理营养，认真研究医改新政，探索与社会和谐互动的医院绩效管理模式，本书稿更加侧重实操的研究成果。

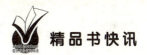

《观察》系列

主　编：杨其川　王　强
出版时间：2012 年 11 月
定　价：30.00 元

　　《观察》每一辑有选择性地就中国经济社会变革与发展中遇到的某一个焦点或者难点问题作出探讨。《观察1》以"发展与均衡"为主题，《观察2》以"重塑实体经济"为主题，即将出版的《观察3》以"生态城镇化"为主题。集子收入的作品和作者都是经济界知名人士，分别采用了张维迎、滕斌圣、谭云明、孟书强、石正方、徐枫、韦森、余永定、茅于轼、魏杰、张茉楠、张锋强、易宪容、黄茂兴、许小年、巴曙松等人的文章合集。

推理小说系列

作　者：马　天　王稼骏
出版时间：2012 年 11 月
定　价：25.00 元

　　《1/7生还游戏》整个故事是由一笔巨额遗产引起，这种古典推理小说的模式大大增加了阅读乐趣，能吸引大量的本格推理迷阅读；《诡异房客》不仅描写了富含日系风格的离奇凶案侦破故事，也对社会上的一些阴暗现象（如对精神病人的歧视等）进行审视，富含哲理。作者有业界被称为"中国的东野圭吾"。

《寂静的青春》

作　者：吴　端
出版时间：2015 年 2 月
定　价：38.00 元

　　这是一本试着以历史唯物主义的理论与方法，来研究青年在近、现代人类社会快速发展与变革过程中，起到的独特作用和重要意义，以及它所表现出来的带规律性的本质特征。这对建立起科学的经得起历史检验的青年观和建设青年学科理论的核心理论很有帮助。

《青春奥秘》

作　者：谢昌逵
出版时间：2017 年 5 月
定　价：48.00 元

　　作者已过九旬，可谓是我国最年长的作者。他晚年集中精力，花了8年多时间，阅读了大量有关文献与资料，写出了这本很有学术价值的新书。这是中国学者关于青年理论最系统全面且富有创见的一本力作，为创建科学的经得起历史检验的青年学作出了宝贵的贡献，也为青年研究走向学科化建构了新的舞台。

精品书快讯

《公共幸福系列》5 本

作　　者：[日]矢琦胜彦
出版时间：2012 年 6 月
定　　价：35.00 元

矢琦胜彦，现任日本芬理希梦集团名誉会长，京都论坛事务局长。他在四川凉山培植了越光稻谷成立"信赖农园项目"，认为这个地方或许可以成为未来不发达国家的人们摆脱困境的发展典范……以此为动力撰写出此系列图书：《幸福经营之道》、《良知物语》、《印度植树物语》、《信赖农园物语》、《和商实学》。

《新京报十周年丛书》5 本

作　　者：《新京报》
出版时间：2013 年 11 月
定　　价：35.00 元

"新京报十周年精品系列"共 5 册，新京报践行"品质源于责任"的价值观，以主流性、敏锐性、时代性洞察时局，引领舆论，推动社会的文明进步，成为一份具有全国影响力和世界影响力的新型时政类主流城市日报。这是该报社创刊近十年（2003~2013）来优秀获奖作品的精选集，此集子的出版给传媒行业提供了实践样本和动力。